「アシュタルテ・ベッラ・フォン・スタージア。
ご用命に応じ、参りました」
パチパチ、チリチリ——彼女が動くたび音がする。
魔力が空気を弾いて、燃やしている。瞬くような光は、とても美しいのに。
感情の高ぶりに合わせて、魔力が実体化していると思うと気軽に近づけない。
カタブツ女領主《Onnaryoushu》が
冷血令嬢《Reiketsureijou》を押し付けられたのに、
才能を開花させ幸せになる話

「必要なら、何が何でも作ってみせます」

ライラック・フォン・ノートル
ノートル領主代行。

父の代から領地や領民のために働いている。

王都の流行りなどには疎い。

Katabutsu onnaryoushu ga
reiketsureijou wo oshitsukeraretanoni,
Saainou wo kaikasase shiawaseninaru hanashi

Contents

カタブツ女領主が
冷血令嬢を押し付けられたのに、
才能を開花させ幸せになる話

藤之恵　*Illust* 毒田ぺパ子

Katabutsu onnaryoushu ga
reiketsureijou wo oshitsukeraretanoni,
Sainou wo kaikasase shiawaseninaru hanashi

「ええ、アシュタルテさまの護衛を
ビアンカがしてくれて本当に良かったと思ってます」
「私の護衛？
それが一番大切なの？」

開発！
「あなたの仕事は開発よ。
私はここで申請書を作っているから、
特許について聞きたいことがあったら
いつでも聞いて」
オレット
優秀で明るいメイド。
アシュタルテ・ベッラ・フォン・スタージア
頭脳明晰で冷静沈着な伯爵令嬢。
近寄りがたい雰囲気から『冷血令嬢』とも呼ばれてしまう。

イラスト：毒田ペパ子

プロローグ　Prologue

『アシュタルテ・ベッラ・フォン・スタージア伯爵令嬢は、第二王子の婚約者でありながら、血も涙もない人間である』


いつの間にか動き出したそんな噂《うわさ》は、本人の与《あずか》り知《し》らぬ所で大きくなっていた。

もっとも、本人に否定する気がないのだから、火に油を注《そそ》いでいるに近い。

(今日も誰もいないわね)

フィンディアナ王国建国記念の祝賀パーティは、最大規模の華やかさで執《と》り行《おこな》われている。

準備された食事も、招待された人々も数えきれないほどだ。

それだけ大勢の人がいるのに、アシュタルテの周りには一層の空間がある。

第二王子の婚約者となれば、社交の華だ。

貴族は派閥をつくることを一番に考える人種だ。第一王子から外れたならば、第二と考える輩《やから》は一定数いるはずだけれど——と、アシュタルテはグラス片手にボンヤリとしていた。

どうやら自分には関係のないことらしい。

人を観察して暇潰しをしていたら、人混みの中心がにわかに騒がしくなった。

「くはぁっ⁉」

「アルさま⁉」

「アルフォンス殿下？」

おそらく、第二王子であるアルフォンスのうめき声。それからアシュタルテを差し置いて、大きな顔で王子の隣にいる聖女セレナの悲鳴。

最後の声は誰のものかもわからない。

騒ぎに合わせて近寄ってみれば、輪の中心にいたのはやはりアルフォンスとセレナだった。アルフォンスの側《そば》には割れたグラスがあった。飲んで、苦しんで、落とした。そう見える状態だ。青い顔で胸元に手を当てるアルフォンスの側で、セレナがその身体《からだ》を支《ささ》えている。

（一体なんなのかしら、この茶番）

貴族たちにざわめきが広がるも、誰も二人には近づかない。茶番の匂いを感じているからか、本能で危険を察知しているからか。

貴族という人種の、相変わらずの勘《かん》の良さにアシュタルテは感心してしまう。

「これは毒？　今、解毒しますっ」

「ぐっ、いった、い……誰が？」

毒を飲んだわりに悠長なことだ。

棒読みのセリフを聞きながら、アシュタルテは静かに周りを見渡す。

怪しい動きをしている人間はいない。

大体、毒殺するつもりなら毒が弱すぎる。一瞬で効果を及《およ》ぼすものでなければ、セレナの隣にいる男を殺害することは難しいだろう。

「キュア」

セレナの手から白い光が溢《あふ》れ、アルフォンスを包み込む。「おおっ」と聖女の証《あかし》の光に貴族たちの声が漏れた。

光が収まれば、ケロッとした顔のアルフォンスが立ち上がる所だった。

やはり、茶番に違いない。自作自演の、アシュタルテが巻き込まれる可能性が高いもの。

扇《おうぎ》を広げてからアシュタルテは深々とため息を吐《つ》いた。

「ありがとう、セレナ」

「いえ、アルさまが助かるなら」

「さすが、聖女だな」

手と手を取り合う、王子と聖女。

これが物語ならば、名シーンとして語り継がれること間違いない。

金髪碧眼《きんぱつへきがん》のアルフォンスは背も高く体つきもがっしりしている。セレナは薄い銀の髪とこれまた薄い青の瞳が儚《はかな》さを醸《かも》し出《だ》す。

つまり、並ぶと非常に絵になる二人なのだ。

「お前のような聖女がいることを誇りに思う。いずれ王子を助けた聖女として、民衆の間でも語り草になろう！」

「いいえ、私は自分にできることをしただけですわ。アル様のお身体に何もなくて、本当に良かった」

「おお、自分の名誉より、私の無事を喜んでくれるのか。なんと心優しく、清らかな女性なのか」

心優しく、清らかな女性は、婚約者のいる男性の隣に堂々と立つことはない。その上、親し気に名前を呼んで身体に触れることもない。

アルフォンスはあまりにセレナに対して甘すぎる。セレナにも言えるのだけれど。

アシュタルテの頭の中には、すぐさまにでも反論したい言葉が氾濫《はんらん》していた。だが、言っても無駄だと口を噤《つぐ》む。言うほど不利になる。アシュタルテはすでにそう理解していた。

「それに比べて……アシュタルテ！」

「なんでしょうか？」

アルフォンスに名前を呼ばれてアシュタルテは扇を閉じた。呼ばれたら、流石《さすが》に答えなければならないだろう。それが貴族社会というものだ。

一歩前に出る。アシュタルテが挨拶《あいさつ》をする間さえ待てないように、アルフォンスから鋭い視線が飛んできた。

「お前はなぜ慌てもせず、見ていたのだ？」

――それを言うなら、なぜ殿下は婚約者を放って聖女の隣にいたのですか？

喉元まで出かかった言葉を飲み込む。

アシュタルテはゆったりと首を傾《かし》げて、大丈夫かと思いましたので、微笑《ほほえ》んだ。

「聖女さまがいらっしゃいましたので、大丈夫かと思いまして」

「思いやりのない女だな」

冷たい言葉を軽く頭を下げてやり過ごす。舌打ちさえ聞こえそうな態度だ。

嫌味も通じないらしい。黙っていると、アルフォンスはにやりと笑顔の質を変えた。

「まぁ、この毒殺を仕組んだのがお前だからだろう？」

はぁ、とアシュタルテの口から肯定とも否定とも取れるため息が漏れた。

人は身に覚えがないことを自分のせいにされると、何もかも、どうでもよくなるらしい。

だが、こんな杜撰《ずさん》な計画を自分のせいにされるのが、アシュタルテには我慢ならなかった。

「とんでもないことでございますわ」

――私ならば、もっと完璧に毒殺を成《な》し遂《と》げてみせる。

「本当にとんでもないことだぞ！　前代未聞の出来事だ。お前の家族にまで累《るい》が及《およ》ぶだろう。その王子に対しても不遜《ふそん》な態度がいつまでもつか、見ものだなっ」

言外に込めた意味にアルフォンスは気づくことなく。勝手に話を進めていく。その間もセレナの腰に手は回したままだ。

アシュタルテはもう一度、扇を広げ口元を隠した。馬鹿馬鹿しくて、愛想笑いが、嘲笑《ちょうしょう》になってしまうからだ。

「婚約者であり、王子である私を害そうとするなど恐ろしい。婚約は破棄させてもらう！」

「はあ」

左手で不貞をしながら、右手で人を指さすアルフォンスに、アシュタルテはもう遠慮しなかった。はっきりと声に出して首を傾げた。

アシュタルテ自身の薄い反応とは対照的に、周りの貴族たちは口々に「婚約破棄」「冷血令嬢」などといった単語を口にしている。

ざわめきを大きくする貴族たちを背景に、アルフォンスが得意げに胸を張った。

「やはり私の考えは正しいようだ！」

いや、違う。

通常、婚約は家同士の契約であり、当人の一存で破棄できるものではない。貴族たちが動揺しているのは、アルフォンスが勝手に婚約を破棄したことによる部分が大きいのだ。

勘違い男にそう言えたら、どんなに楽だろうか。反論する気にもなれずにいたら、アルフォンスが両腕を広げ指示を出す。

「騎士よ、さっさと反逆者を引《ひ》っ捕《と》らえよ！」

反逆者扱いか。

あまりの発言に顔をしかめてしまう。アシュタルテは扇を閉じて腕を組んだ。

有罪が確定したわけでもないのに、騎士を使って捕まえようとするなどあり得ない。

ましてやならず者でもない、ドレス姿の令嬢だ。アシュタルテに近づいてくる騎士たちの顔にも戸惑いが見える。

「ほんとに、とんでもないことで。冗談も過ぎると笑えませんわよ？」

「冗談なものか」

もう一度、同じ言葉を繰り返す。

アルフォンスが行っているのは、貴族社会のルールを逸脱するもの――アシュタルテが先ほどから言っている通り〝とんでもないこと〟なのだ。

王家と貴族の約束を、家と家の約束を、王子個人の意思だけで変えられるとなれば、国の規範が成り立たない。冤罪《えんざい》をかぶせての仕業となれば、恐怖政治になるだろう。

パンッとアシュタルテは手のひらを扇で叩《たた》いた。

さて、どうすべきか。

「か弱い女性一人に、大の男が何人がかりですの？」

「万が一にでも逃げられては堪《たま》らんからな」

ニヤニヤした笑いを浮かべるアルフォンスは、どうやら状況の把握が上手くできない性質《たち》らしい。これでは政治も軍事も無理だろう。

以前から、思い込みが激しいとは思っていた。ここまで来ると愚《おろ》かとしか言いようがない。

逃げられたくないならば、さっさと捕まえるべきなのだ。

アシュタルテは苛立《いらだ》ちを扇を動かすことで紛らせつつ、アルフォンスを見つめた。

「してないことから逃げる必要はありませんが……手ぬるいですわ、殿下」

「は？」

アシュタルテ・ベッラ・フォン・スタージアは伯爵令嬢だ。王子の婚約者として、幼いころから完璧を目指した。国母《こくも》たる王妃に相応《ふさわ》しい令嬢になるための勉強は、存外楽しかった。

王妃教育の中には様々なものがあり、そのすべてをアシュタルテは吸収した。

すべてを学び、令嬢として相応しくないものは、なるべく表に出さないようにした。

だからアルフォンスは知らなかったのだろう。ぐっとアシュタルテはスカートの下で膝を曲げた。

「あなたを害したいなら、毒殺なんて不確実な方法は選びませんし」

一瞬でアルフォンスに肉薄する。目を見開くアルフォンスの顔が近づく。

何でも浄化してしまう聖女の隣にいるアルフォンスを殺したいならば、毒殺はありえない。

この目で見たように、すぐさま浄化されてしまうからだ。だから、そんなまどろっこしいことをするならば、直接、首を落としてしまえばいい。自分なら、そうする。

アシュタルテは扇に魔力をまとわせて、アルフォンスの首筋に当てた。

「こっちの方が、よほど早いですわ」

「ひぃっ」

アシュタルテの扇が当たった部分から血が一筋流れる。

かすり傷だ。痛みはほぼないだろう。アシュタルテでさえ王妃教育の最中にこれより大きな怪我《けが》をしたことはよくあった。それなのに、アルフォンスは大きく腰を引き、震えている。

隣に立つセレナがいなければ転んでいたかもしれない。

情けない。

情けなさ過ぎるアルフォンスの姿に、アシュタルテは纏《まと》っていた魔力を消し去ると、ただの扇に戻ったそれを広げる。

「バカバカしい。罠《わな》に嵌《は》めるにしても、もう少し上手くやってくださいな」

周囲を窺《うかが》えば、騎士たちが距離を詰めてきていた。

毒殺は完全なる冤罪だが、今、アシュタルテがアルフォンスを傷つけたのは事実。

アシュタルテはさっさとこの場を去ることに決めた。

踵《きびす》を返す。

アルフォンスの声が響く。どうやら、話せる程度には震えを収めたらしい。

「ま、待て！」

「これ以上付き合えませんので、帰らせていただきます」

アシュタルテが足を進める先の人垣が勝手に割れていく。

騎士たちだけがジリジリと距離を測るように近づいてくる。

一歩、二歩、三歩。アシュタルテはアルフォンスに言い忘れていたことを思い出す。

「殿下、婚約破棄は、どうぞご自由に。お心に従いますわ」

まったく、未練はない。

くるりとアルフォンスたちに向き直る。

目が合っただけで、びくりと身体を竦《すく》める王子など、こちらから願い下げだ。

にっこりとアシュタルテは令嬢に相応しい笑みを浮かべた。

「それでは、皆さん。ごきげんよう」

指の先まで意識して。

あくまで優雅に頭を下げる。

ほう、と誰とも知れないため息が漏れるのを聞いて、アシュタルテは再び魔力を纏い、騎士たちを振り切った。

第一章 *Chapter one*

カリカリと羽根ペンが紙を引っかく音が響く。

広い机。載せられた書類は三つほど山を作っていた。

一枚名前を書いたら、隣に置く。そして、また新しい一枚。

あたし――ライラック・フォン・ノートルはその作業をひと山分終えてから、息を吐く。

窓の外では夕日が落ち始め、山の裾野《すその》から群青の気配が立ち上っていた。

（もう、こんな時間）

書類仕事をしていると、あっという間に時間が過ぎる。

窓ガラスに指だけでそっと触れる。外の寒さがわかる、冷たい感触が伝わってきた。

ガラスには緑の髪に琥珀《こはく》の瞳《ひとみ》を持つ疲れた顔をした女が映っていた。

我ながらひどい顔だ。

小さく苦笑して、ガラスの向こうを見る。群青に沈《しず》む家々に、徐々《じょじょ》に光が点《つ》き始《はじ》めた。

住民たちが生きている証《あかし》。その光景に胸の奥が温かくなった。

――コンコン

部屋のドアをノックする音にあたしは唐突に現実に引き戻される。

「失礼するよ」

「ディルム騎士団長」

「今はただのディルムだ」

返事も待たない入室に顔をしかめる。レディの部屋に入るにしても、上司の部屋に入るにしても失礼すぎる。だが、これを失礼とも思わない騎士団長がノートルにはいるのだ。

男性の中でも背が高く、両手剣を振るうため上半身はがっしりしている。髪色こそ、茶色と目立たないが瞳は緑色で、瞳を細めると冷たさを感じるときがあった。

第一騎士団の団長を務めるディルム・ホランは、何一つ悪いと思っていない顔でそこに立っていた。

肩を竦《すく》めて「ただのディルム」と宣《のたま》う。つまりはここにいるのは騎士団長じゃなくて、あたしの婚約者であるディルムだということだ。

さらに胸の奥に重しが増えた。

(面倒なことになるなぁ)

こういう時、彼はろくな事を言い出さない。穏やかそうに見える顔貌だから、さらに性質《たち》が悪いとも言える。

親が決めた婚約者な上、幼馴染《おさななじみ》で、付き合いも長い。

大体、言うことは予想できる。部屋の中に入ったディルムの動きをじっと眺めていた。

「僕たちの結婚はいつにする？」

机の前まで来たと思ったら、これだ。顔をしかめなかった自分を褒《ほ》めたい。

予想通りの言葉だったが、まさか言うとも思わなかった。

漏れそうになったため息を誤魔化し、咳払《せきばら》いをする。

「ディルム、父が亡くなったばかりですよ？　結婚なんて……」

実父であるノートル領、前領主レット・フォン・ノートルが死んだのは二週間前。急な病死だった。倒れたと思ったら、そのまま意識を戻すこともなく逝《い》ってしまった。

婚約者とはいえ、まだ家族の死に触れられたくなかった。仕事をすれば紛《まぎ》れはするが、いないことに慣れるほどの時間ではない。

結婚の話なんてされても良い返事ができるわけがないのに。

あたしの言葉にディルムは面白くなさそうに眉を上げた。

「これは君のためを思って言っているんだ」

出た。君のため。

今度はため息さえ出ない。

ディルムは昔から、こうやって事あるごとに自分のして欲しいことだけを伝えてくる。言い方が「君のため」なのが、さらに複雑な思いをあたしの中に積み立てていく。

「領主の席を空《あ》けているわけにもいかないだろう？」

「喪《も》に服《ふく》す期間、領主が空席のことはあります。代行として、あたしも活動していますし」

慣例として一年は喪に服してから結婚式になる。

その間、領主不在という名目にはなるが後継が女とはいえ決まっているのだ。倒れる前に父と確認していたし、問題はない。

結婚式を主催するあたし自身、式をしたいと思えなかった。前から予定されていたものでもないのだ。あたしの言葉に、ピクリとディルムの眉が跳《は》ねた。

「わたし、だろ?」

「……すみません、気をつけます」

小さく頭を下げる。

他人の一人称にまで目くじらを立てるのが、良い婚約者らしい。

苛立《いらだ》ちを抑《おさ》える。ここで言い争う方が面倒だから。

ディルムは勧めてもいないソファに座った。ぎっ、とスプリングが悲鳴をあげる。

「第二王子の婚約破棄については知っているか?」

「ええ」

あたしは座らず、立ったまま話を進める。

第二王子が夜会で毒殺されかけ、その犯人である婚約者の伯爵令嬢が婚約破棄された。

スキャンダルもスキャンダルである。

こんな地方にさえ、その話は回ってきていた。

「伯爵令嬢でさえ男の一存で婚約破棄できる世の中だ。僕はそうしたくはないと思っている」

「……はい」

ディルムが足を組んだまま、そう言い放つ。

言っていることは優しいが、中身は正反対。

婚約破棄されたくないなら、言うことを聞け――簡単に言えば、そういうことだろう。

ぐるぐると渦巻く黒い何かを押《お》し止《とど》め、頷《うなず》いた。満足そうに頷くディルムは、気づきもしない。

「喪に服すのは良いが、明けてすぐ領主になるためにも結婚を済ませておく必要があると思うが？」

「お考えはわかりました」

あたしはぐっと手を握りしめて我慢する。この発言があたしが領主になるためのものだったら、まだ許せたかもしれない。

だけどディルムは自分が領主になるために言っているのだ。

フィンディアナ王国ではすべてにおいて男性が優先される。領主も男が優先される。家を継ぐのがあたしでも、領主の名目は夫のものになる。

さっさと自分が領主になりたいから、結婚式をあげたい？

そんなことで父親の喪に服す時間を短縮するわけがない。

あたしは目をつむって言葉を絞り出す。

「もう少しだけ時間をください」

「よろしく頼むよ」

それだけを言って、ディルムは去っていった。

部屋から彼がいなくなって、引き寄せられるように椅子に腰掛ける。

はぁー、とやっと好きにため息を放てた。

「なんで……婚約者ってだけで、あんなに強気なのかな？」

さっぱり理解できない。首を何度か動かし肩を回す。

ディルムが出ていった扉を見つめながら、頰《ほお》に両手を当てる。

「困ったなぁ」

婚約者だから、このまま行けば結婚することになる。

結婚すればディルムが領主になり、あたしの存在は領主夫人になってしまう。国の法律としては、それが正しいことだ。

ただ、どうしても――小さい頃から育ったノートルの町を奪われるような気がしてしまう。

小さい頃のディルムは、騎士団長だった彼の父親に憧《あこが》れて、あたしに物語のような騎士さまとして振る舞っていたのに、今では自分が中心に動くようになった。

前騎士団長である父親が心臓の病で死に、騎士団長になってから特にひどい。

あの態度では、結婚してノートル領主になったら、あたしの意見なんて聞いてもらえないだろう。くるくると思考が回っていたところに、またノックの音が聞こえた。

「ライラックさま、失礼します」

執事長のジョセフの声だ。

丸めていた背中を伸ばして、軽く衣服を整える。それから返事をした。ディルムのときとは違う、礼儀正しい作法と共にジョセフが入ってくる。

「どうしたの？」

「明日の視察の確認をお願いします」

「今、行きます」

視察。町に出られる。一気に気分が上向く。

あたしは椅子から立ち上がり、視察の準備に向かった。

＊＊＊

ノートル領はフィンディアナ王国の北に位置している。

北限は永久凍土がある高い山。東は大きな河川を挟んで隣国になる。

隣国との関係は良くもなく、悪くもなく。あたしが生まれてから戦だとかそういう話は聞いたことがない。歴史書をめくっても、ここ五十年は何もないような関係と言える。

西は穀倉《こくそう》地帯が続くが、寒さと雪の期間が長いこともあり収穫はイマイチだ。

南に行けば服飾で有名な町があるが、そこはすでに他領だった。

つまりノートル自体は何もない田舎《いなか》となる。だがあたしはこの領地を気に入っている。

舗装《ほそう》もされていない土の道路の端に、屋根と台だけの出店がポツポツと出ていた。

歩けば土埃《つちぼこり》が舞うようなここが、ノートル領のメインストリートだ。

石畳にしたいと思いつつ、なかなかお金が回らない。

土魔法が使えれば、あっという間に舗装することもできるのだが、この領地にそのスキルを持っている人間はいない。他にも改良したい部分を考えながら道を歩いていたら、声を掛けられた。

「ライラさま、今日は採《と》れたての野菜が入ってまっせ！」

威勢よく声を掛けてくれたのは、野菜を売っているハンスさん。

店の中に広げられた野菜は言葉通り生き生きとしていた。

「美味《おい》しそうな野菜だねー。畑は順調そうなの？」

野菜一つでも、萎《しな》びていたり細かったりしたら、不作なのか考えないといけない。

町の人の生活から、必要なことを考えなさいと父がよく言っていたのを思い出す。

「へえ、最近は調子が良さそうですわ。ライラさまの発明した道具のお陰《かげ》で楽になったたって聞きますすぜ」

「ありがとう、そう言ってもらえると嬉《うれ》しいな」

ハンスさんの言葉にはにかんで返す。

ハンスさんが言っているのは、畑を耕《たがや》すために改良した鍬《くわ》や水まき用の桶《おけ》のことだろう。

とはいえ、大したことはしていない。畑を耕すために元々の道具を改良しただけだ。

設計スキル。それがあたしの持っているスキルだ。

使い方も単純。元々の道具を〃分析〃して、欲しいものを〃設計〃できる。あとは必要な材料さえあれば簡単に作ることができるのだが、このノートル領で一番大変なのはそこかもしれなかった。

後で開発した道具の使用感を聞きに行こうと頭の中に予定を一つ組み込む。

次の店に行こうとしたら、ハンスさんの顔が曇《くも》った。

「ただ、麦《むぎ》の方は出来が悪いらしくて、少し心配なんでさぁ」

「麦が？　去年もあんまり採れなかったから……心配だね」

古い麦はまだ備蓄してあった。が、今年も不作となれば足りない可能性が出てくる。

顎《あご》に手を当てて、頭の中で算盤《そろばん》を弾《はじ》く。

ギリギリ、足りるか。見に行かないことには、何とも言えない。

「なんだか、成長が遅いみたいで……心配そうにしてましたぜ」

「教えてくれてありがとう。あとで見に行ってみますね」

「よろしくお願いします」

貴重な情報をくれたハンスさんに笑顔でお礼を言いつつ、次の場所に足を向けた。

時間はまだ昼前。せっかく視察の時間を貰《もら》ったのだ。歩けるだけ歩いてしまおう。

メインストリートから、川近くにある赤い屋根の小屋へ近づく。

あたしがスキルで実際に開発した道具を使う場所だ。父があたしの設計スキルを知ってから建てでくれた。様々な道具を試《ため》してもらうが、今は機織《はたお》りをメインにしてもらっている。

建付けの悪い扉を軽くノックしてから、中に声を掛ける。

「調子はどう?」

「ライラさま!　ライラさまの道具のおかげで、作業が楽で」

すぐに、ここのまとめ役をしているアンナが飛んできてくれた。

あたしが来たことに気づいた皆が横を通るたびに手を振ったり、声を掛けたりしてくれる。

そんなちょっとした触れ合いが嬉しかった。

こういう時、この町全体が家族のような気がする。

「糸を巻く時間が半分になったよ」

「なんだい、織る時間だって半分より短いかもね」

「糸がなきゃ織るのも難しいだろ?」

「糸は織られなきゃ意味がないじゃないか」

一番奥では双子のおばあちゃんたち、ジョゼとゾフィが息ぴったりに言い争っていた。

二人の前ではあたしが改良した道具たちが忙《せわ》しなく動いている。

いつもの光景に苦笑しながら、二人の前にしゃがみ込む。

「まぁまぁ、二人の言い分はわかったから。早くなったってことでいいんだよね?」

「「ええ、もちろん」」

手元を見せてもらう。

繭《まゆ》から糸になり、糸が玉になっていた。長さも均一でツヤツヤしている。その糸で織られる布もしっかりとしており、手触りも良い。

うん、調子は良さそうだ。

丁重に二人に糸玉と布を返す。それから、アンナと小屋をまた一回りして満足した。

「体調が悪い人とかいない？」

奥にある応接室で話を聞く。たまにしか顔を出せないので、世間話も多い。

アンナがお茶を出してくれた。野草を煎《せん》じたものだ。独特の苦みがあるが、あたしは結構好きな味だ。紅茶が高すぎるので、この周辺で採れるもので代用した、あたしが開発した茶葉だ。

アンナを窺《うかが》えば、にっこりと満足げな笑顔と深い頷きが返ってきた。

「ええ、ライラさまのおかげで独り身の女でも働けて、ありがたい限りです」

「こっちも仕事してもらって助かってるから」

この国では女性の立場は弱い。すべてにおいて男性が優先される。

基本的に女性は家にいるものとされ、女性がするような仕事はないか、あったとしても安い仕事であることを意味している。

家族と暮らせる女性はまだ良いが、独り身だと生活することさえ難しくなる。結婚したとしても夫に先立たれれば、かなり安い賃金で働かないといけなくなる。

その上、身体《からだ》が弱いなんてなると働く場所さえなくなる。そういう女性たちに、あたしはこの工場で働いてもらっていた。

「ディルムさまと結婚したら、ディルムさまが領主になられるんですか？」

「そうなるだろうね。領主代行にはなれても、領主に……女はなれないから」

法律がそうなっているのだから、どうしようもない。

領主代行のまま死ぬまで領地を治めた女性の逸話《いつわ》はあるものの、その女性は結婚していない。

結婚相手の男がいるならば、あたしの場合なら、ディルムが領主になる方がこの国では自然なのだ。

アンナは片眉だけ上げ、顔をしかめた。

「あの坊っちゃん、剣を振るうのは得意でも商売はできないじゃないですか」

アンナから見れば、ディルムは貴族らしい坊っちゃんになるようだ。

細かいことを言えばホラン家は騎士爵なので、貴族とはまた違う。彼はあたしと結婚することで初めて貴族になる。

だが、貴族になる前からすでにあの態度だ。頭が固いというか、世界が狭いというべきか。先が思いやられるというのが正直な気持ちだった。

どこから聞いていたのか。ヒョコリと曲がった背中に似合わない軽やかな動きで、ジョゼとゾフィが作業場から現れた。

「アンナ、あれは剣を振るうしかできないってのが正しいよ」

「それに明らかに、こっちを見下して嫌な感じだよ」

「あはは、二人とも言いすぎだよ」

ディルムの評判は良くないようだ。

貴族としてはよく見るタイプなのだけれど、ここの領民は見慣れてない。この町にとっての貴族は亡くなった父であり、父はディルムとは正反対の性格だったから。

「あたしたちゃ、ライラさまの味方ですからね」

心強い言葉に緩《ゆる》みそうになる頬を引き締める。

甘えているわけにはいかない。

彼女たちの生活を守るためにもしなければならないことがある。

「ありがとう。とりあえず、王都に領主代行として挨拶《あいさつ》しに行くことにしたから」

父の死は知らせてある。

領主が亡くなったあと跡継ぎが成人していれば領主になる。女しかいない場合や男でも成人していなければ、領主代行になり、正式な領主にはならない。

それでも任命されるためには国王陛下に謁見《えっけん》する必要がある。

面倒くさいけれど、そういう決まりなのだ。

もっとも、

「へぇ！　そりゃ、綺麗《きれい》にしてかないと」

「うちの一等の布を持ってってくださいよ！」

王都に行くとなれば、このようにテンションが上がる人間も多い。

王都へ行くことと貴族の社交がイコールで結ばれるからだ。そして、貴族の社交と言えば夜の社交パーティになる。絵物語で語られるような世界に憧れる人間は多いのだろう。

だが、あたしはどうにも人前が苦手な性質だった。

社交パーティは大の苦手。ダンジョンに一人で突撃しろと言われた方がよっぽど気が楽かもしれない。人間関係を把握し、言葉に隠された意味を考え、自分たちにとって一番利益になる方法を選び取る。それがあたしが大の苦手とする社交だ。

目にやる気の炎を宿し、布を持ってこようとするアンナたちを押し止め、苦笑する。

「大丈夫、大丈夫。謁見だけだから……夜会がなくて、ほっとしてるんだ」

「なんと、もったいない！」

「婚約者がいるなら、社交パーティに出る必要もないしね」

アンナたちが目を丸くして唇《くちびる》を尖《とが》らせる。

ほんと、それだけはディルムがいて良かったと思える。

「婚約なんて破棄しちまえばいいじゃないですか」

「そうそう、なんでも王都じゃ流行《はや》ってるって聞きましたよ？」

「いやいや、流行っちゃ困るでしょ」

婚約は家と家の約束だ。そう簡単に破棄されては困る。

やいやい言ってくるアンナたちを押し止め、あたしは領主代行の挨拶のため王都に向かうことになった。

＊＊＊

王城に足を運んだのは、これで二度目だ。

あたしは静々と歩きながら、周りを見渡した。あちこちに魔法灯が点けられ、熱のない光を灯《とも》している。壁は綺麗に塗装され、見事なレリーフが彫られている。

お姫様がいるとしたら、こういう場所なのだろう。

男の人を立てて、綺麗なドレスが大好きで、優しく微笑《ほほえ》む。そういう女の子。

（あの子だったら、似合うだろうな）

一度目は貴族の子供として同年代の子との顔合わせに来た。

その時のことはほとんど覚えていない。一人の女の子のこと以外は。言い換えれば、その子のことしか覚えていないとも言える。

豊かな黒髪に宝石のように煌《きら》めく紫の瞳。あまり笑わない子だったが、笑った時の可愛《かわい》さは目を奪われるほどで。幼いあたしは神様が与えた美貌というものを思い知った。

と、領主代行任命の形式的な挨拶の長さに、半ば現実逃避していた。ようやく名前を呼ばれたことで、意識が現実に引き戻される。

「ライラック・フォン・ノートル。そなたを領主代行として認める。よく励《はげ》めよ」

「はい、全身全霊を尽くして」

国王陛下からのお言葉に、頭を深く下げる。型通りのやり取りだ。

この一言を貰うためにわざわざ王都まで来たのだ。あとは退場の挨拶を交わし、謁見の間から去るだけ。

ホッとし始めた時に、玉座から想定外の質問が飛んできた。

「ときに、そなたは冷血令嬢を知っておるか？」

「は……すみません、存じ上げません」

あたしは思わず顔を上げる。

玉座に座るフィリップ国王陛下は、豊かな髭《ひげ》に指を埋めて顎を摩《さす》っていた。こちらを見定めるような視線に身体に力が入る。

冷血令嬢。通り名だろうが、聞いたことはない。社交に詳しい貴族なら知っているのだろう。そして、それをあたしに尋ねる意味はさらにわからなかった。

「第二王子の元婚約者だ」

「ええと……婚約破棄の、お話だけは聞いております」

陛下の言葉で合点がいく。ディルムも口にしていた、第二王子から毒殺未遂の容疑で婚約破棄された令嬢だ。

それ以上のことは知らない。普通の貴族であれば、王子の婚約相手について知っているべきなんだけど……元々、あたしはそういった話が苦手だ。

しかも、身分が違いすぎる。地方領主の貴族なんて、王城で宮廷貴族として暮らしている人間からすれば田舎者でしかない。

会ったこともない令嬢なんて名を覚えておくのも難しいだろう。

とはいえ、堂々と国王陛下にそう言うわけにもいかず、あたしは小さな声で付け足した。

「噂《うわさ》程度に」

あたしの後ろめたさに気づいたのか、国王陛下は「かっかっか」と独特な笑い声を上げると、身を乗り出してくる。

「なぁに、もはや平民の間でも物語として広まっているくらいだ。気にするでない」

「はぁ」

何か面白いことを言っただろうか。わざわざ聞いてくるということは、何かあると思ったのだけれど。

どうやら、あたしの知っている平民と王都の平民とは情報伝達の速さが違うらしい。貴族のスキャンダルがここまで早く物語になるとは。

さっさと退室したいあたしに国王陛下が世間話のような口調で言った。

「その令嬢――アシュタルテ・ベッラ・フォン・スタージア伯爵令嬢を、その方で預かってくれぬか?」

「はっ？　どういう、ことでしょう……？」

アシュタルテは神話に出てくる女神の名前。

ベッラは異国語で美しいという意味。女の子の名前ではよく使う。

その上、スタージア——星のようという苗字《みようじ》を持つとは、名前だけで華やかな令嬢だ。王族の婚約者になるにはピッタリの名前。

首を傾《かし》げながら国王陛下を見れば、ただ面白そうに笑っている。

「面識はあるか？」

「まったく、ありません。わたしは王都に来るのも二度目、夜会に出ることさえまれな引きこもりですから」

ピンと背中を伸ばし首を横に振る。一番の自信をもって国王陛下に答えられた。

「その分、色々開発していると聞くぞ？」

「元からあるものを効率化しているだけです」

決して、自分の才能ではない。珍しいスキルは面倒事を呼ぶ。

陛下の視線に小さく首を振ったが、視線を切ることはできなかった。

「領主代行の仕事はどうしている？」

「執事長に手伝ってもらいながら、こなしております」

「あの婚約者では、内政はできまい」

国王陛下の遠慮ない言葉に頬が引きつってしまう。

どうやら、国王陛下はノートルの現状のことを予想以上に知っているらしい。

陛下はあたしの様子にニヤリと唇を吊《つ》り上《あ》げた。

「アシュタルテは、王妃教育も完璧にこなす才女。宮廷貴族であるスタージア家の手伝いもしておった。ノートル領の人手不足を補うには、うってつけの人材ぞ」

「それは……」

あたしは生唾《なまつば》を飲み込んだ。

ディルムは実務能力がないし、女というだけで政治的な仕事をさせない。執事長と二人だけで領地を取り仕切るのは厳しそうだなと思っていた。

王妃教育は普通の令嬢であれば音を上げる厳しさと聞いている。成人前に〝問題なし〟と太鼓判を捺《お》される状況は非常に珍しい。

それを完璧にこなし家の手伝いもできる。年下の女の子なのに白旗を上げたい気分だ。

ただ――あたしは陛下の顔を真《ま》っ直《す》ぐに見つめた。

「わたしだけでは、やはり力不足ですか？」

女は領主〝代行〟だけ。女一人ではできないと言われているようにも感じた。

あたしと陛下の視線がぶつかる。脇にいる大臣が「不敬だ」と叫びたそうな顔で、こちらを睨《にら》んできていた。

陛下はあたしの言葉を肯定も否定もせずに、ゆったりと玉座の手すりに肘《ひじ》をつく。

「今現在、アシュタルテは、アルフォンスの毒殺未遂容疑がかけられている」

「毒殺未遂、ですか？　まさかあの噂は本当で……？」

無理やり苦いものを飲み込んだ気持ちのまま、陛下の話を聞く。

婚約破棄だけでも十分なのに、毒殺未遂の疑い。噂としても荒唐無稽《こうとうむけい》で、信じがたかったが、陛下が言うなら本当なのだろう。

一体、何があれば婚約者の間でそんなことになるのか。

顔をしかめたあたしに陛下は何を思い出したのか、虚空《こくう》を遠い目で見つめた。

「それ以外にも色々あってのぉ。王都に置いておくのはマズイ状況なのじゃ」

「ですが、ノートル領は辺境ですし、伯爵令嬢さまが暮らせるような土地ではありません」

あたしの言葉に陛下は顔の前で大きく手を振った。

「よいよい。あれは、そんなヤワな人間ではない……アルフォンスにもあれくらいの気概《きがい》があればなぁ」

口から漏れるのは大きなため息だ。

令嬢とは世界一ヤワであるべき人種だと思うけれど、どうやらアシュタルテさまは違うらしい。こうやって言うくらいなのだから、陛下はアシュタルテさまが毒殺を計画したとは考えていないのだろう。

だけど、同時に少し心配になる。

気概で令嬢に負けるなんて、アルフォンス殿下はどんな人間なのか。

あたしが言いよどんでいると、国王はさらに追い打ちをかけてくる。

「何もずっとではない。事件の顚末《てんまつ》が解決するまでじゃ。ノートルは良い人材を手に入れられるし、悪い話ではないぞ」

頭の中で天秤《てんびん》が動き始める。

良いことは、内政ができる良い人間が手に入る。しかも同じ女性で気兼《きが》ねなく話せる。

悪いことは、性格がわからない。婚約破棄された伯爵令嬢を預かることで、アルフォンス殿下から目をつけられる。それにあわせて、周りの貴族も何かしてくるかもしれない。

ちょっと考えただけで、これだ。面倒が勝つのだけれど。

あたしは国王陛下を下から窺った。

「……断ることは」

「ふむ、どうじゃろうな？」

にっこり笑う。どんなデメリットより国王陛下に目をつけられることがキツイ。

あたしは一度目をつむって覚悟を決めた。

「承知しました」

「おお、良かった。良かった。では、アシュタルテを呼ぶとしよう」

陛下が側近に耳打ちをする。すぐさま後ろの扉から出ていった。

この準備の早さ。やはり元々逃げ場はなかったらしい。

「少々気が立っているが……よろしく頼むぞ」

この狸爺《たぬきじじい》——恭《うやうや》しく頭を下げながら、そう思うくらい許されても良いと思う。

＊＊＊

この世の中には、とんでもなく綺麗な存在がいるんだな。

それが、あたしがアシュタルテさまを初めて見た感想だった。

「スタージア伯爵令嬢のご入場です！」

分厚くて、細かな彫刻が一面に施されている扉が騎士たちによって開かれる。

最初に見えたのは、光。

魔法を使う際に現れる淡《あわ》い光なのだけれど、アシュタルテさまの〝ソレ〟は淡いなんてものじゃなかった。まるで雷をまとっているような激しい光。

パチパチ、チリチリ――彼女が動くたび音がする。

(すごく、怒ってるのでは……!?)

魔力が空気を弾いて、燃やしている。瞬《またた》くような光はとても美しいのに、感情の高ぶりにあわせて魔力が実体化していると思うと気軽に近づけない。

つまり、近づくなキケン。それを彼女は体現しているようにさえ見えた。

「アシュタルテ・ベッラ・フォン・スタージア。ご用命に応じ、参りました」

「おお、よく来た」

誰もその状態に触れないまま、アシュタルテさまは陛下の前で優雅に膝を曲げた。

淀《よど》みのない動き。軽やかに広げられたドレスの裾さえ麗しい。そのどれもが貴族令嬢として完璧な美しさを持っていた。

陛下も魔力の発現にはまったく触れず、目を細めるだけ。

「相変わらず、美しい礼じゃのう」

「ありがとうございます」

パチン！　と音がして、アシュタルテさまの周りの光が消えた。

冷血令嬢と呼ばれる原因の一つだろう、人形のような横顔がはっきりと見えた。

（うわ）

横顔だけでも息を呑《の》むような美貌。本当に同じ人間なのかと疑ってしまう。

何より、完璧な魔力操作に目を奪われる。自分の意思で、あの燐光を出して消す。

そんな芸当ができる人間をあたしは知らない。

（こんな人をうちで預かるの？）

今さら、とんでもないことをしてしまったのではないかと、背中を冷たい汗が流れていく。

魔力に関するスキルをあたしは持っていない。

魔法スキルを持っている騎士団の人だって、ここまでの操作はできないはずだ。

独り気圧《けお》されているあたしをそのままに陛下とアシュタルテさまのやり取りは自然に続いていた。

「呼んだのはそなたの処遇について決まったからじゃ」

陛下の言葉にアシュタルテさまは仮面のように整った眉をピクリと上げる。

「婚約破棄されただけで十分では？　大人しく部屋にいるつもりでしたし」

アシュタルテさまは目を大きく見開いたあと、扇《おうぎ》を広げ、目を伏せた。

悲しそうな雰囲気が漂っているのだが真横から見る彼女の顔は違う。これ以上制約を受ける謂《いわ》れはないと言っているように見えた。

「お主がそのつもりでも、お主が王都にいるだけで煩《うるさ》い輩《やから》が多くての」

「まぁ、そうなのですか？」

毒殺未遂の疑惑があるアシュタルテさまは王都にいるだけで注目を集める。そして、真実がわかるまで死なれても逃げられても王家は困る。

毒殺されかけた方からすれば、同じ場所にいるだけで騒ぎたくもなるだろう。

だが、アシュタルテさまの方としてはおそらく濡《ぬ》れ衣《ぎぬ》なわけで。

その片方が王子で、片方が王子の婚約者だったのだから、仲裁《ちゅうさい》している陛下からすればどちらも扱いにくい存在だ。

当然、アシュタルテさまは王家の事情をわかっている。だけど、自分をコケにした殿下の、ひいては王家のためにわざわざ自ら矛《ほこ》を収める気はない。

「毒殺未遂容疑となるとのぉ……もっと厳しく、お主を取り調べろという声もあるのじゃよ」

「まさか、陛下はあの茶番を信じてらっしゃるのですか？」

眉間に皺《しわ》を寄せた陛下が、アシュタルテさまを見ながら顎を摩る。彼女はわざとらしく身を引き、目をぱちくりとさせた。

狸爺と冷血令嬢の腹芸だ。

「茶番とて、ああも大勢の前で披露されれば影響はある。お主がプッツンして、アルフォンスに傷をつけたのも事態悪化の原因の一つじゃぞ」

陛下の言葉に初めてアシュタルテさまの表情が動く。作られたものではない自然な動き。言葉にすれば「失敗した」くらいだろうか。年下らしい部分が垣間見《かいまみ》えて、なぜかほっとする。

「すべて面倒になったもので……申し訳ございません」

わずかに尖らされた唇が彼女の本意ではないことを表している。

しぶしぶ頭を下げたアシュタルテさまだったが、次に顔を上げた時、その視線は鋭く陛下を見つめていた。

「ですが、セレナが来てから、王子の態度は悪化するばかり。堪忍袋《かんにんぶくろ》の緒にも限界がありますわ」

セレナ。知らない名前だ。だが第二王子が婚約破棄した場面に出てくる名前なんて、不貞《ふてい》疑惑の相手のものだろう。

アシュタルテさまは扇を閉じると顎の下にとんと当てた。

「大体、この私がわざわざセレナの隣にいるアルフォンスさまを毒殺なんていたしません」

チリ、と空気が焦《こ》げる音がした。ざわりと空間が動く。

「だって」

アシュタルテさまがそう言ったときには、あたしの視界から消えていた。

「こうする方が早いですもの」

気づいたら玉座の前、国王の目の前で扇を優雅に広げている。

目の前に立つアシュタルテさまを見て、笑っていたのは陛下だけ。誰も、大臣はもちろん、近衛《このえ》騎士たちさえ一歩も動くことができなかった。

陛下の足元にはドレスの裾が触れている。その近さは生殺与奪権を握られているに等しい。

「スタージア嬢!」

「良い良い。アシュタルテは今までこの力を使わなかっただけじゃからな」

慌てて寄ってきた大臣に陛下との間に入りこまれて、アシュタルテさまは顔を背《そむ》けると、すんなり距離を離した。

剝《は》がされたわけではない。自分から引いたのだ。

陛下は歯噛《はが》みする騎士や貴族をちらりと見回した。

「女でも能力があれば、国王に肉薄できるということじゃ」

言われた男の人たちの顔がぐっとしかめられる。

この国では女と同じ能力と言われるのは男にとって屈辱的《くつじょくてき》なことなのだ。

少し考えれば、スキルがある時点で性別だけでは能力が測れないとわかるのだけれど。

陛下はその反応にため息をつくと、アシュタルテさまを見た。

「確かに、お主なら毒殺なんて、まどろっこしいことはせぬか」

アシュタルテさまはすでに元の位置に戻っていた。それから斜《しゃ》に構《かま》えると唇の端を薄く上げ、頷いた。

戻るときさえ、まったく動いているのが見えなかった。息も切れていない。

確かにこの力があるなら毒殺なんてする意味がない。

「少なくとも、セレナが隣にいる時にはいたしません」

「……まったく、勿体《もったい》ないのぉ」

陛下はアシュタルテさまの言葉にがっくりと肩を落とした。

勿体ない――その力が王家に取り入れられれば、もっと発展できただろうに。陛下のその想《おも》いが伝わってくるようだった。

そして、今からその力をノートルに入れられるのは運が良い、と思うしかない。

「ライラック・フォン・ノートル」

「はい」

陛下の呼びかけに片膝をつく臣下の礼を執《と》る。

隣にいるアシュタルテさまは直立したままだったが、ちくちくするものを感じた。

ちらりと見上げれば綺麗な二重に縁取られた瞳と視線が合ったが、すぐ逸《そ》らされてしまう。

「このような令嬢じゃや、ノートル領でも問題ないとは思わぬか？」

「は、はい」

「ノートル？」

「お主を引き取ってもらおうと思ってな」

「王都を離れろと？」

「なに、落ち着くまでじゃ。この者も領主代行になったばかり、お主の優秀さで手伝ってもらえぬか？」

次々と交わされるやり取りを、顔を前に横に動かしながら見守る。

アシュタルテさまの表情は変わらない。陛下は最初の柔らかい顔に戻っていた。

手伝って、と陛下が口にした時にアシュタルテさまの視線があたしに突き刺さった。心臓が跳ねて身体に力が入る。

「領主代行……ですか」

「はいっ、ライラック・フォン・ノートルと申します！」

臣下の礼から立ち上がり、目上の貴族に対する挨拶をする。

あたしは必死にマナーを思い出しながら身体を動かす。顔を真っ直ぐに見て一礼。

正面から見た瞳は鮮やかな深紅《しんく》だった——悪魔の瞳。青いほど尊《とうと》いとされるこの国で、深紅の瞳は嫌われるのだ。

色に優劣もないだろうに、赤でも青でも美しいものは美しいのだ。

少なくともあたしにとって、アシュタルテさまの瞳はとても綺麗だった。

「あなたは私が怖くないのですか？」

「アシュタルテさまが、わたしの仕事を手伝ってくださるのであれば……悪魔だろうと怖くありません」

あ、と思った。深紅の瞳について考えていたからか、うっかり、口を滑《すべ》らせた。

悪魔の瞳と言われてきたかもしれない人間に向かって「悪魔だろうと怖くない」は良くないだろう。

空気が凍る。あたしもまずいなと思ったたし、陛下や他の人々も固まっていた。

そろそろとアシュタルテさまの様子を窺う。と、想像とはまるきり違う姿がそこにはあった。

笑っていた。

「ふはっ、選《よ》りによって悪魔って」

初めて見る笑顔だった。少しだけお腹に手を当てて、肩を揺らしている。

すぐに扇で隠されてしまった。だけど、あたしは確実にアシュタルテさまが笑っているのを見たのだ。

「良いでしょう、この私が手伝ってあげます」

「新しい縁が結ばれることは、素晴らしいのぉ」

その会話を、あたしはどこか上の空で聞いていた。

残っていたのは、アシュタルテさまの笑顔だけ。

不遜な態度とは正反対の可愛らしい姿だった。

アシュタルテ・ベッラ・フォン・スタージア。

その名前が、あたしの中に初めて刻まれた瞬間だった。

第二章

Chapter two

ノートルの冬は寒い。

窓には厚手のカーテンが吊《つ》り下《さ》げられていた。窓を囲む太い木枠は、結露《けつろ》により色を濃くしている。少しでも窓から伝わる冷気を遮断しようとした結果だ。

窓の近くに置かれた執務机で仕事をしていると背中が冷えるくらいだから。

あたしが使っている机は、父が使っていたものそのままだった。

十枚近くの書類を重ならないように広げられるほど大きく、長年、使い込まれたのだろう艶《つや》と色がお気に入りだ。

そんな自分の執務室だというのに、アシュタルテさまがいるだけで違う部屋のようだ。

（落ち着かない……！）

壁の片面を占める本棚に置いてある本や資料の背表紙を目で追う。

アシュタルテさまは部屋の中央に備えられたソファに座って、紅茶を飲んでいる。その左隣にある一人がけのソファにあたしは座っていた。アシュタルテさまと部屋の間で視線を彷徨《さまよ》わせる。

「新しい紅茶をお持ちしましょうか？」

「まだあるから、大丈夫。ありがとう」

後ろに立っていたメイドのオレットから声をかけられる。

落ち着きなくお茶ばかり口にしているのを気づかれたのだろう。

オレットは赤毛を三《み》つ編《あ》みにして綺麗《きれい》に結い上げていた。花が彫られた髪飾りも可愛《かわい》らしい。

だが、マナーに煩《うるさ》いメイド長に見つかれば怒られてしまう。

たとえ怒られたとしてもオレットは笑顔でかわしてしまう。この子の笑顔はどこかほっとする。そういう人懐《ひとなつ》っこさがあった。

執務室に流れるのは悪い空気ではなかった。だが、それも一瞬で崩されてしまう。

「失礼する」

背筋をピンと伸ばしたままだったアシュタルテさまの身体《からだ》が小さく跳《は》ねた。声をかけただけで、ノックもせずにディルムが入ってきたためだ。

（あんなに言ったのに）

アシュタルテさまを預かることになって、すぐに執事長とメイド長に手紙を書いた。

伯爵令嬢にも失礼がない部屋と彼女付きの侍女の準備について指示したのだ。こちらはあまり心配していなかったし、予想通りアシュタルテさまは問題なく過ごされている。

だが、帰ってすぐに注意点を伝えたディルムは、その意味を理解していなかったらしい。こちらもある意味想像通りで、もはや笑いがこみ上げてきそうだ。

アシュタルテさまの片眉が上がる。右手に握られた扇《おうぎ》がわずかに開き、閉じられた。

「すみません、アシュタルテさま」

誤魔化すようにソファから立ち上がり、小声でディルムの無礼を謝る。視線がこちらを射貫《いぬ》いたが、頷《うなず》いてくれたので、とりあえずセーフだったようだ。

ディルムの脇に立ち片腕を広げてアシュタルテさまに紹介した。

「こちらがノートル領第一騎士団団長であるディルム・ホランです。わたしの婚約者になります」

必要最低限。知っておくべき所だけを伝えた。あまり長く話すとボロが出そうだ。

紹介にあわせてディルムが胸の前に片手をかざし、わずかに頭を下げた。

騎士の礼だ。まともな挨拶《あいさつ》をする婚約者の姿にあたしは胸を撫《な》で下《お》ろした。が、次の一言で血の気が引いた。

「ノートル領第一騎士団団長ディルム・ホランだ。こんなところで第二王子の元婚約者殿に会えるとは幸せです」

アシュタルテさまの顔に影が差す。赤い瞳は綺麗《きれい》な二重の瞼《まぶた》と長い睫毛《まつげ》に縁取られているのだけれど、細められるとドキリとする冷たさがある。

その冷たさにあたしの心臓だけが早鐘《はやがね》を撞《つ》き始める。ディルムは何も気づいていない様子で、顔色もちっとも変わらない。

「……そう、ありがとう」

アシュタルテさまは立ち上がりはしたが挨拶は返さない。

通常の流れであれば、身分が下の者が名乗ったあと上の者が名乗り返す。返してもらえなければ名前を教える資格がないと言われたようなものだ。

夜会でこの態度を取られたら、すごすごと退散するしかない。

ディルムはそんなことだけは知っていたようで、少しだけムッとした顔をした。

「ノートル領にいる間は私が守りますが、勝手な行動は控《ひか》えていただけると幸いです」

なんということを！

返事を待たずに部屋に入る非礼、わざわざ元婚約者と呼ぶ空気の読めなさ、極《きわ》めつきは伯爵令嬢に対して勝手な行動はするなと言い放つ。

あたしは額《ひたい》に手を当てる。めまいがした。

人間、驚きすぎると動けなくなるらしい。

口をパクパク動かしても、さっぱり声は出なかった。

とうとうアシュタルテさまが持っていた扇が開かれ、彼女の口元が隠される。

令嬢は不機嫌な顔を見せてはいけない。つまり今アシュタルテさまは隠せないほど不機嫌なのだ。

「ディルム騎士団長！」

やっと出た声は叫びに近かった。

ディルムはこちらを見ることもせず、アシュタルテさまに厳しい視線を投げかけている。

アシュタルテさまがあたしの前にすっと手を差し出し制止してきた。

戸惑いながらあたしはアシュタルテさまと視線を交わした。

「あら、そうなのですね。ライラの下で大人しくしていますからご安心を」

にっこりとアシュタルテさまは扇を広げたまま笑った。

完璧な笑みだが、あたしが最初に見た柔らかさはない。

本当に人形のような美しさと、それさえ怖さに変わる凍えた雰囲気にヒヤヒヤする。

その笑顔を向けられたディルムは、アシュタルテさまが言外に「あなたの世話にはなりません」と言っているのに気づいたらしい。

わざとらしく鼻で笑うと吐き捨てるように言った。

「ノートルは寒い場所ですが、良いところです。どうぞ私の町を楽しんでください」

ここでそのセリフを言うディルムに、怒りがこみ上げる。

私の町？

冗談じゃない。まだ結婚もしていない彼にその権利はない。あたしはもう額に手を当てたまま、ディルムに声をかけた。

「ありがとう、ディルム騎士団長。もう、仕事に戻ってください」

ディルムは鼻息荒く部屋から退室していった。

足音が遠ざかる。物音がしなくなったのを確認してから、あたしは大きく息を吐いた。

「あら、大きなため息」

「すみません。ほんと、色々不躾《ぶしつけ》なことばかりで」

ソファに座り直していたアシュタルテさまが小さく笑う。

気分としては跪《ひざまず》いてお詫《わ》びしたいくらいだったが、頭を下げるにとどめる。

ディルムへの怒りは沸々《ふつふつ》と湧いてくるが、今さらどうにかなる部分でもない。

アシュタルテさまは、紅茶を再び手に取り口をつけようとして、すぐにティーカップを置いた。オレットが音もなく側《そば》に寄り、小さく頭を下げた。

「紅茶、淹《い》れ直しますね」

「ありがとう、お願いするわ」

扇が下ろされたアシュタルテさまの顔はもう普通だった。赤い瞳が輝くような怒りも、人形のような冷たさもない。

何を言うこともできず、ソファに座りテーブルの木目をじっと見つめる。

ふわりとオレットが淹れ直した紅茶の良い匂いがしてきた。

「あれが婚約者なんて、あなたも大変ね」

「幼馴染《おさななじみ》なんです。父が生きていたときは、もう少しマシだったのですが」

きゅっと唇《くちびる》を結ぶ。父がいなくなってからディルムの態度は酷《ひど》くなるばかりだ。

騎士としてのマナーは守ってくれると思っていたが、その希望も打《う》ち砕《くだ》かれた。

アシュタルテさまは紅茶を片手に、憐《あわ》れみの視線をくれる。

「王都だとできない新鮮な経験だったわ……爵位もない騎士風情が、この私にあの口調。たまには外に出るのもいいわね」

「すみません。騎士として女性は守るものという信念が――」

最後まで言い切る前に、アシュタルテさまに遮《さえぎ》られる。

「私の町、ですって――女性は支配するもの、の間違いじゃないかしら」

あたしの頭の中をのぞいたような言葉に、ぎゅっと握っていた手に力が入った。

アシュタルテさまは、唇を少し吊り上げて笑う。

ひくり、とあたしは自分の頬《ほお》が引きつるのを感じた。たった一回でそう思われるほど、ディルムは酷かったということだ。

天井を見上げて目を瞑《つむ》る。それから何も良い言葉が浮かばず、あたしは肩を落とした。

「アシュタルテさま……手厳しいです」

「ふふっ、あれの相手をまともにするほど馬鹿じゃないわよ。面白いものが見られそう」

淹れ直された紅茶を口に含み、アシュタルテさまは小さく笑った。

ふわりとした笑顔は年相応の可愛《かわい》らしさがある。

ディルムで不興は買ったが、あたし自身の心象は悪くないようだ。

改めて紅茶に向き直る。

(良い香り)

上手に淹れられた紅茶は気分転換にぴったりだ。

あたしはアシュタルテさまに向かって、気を取りなおして笑みを浮かべる。

「今日は町を紹介します」

「ディルムの町かしら？」

楽しそうに笑うアシュタルテさまの言葉には、からかいが混じっていた。

あたしは紅茶を静かに下ろしたあと、両手の拳を握って答える。

「……ノートルの町です！」

アシュタルテさまは優雅に紅茶に口をつけながら笑うだけだった。

＊＊＊

ノートルの朝は霧が出る。

周りを山に囲まれ、寒暖差が出やすいためだ。町の中を川が走っているのも、霧が出やすい条件に拍車をかけている。やっと昇った太陽の光によって、霧が少しずつ薄まってくるのを見ながら、あたしはアシュタルテさまの手を取り町を進んだ。

「すごい霧ね」

「この時期は多いです。足元に注意してください」

霧に慣れている町の人たちは、あたしたちを見つけ、すれ違いざま声をかけてくれる。

あたしもいつも通りに挨拶を返す。だけれど、後ろにいるアシュタルテさまに気づくと皆、固まるから面白い。

「霧から女神さまが現れたかと思いましたよ」

「あはは、本当だよねー」

その感覚はよくわかる。王城で見た時に、あたしも同じような反応になったからだ。

アシュタルテさまの美しさに町の人は目を奪われている。それなのに本人はまったく気にせず、町並みや人を見ていた。

美貌を褒《ほ》められるより、気軽に貴族に声をかける平民の方が彼女にとっては珍しいようだ。

アシュタルテさまは、あたしが誰かに声をかけられるたび感心したように頷いていた。

「人気なのね」

「ノートルは小さな町なので、領主と住民の距離が近いんです」

町の造りやお店について紹介しながら歩いていく。足取りはスムーズだ。慣れない土の道をサポートするつもりだったが、国王陛下が言っていたように必要なさそうだ。

「それは良いことね」

アシュタルテさまは頷きながら、あたしの格好を足から頭まで見た。

ぎくりと身を竦《すく》ませる。その手の視線には覚えがあった。

「あなたの格好はもう少しどうにかならないの?」

怒ってはいなそう。呆《あき》れ半分の視線だった。

あたしは「あはは」と誤魔化すように笑い、頭を掻《か》く。

あたしの格好は平民が着る服に近い。レースやリボンのない、膝下より少し長いくらいのスカート。上も無地のブラウス。刺繍《ししゅう》さえされていない状態だ。

生地や作りは丁寧《ていねい》なのだけれど、形としては平民の服そのものだ。

「アシュタルテさまみたいに、汚せずに歩ければいいんですけど」

「やればできるわよ」

アシュタルテさまは刺繍がふんだんに入ったスカートの裾《すそ》を持ち上げる。裾に行くほどレースは増え、手荒く扱えば破けてしまうだろう。

土の上を歩くたびに裾は揺れているのに、アシュタルテさまは踏まない、ひっかけない。どこにも触れさせないから汚れもしない。

やればできる——その一言でできるものとは思えないが、見事な裾捌《すそさば》きは女性として見習いたいものだ。

「こっちの方が仕事がしやすいので」

あたしも自分の裾を少しだけ持ち上げた。アシュタルテさまに比べれば雑すぎる動き。レースなどもないただの折り返された布はアシュタルテさまが身につける物に比べて頑丈だ。

だが——裾を見る。やはり汚れていた。

ぱっと手を離し道案内を続ける。アシュタルテさまは何も言わなかった。

「もう少しで見えてきますよ」

町並みが途切《とぎ》れて、赤茶けた道と林が続くようになる。

水害を防ぐため補修された堤防の上を歩く。徐々《じょじょ》に喧騒《けんそう》が遠くなり、赤い屋根の小屋が緑の間から見え始める。

川の流れる音に乗って機《はた》を織《お》る音が聞こえてきた。

「川の側にあるのね」

「水を多く使うので、ここにしました。水汲《みずく》みは大変なので」

アシュタルテさまが小屋の周りを見回す。顎《あご》の下に手を当てる姿は、カッコいい。よく見るから癖《くせ》なのかもしれない。

茶色の壁は木だし、屋根も防腐剤によって色がついているだけ。簡単すぎる造り。

小屋とはいえ工場として使っているので、道具や材料の搬入がある。そのため入り口だけはあたしの倍くらいの高さがあり、幅も両手を広げても届かない。が、全体としては小屋に毛が生えた程度だ。

扉を開ければ、きしむ音が響く古びた建物。音に気づいたのか、アンナが出てきてくれた。

「ライラさま！」

「アンナ、調子はどう？」

いつもの調子で報告しようとしたアンナだったが、あたしの後ろに見るからに格の違う貴族の令嬢がいることに気づくと、すぐに膝を折った。

「こ、これは失礼しました！」

「気にしないで、ライラに町を案内してもらっているだけだから」

アシュタルテさまはアンナをちらりと見ただけで、扇の先を何度か横に振った。彼女の興味はアンナからすでに内部に移り、視線は工場の中をキョロキョロと見回している。

アンナは戸惑ったようにあたしとアシュタルテさまを交互に見てくる。

その気持ちはよくわかる。あたしは苦笑しつつ、アンナに立つように言った。

「アシュタルテさま、彼女がこの工場を任せているアンナです」

「女性が責任者なの？」

アシュタルテさまはあたしの紹介に目を丸くした。元々大きい瞳がさらに大きくなる。王都でも女性が責任者になる店などはほとんどないからだろう。

アンナは黙ってスカートを持ち上げ再び膝を折った。あたしは説明を加える。

「あたしが頼みやすい人に頼んだ結果です」

「ライラさまが働き口のない女たちを集めて仕事をくださったんです」

力拳をつくるアンナの肩に手を置く。あたしは肩を竦めてアシュタルテさまを見た。

どうにもこの工場の人たちは、あたしを立てすぎる。

アシュタルテさまはアンナの様子とあたしの顔を交互に見て、扇を唇の下に当てた。

「ふぅん、面白いことをしているのね」

「開発で機織り機ができたからなんですけどね」

「機織り機？」

首を傾《かし》げるアシュタルテさまは、きっと機織り機を見たことがないのだろう。

貴族の服は仕立て屋が作るし、魔力を込めた布はスキル持ちしか作れないとされていた。

だから、機織り機を使うのはスキルのない平民だけなのだ。

アンナからの信頼の視線とアシュタルテさまの好奇心丸出しの視線。その二つを逸《そ》らすように、あたしは奥の方を指さした。

「奥にあります」

「見せて」

間髪《かんはつ》入《い》れない返事が可愛らしくて、あたしはつい笑ってしまった。

貴族令嬢にしては平民の暮らしに興味津々だ。冷血令嬢なんてあだ名のわりに、とても人間味のある女性に感じる。

アシュタルテさまが心持ち浮かれて歩くのを、あたしは視界の端に捉えていた。

「これです」

部屋の奥には機織り機が三台置いてある。少しずつ増やして、やっとこの台数になった。

普通の機織り機との違いは糸を張っている棒に魔石を組み込んだこと。見た目は普通の機織り機と変わりない。

機織りの途中だったが少しだけ場所を譲ってもらい、アシュタルテさまに魔石の部分を指さして見せる。

「ここに魔石を組み込むことで、布を織るだけで誰でも自動的に魔力布が作れるようにしてあります」

「そんな機能があるの？　すごい発明じゃない！」

機織り機を見たことがなくても、魔力布の作り方は知っているらしい。

そして、その効用も。

魔力がない人間が魔力布を作れるなら、専用スキルを持った人間と同じことができるということだ。

好奇心に溢《あふ》れた赤い瞳がキラキラと輝き、こちらまで嬉《うれ》しくなってしまう。

「触っていい？」と子供のように聞かれて、可愛らしさに頬が緩みそうになった。

どうにか真面目《まじめ》な顔のまま頷けば、アシュタルテさまは赤ちゃんにでも触れるように、機織り機に触れた。

「ライラさまは、機織り機だけでなく糸巻きを助ける道具も作ってくださって……おかげで、手足が不自由な者も働けます」

場所を代わってくれた女性とアンナがアシュタルテさまに笑顔で告げる。

我が領の領民ながら恐れ知らずというか、あたしにはできない。

ノートルは貴族と平民の距離が近い町だ。加えて、今のアシュタルテさまは王都で見たときと比べて大分柔らかい印象だから、話しかけやすいのだろう。

「元からあるものだから、大したことじゃないよ」

アンナたちから次々に降ってくる褒め言葉を受け止めアシュタルテさまに胸を張れるほど、あたしは褒められることに慣れていない。

アシュタルテさまは興味深げに、部品に指を滑《すべ》らせ、ひとつひとつを動かしている。

あれだけ魔力操作ができるのだから、触るだけで魔力を感じ取れているのかもしれない。

あたしにはそのスキルがないから、わかるなら羨《うらや》ましい限りだ。

アシュタルテさまは機織り機の周りを何度かうろうろした。それから唸《うな》るような声を上げると、アシュタルテさまはこちらを見上げる。

「この魔力布はどこで売っているの？　自動で織れるなんて聞いたことがないわ」

「質は落ちるので、うちの領内でしか扱ってないんです」

さすがにスキルで魔力布を作る人の品質には敵《かな》わなかった。

それでもアシュタルテさまの興味は尽きないようで、細かい部分に質問が飛ぶ。

「どれくらい落ちるの？」

「お見せしますよ。アンナ、お願いできる？」

「はい！」

走って去っていくアンナを見送りながら、あたしはアシュタルテさまを奥の応接室に連れて行くことにした。

＊＊＊

広くもない応接室の机の上には様々な道具が並べられていた。

最低限の明かりの下にあるのは古ぼけ傷ついた机。対照的に、アシュタルテさまは薄暗い中でさえ輝いて見えた。この簡素な応接室との落差が激しい。

彼女がいるだけで貧弱な部屋の格が上がる気がした。

さすが国王陛下に太鼓判《たいこばん》を捺《お》されるだけある。

アシュタルテさまはあたしが開発したものをひとつひとつ手に取っていた。全体を把握するように回しながら眺《なが》めている。

（大したものはないんだけどなぁ）

自分が開発したものを見られていると思うと、ソワソワと落ち着かなかった。

すべての開発品を一通り見たあと、アシュタルテさまがこっちを見た。

「これらもあなたが開発したの？」

端から並べてある順に、太さを均一にしやすい糸巻き。絡まらず、切れない糸を取れる手袋。切れ味の落ちないハサミ。

あたしは一番端に置いてあったハサミを手に取り何度か刃を合わせる。新しいものは一つもない。すべて元からあるものを改良しただけだ。

「開発なんて大したものじゃないです。元からあるものですし……あたしのスキルなんです。設計っていうんですけど、改良はできても新しい発明はできません」

「十分すごいことよ……そのわりに、聞いたことがないスキルなのが驚きだけど」

「あまり役に立たないからです」

あたしの言葉にアシュタルテさまは視線を鋭くした。

赤い瞳が真《ま》っ直《す》ぐにあたしに突き刺さる。子供が親に叱《しか》られた時のように頭を掻いて誤魔化したら、呆れたようにため息を吐《つ》かれた。

アシュタルテさまは顎の下に手を当てて、尋問《じんもん》するように圧を強める。

「他には何を開発したの？」

「そうですね……もっと単純なものになってしまうんですが」

あたしは段になっている棚に手を伸ばす。

ホコリを被《かぶ》った様子はない。近くに色とりどりの糸玉も置いてあったから、頻繁《ひんぱん》に使われているのかも知れない。

作った当初から評判が良かったので、そのまま工場に置いてあるだけなのだけれど。

あたしは棚から編み機を取り出し、アシュタルテさまの前の机に置いた。

「これは編み機かしら？」

作りは単純だ。上に魔石があり、そこに糸を結ぶ。その下に糸を分けるための板がついている。交互に糸を移動させることで組《く》み紐《ひも》が簡単に編めるものだ。

アシュタルテさまも興味があるようで、少しだけ前かがみになっている。

実際に糸を通すために糸玉を手に取って、あたしは手を止めた。

どうしようかとアシュタルテさまを見つめる。もう一度手元にある糸玉を確認する。

（うん、足りてる）

赤、群青、銀、琥珀《こはく》。

珍しい色のものもあるのは、運が良い。

「これは好きな加護を付けられる編み機です」

「好きな加護を？」

信じられないというようにアシュタルテさまが編み機とあたしを交互に見る。

今日だけで何度見たかわからない表情。あたしは苦笑するしかできない。

（この魔石なら魔除《まよ》けの加護だし、ちょうどいいかな）

魔石まで交換すると少し面倒だ。そのまま使ってしまおう。

石の下にさっき選んだ四色の糸を結び、交差させていく。

赤を群青の上に交差させる。それから銀の下を通して、さらに琥珀の上へ。反対の端まで赤の糸が行ったら、群青を同じように交互に通す。

「器用ね」

「手を動かすのは好きなんです」

アシュタルテさまはあたしの手元をじっと見ていた。ちょっとずつ模様が浮かんでくるのが珍しいのかもしれない。

順番だけ間違えないように注意して手を動かす。見るのは手元だけ。アシュタルテさまを少しでも見ると、綺麗な横顔に気を取られ動きを間違えそうになる。

「どうやって、好きな加護を付けるの？」

真剣に道具を見つめるアシュタルテさまは、あたしの内心に欠片《かけら》も気づくことなく質問を重ねた。

どうやって、ここに来てから一番聞く言葉だ。

アシュタルテさまは物の成り立ちへの興味が強いらしい。あたしとしても自分が開発したものに興味を持ってもらえるのは嬉しかった。

「魔石の種類で加護を絞れるんです。種類を揃《そろ》えるための材料の入手が大変でした」

スキルを使えばどの魔石でどの加護になるか知ることができた。改良するために何が必要か表示されるから。だけど、魔石を入手することや魔石を作るための材料集めに苦労した。

知っているだけでは作れないんだなと実感した道具でもある。

「魔石と加護が関係している……そんなの聞いたことがないわよ！」

大きな声に肩が跳ねてしまう。

アシュタルテさまがソファから立ち上がり身を乗り出していた。

「スキルで普通に、見れましたよ……？」

あたしがびっくりした顔で見たからか、アシュタルテさまはすぐに咳払《せきばら》いをすると綺麗な姿勢で座り直した。扇に隠された横顔に少し朱がさしている。

心の中で「分析」と唱え、スキルを発動させる。分析は正確に言えば設計スキルじゃない。色んなものを設計スキルで作っていたら、突然、分析というスキルも使えるようになっていたのだ。スキルに付随するスキル――サブスキルのようなものらしい。

これが便利で、使っている道具の名前、設計図、必要なものが頭の中に浮かんでくる。

加護の魔石と書かれた下にベール石、魔除けハーブなどの文字が並んでいた。それ以外にも魔石を排出するモンスターの名前も書いてある。

「やっぱり、スキルで普通に表示されてますけど」

アシュタルテさまは動きを止めた。動きを止めてる間にも黙々と手を動かし、紐を編んでいく。話している間もできる手軽さが編み機は良い。

しばらく固まっていたアシュタルテさまは、あたしの様子に呆れたように息を吐く。

「つ……王都の学園でもそんなこと教えないわよ」

「学園には行ってないもので」

王立学園は魔法のスキルがある者の大多数が通う場所だ。魔法スキルを持つ子供は、ほぼすべて貴族の子供なので、小さな社交界のようになっている。

あたしのスキルは設計。名前からして明らかに魔法関係ではなかったので、王立学園には行っていない。

アシュタルテさまは頰に手を当て、指をとんとんと一定の速度で動かす。

行儀が良い格好ではないが、まるで物語のワンシーンのようだった。

「この場所だから騒がれなかったのかしら」

「いえ、陛下はご存知ですよ」

スキルの報告は義務付けられているし、領主代行の挨拶のときの様子を見れば、あたしが様々な物を作っているのは知られている。

あたしの言葉にアシュタルテさまは、顎に手を当てて考え込む。

彼女が何を考えているのか、あたしに推《お》し量《はか》ることはできない。だが、好きなことを気兼《きが》ねなくできる沈黙は嫌いじゃなかった。

「できました」

編んだ紐の糸の端を束ねて、解《ほど》けないようにキツく結ぶ。

規則的な糸の繰り返しが模様のようになっている、簡易的《かんいてき》な加護付きブレスレット。

糸の処理を終え、あたしはブレスレットをアシュタルテさまに差し出す。サイズとしては短めだが、アシュタルテさまの細い手首なら余《あま》りそうな長さだ。

「え？」

きょとんと、その人は冷血なんて単語とは正反対の顔をした。

呆気《あっけ》にとられたまま、あたしとブレスレットの間でアシュタルテさまの視線が忙《せわ》しなく動く。

あたしはブレスレットを彼女の手のひらの上に優しく置いた。

「ノートルに来た記念に」

数秒、もしかしたら、もう少し。

アシュタルテさまの口元に力が入る。

もごもごと動く様子は言葉を探しているようにも、感情を隠しているようにも見えた。

だけど、やっと——彼女の唇が綻《ほころ》んだ。

「くれるの？　嬉しいわ」

「アシュタルテさまの色にしてみました」

赤、群青、銀、琥珀の四色が彼女の手の中で踊っていた。

「髪が群青で、瞳が赤ね……銀と琥珀色は？」

不思議そうに尋ねてくるから、あたしはふいを突かれたような気分になる。

まさか。国王陛下から完璧と言われたアシュタルテさまが知らないわけがない。

「え、女神アシュタルテさまの色ですよ」

アシュタルテ・ベッラ・フォン・スタージア。

その名前は音だけで華々しい響きを人に与える。

その中でもあたしが一番気に入っていたのは、彼女の名前の部分——アシュタルテ。

豊穣《ほうじょう》の女神をあたしはこっそり信仰していた。

「アシュタルテさまの名前って、女神さま由来かと思ったんですけど……違いましたか？」

違ったとしたら、かなり気まずい。不安に思いながら、アシュタルテさまの様子を窺《うかが》う。

びっくりした顔で目を見開く女神さまがいた。

「いいえ、合っているわ。物知りね」

それも一瞬ですぐに元の冷静な顔に戻ってしまう。

アシュタルテさまは何度かあたしとブレスレットを見た。それから、ブレスレットをぎゅっと胸の前で握りしめる。

「ありがとう。その……アシュタルテの話を知っている人なんて、今までいなかったから」

訥々《とつとつ》と、途切れ途切れに、アシュタルテさまは呟《つぶや》き、表情を緩める。

ああ、これは——マズイことをしたかもしれない。

国王陛下を前にしたときより、ディルムに冷静に対応していたときより、このアシュタルテさまはマズイ。あたしは呼吸を忘れてアシュタルテさまに見入ってしまう。

「初めて、お祝いされた気分よ」

誰だ、この人を冷血令嬢だの完璧令嬢だのと言ったのは。

完璧なのかもしれないが、あたしの前で笑うアシュタルテさまは、十六歳の女の子だった。

すとんと胸の奥底に彼女が落ちてくる。預かるだけだったはずなのに、これはマズイ。

沈黙が広がる部屋にノックが響いた。

「アンナです。魔力布、持ってきました」

「今、開けるね！」

アシュタルテさまに言葉を返さないといけないのに、あたしは何も言えずにいた。アシュタルテさまは嬉しそうにブレスレットを眺めているから、気づかれることはない。

だから、アンナが戻ってきてくれて、本当に助かったのはここだけの話だ。

＊＊＊

町が闇に沈む時間になってから、あたしとアシュタルテさまはノートルの屋敷に戻ってきた。

夕焼けを見るアシュタルテさまの瞳に、赤と赤が重なり、言葉にできない色になる。

窓の外は暗くなり、町の灯《あか》りがポツポツと見えていた。

あたしは脇に括《くく》られていたカーテンのタッセルを外して、厚手の布地をしっかりと閉じる。分厚く重いので、オレットが手伝ってくれて助かった。

「失礼しました」

「ありがとう、助かったよ」

夜になると途端に冷える。紅茶から湯気が立ち上っていた。

暖炉にはわずかばかりの薪《まき》が入れられ、火が揺らめいている。

本格的な冬が眼の前に来ていた。

不作の心配があった麦も、調査した結果、どうにか去年と同じくらいの収穫量になるだろうと報告があった。

何もなければ飢《う》えて死ぬことはない。だが、何もなく冬を過ごすことが難しいのも、ここに住んでいれば身に染みていた。

ソファに座ったまま静かに紅茶に口づけるアシュタルテさまを隠れ見る。

(思ったより、穏やかに過ごせているけれど)

アシュタルテさまは、毒殺未遂の容疑がかかった人であり、それ以外にも王都の面倒な利害関係の中心人物だ。今が平穏でも明日が無事とは限らない。

実家を離れて、見知らぬ土地に独り引き渡される。

それがどれだけ心細いのか、不安なのか。ノートルから離れたことのないあたしには、想像さえ及《およ》ばない。

と、あたしが視線を彷徨わせていることに気づいたのか、アシュタルテさまが面白そうに唇を吊り上げた。

「スタージア家が何をしているか知っている?」

スタージア家。伯爵家ながら治める領地を持たない宮廷貴族、だったはず。

宮廷貴族なら宮廷の仕事をしているわけだが、その具体的な内容まであたしは知らない。

貴族としては完全なる知識不足だ。知らぬ間に動きを止めていたら、アシュタルテさまが紅茶をソーサーに置いた。

「知らないのね」

「すみません。領地に引きこもって開発ばかりしていたので」

気まずさに引きつる頬を隠すように勢いよく頭を下げる。

アシュタルテさまはゆったりと扇を横に振るだけだった。

「いいのよ。スタージア家は主に特許とその活用を管理しているわ」

「え、そうなんですかっ」

特許を扱う家!

バネじかけの人形のように下げていた頭を上げ、ソファから立ち上がる。

(お世話になっていたのがアシュタルテさまのご実家だったなんて!)

何度もお世話になっているのに知らなかった。申し訳なさが恥ずかしさと共に襲ってくる。

父がいたときは、あたしの開発したものを特許登録していた。

その書類にサインをした覚えはあるのだけれど、送付先や管理をしている家の記憶は曖昧《あいまい》だ。

父の具合が悪くなってから、登録自体をおろそかにしていたせいもある。

「私も手続きや整理を手伝ったことがあるのだけれど……手伝いとはいえ、仕事だから、ちゃんとしようと思って。全部、暗記してたの」

「へ？」

間抜けな声が出た。

全部暗記って。

どうやらアシュタルテさまの能力は規格外のようだ。

言葉をなくしたあたしは悪くないと思う。

アシュタルテさまは、ゆっくりと膝の上で指を組み直す。恐る恐る顔を見れば、綺麗な笑みがそこには浮かんでいた。あたしが感じていたのは強い圧力だけだったけれど。

「今日見たものは、そんな私でも初めて見るものばかりだったわ」

「……もしかして、ヤバいですか？」

「もしかしなくても、世紀の発明だと思うけれど？」

作ったものが珍しいのは知っていた。けど、世紀の発明なんて思っていなかった。

分析スキルを使えば設計図が見える。そこに載っていたものだから、発明をしている人たちの間なら知られていることだと思っていたのだ。

（皆の反応は、こういうことだったのね）

言われてみれば、ちょいちょい思い当たる節《ふし》はある。父親の引きつった顔だったり、周りの怪訝《けげん》そうな表情だったり。

肩に触られる感触に頭を上げたら、オレットから生暖かい視線を向けられていた。

「ほら、ライラさま、言ったじゃないですか」

「機織り機がそんな大したもののわけがないと思ったんだよ」

改造したのは魔石を組み込むことだけで、結局は機織り機なのだ。しかも、スキルで見た設計図に出てきた通りにしただけ。

あたしの様子にアシュタルテさまは少し難しい顔をした。

「その様子だと特許申請はしてないってことね」

「……機織り機を開発したわけではなかったので」

「あなたが作ったのは、機織りの道具じゃないわ」

アシュタルテさまは目の前に置かれた魔力布に手を伸ばす。綺麗に巻かれた状態から少しだけ布を引き出した。

その状態でアシュタルテさまが何かを呟く。と、すぐに白い光がキラキラと舞った。

魔力の反発。相容《あいい》れない魔力同士がぶつかると起こる現象だ。

アシュタルテさまは、魔力布を片手に肩を竦めた。

「この通り、魔力がない者でも魔力布を織れてしまう道具よ」

「でも、質が……」

「上質な魔力布の六割ほどの魔力はあるわ。駆け出しの冒険者なら十分よ」

魔力布は魔力を纏った布だ。

その魔力を使うことで、装備を丈夫にしたり装着者の回復を早めたりする。それが一般的な使い方で、冒険者であればスイッチを入れるように発動の切り替えができる。

もちろん、質が良い方が効果も高くて長持ち。

どういう使い方をするかにはよるが、一週間以上任務に就く場合は、うちの魔力布では役に立たないだろう。

「冒険者相手に通用するでしょうか？　質が足りないと思ったので、うちでは保温布として使っているんです」

「保温布？」

あたしは魔力布を取り上げ、その表面を撫でた。

アシュタルテさまが小首を傾げる。白磁《はくじ》のような肌の上を艶《つや》やかな髪の毛が流れていく。

それだけで、あたしの目は奪われてしまう。だが、お預かりしている令嬢に見惚《みと》れていたなんて言えるわけもなく。

あたしは保温布の説明に徹《てっ》する。

「ノートルは寒いので、この布は保温効果を付けて売ってるんです」

「待って。保温効果って何かしら?」

薪も食料も手に入れられる量には限界がある。凍死を防ぐために考えたのが、この布だった。

魔力布は糸と魔力の組み合わせにより色々な効果を発揮する。

まず、〝常に温かい効果を持つ布〟を作りたいと思いながら、設計スキルを使った。

それで出てきたのが、保温効果であり、さらに設計図に材料と作り方も出てきたのだ。

「魔力布を織る時の糸に、ムートンの毛を混ぜるとその効果に……」

そこまで言ってから、こめかみに指を当てているアシュタルテさまに気づく。頭痛を我慢しているような表情に、またやってしまったかと言葉を止める。

オレットを見る。先ほども見た生暖かい笑みを浮かべ、頷かれた。

あたしは口元に手を当て、呆然《ぼうぜん》と声を出す。

「もしかして、これも?」

「あなた、探せば探すほど申請漏れがありそうね」

これで申請漏れ扱いになるなら、その通りだ。

ノートルを良くするために欲しいなと思って改良したものはいくつもある。

わずかな願いを込めて、あたしはアシュタルテさまを窺う。

「設計図の効果の所に、普通に書いてあるのに?」

「ムートンの毛が暖かいのは知られているけれど、魔力布に織り込むとか、それで保温効果が出るなんて聞いたことないわ」

アシュタルテさまは早口でそう言った。だが、聞き取りやすい声で理路整然としているおかげで、わかりやすい。

特許として申請されている情報は、本当に全て暗記しているのだろう。言葉には自信が感じられた。

あたしには普通のことだったので、設計図や効果について疑問が浮かぶことはない。

ノートルでは誰も何も言わず作ってくれた。スキルで表示されるのだから、そうなのだろうと。

アシュタルテさまが言ってくれて、あたしは初めてその特異さに気づき始めていた。

言葉を失ったあたしの代わりにオレットが保温布に解説を加える。

「ノートルでは、この布が出回るようになってから冬に凍え死ぬ平民がいなくなりました」

「でしょうね」

アシュタルテさまが扇を閉じた。パンと小気味いい音が部屋に響く。

「早く申請しなさい。特許は早い者順よ」

「わかりました。そうします」

「特許をとれるものがこれだけあれば、それだけで資金に余裕が出るわ。私も手伝うから」

「本当ですか？　ありがとうございます！」

「もう、何で私が仕事することになるのかしら」

ぴょこりと頭を下げてから、嬉しさのあまり溢れた笑顔でアシュタルテさまの手を握る。

顔を逸らした際に見えた頬には少しの紅《あか》さ。口調こそイヤイヤな雰囲気が滲《にじ》んでいたが、あたしにはわかる。

照れてる。可愛い。

ほっこりした気分でいたら、激しく扉をノックする音が聞こえた。入ってきたのは執事長のジョセフだった。

「失礼します。今、隣のサーザント領から手紙が届きました」

ジョセフの手には、急を告げる赤の封筒。これが届いたら、何より先に処理しなさいと父から言われていた封筒だった。

あたしはジョセフから手紙を受け取る。封蠟《ふうろう》も正式なものだ。

嫌な予感が高まっていく。

表書きを見る。

〝ノートル家の特許侵害について〟

慌てて封を切る。手紙に目を通して、愕然《がくぜん》とした。

「特許侵害について……？」

「訴状《そじょう》じゃない」

呆然と読み上げたあたしの声に、それ見たことかと瞳を細めるアシュタルテさまが妙に印象的だった。

＊＊＊

一週間後、赤い封筒を中心に、あたし、アシュタルテさま、アンナが工場の応接室に集まっていた。まだお昼よりも早い時間帯。働いてくれる女性たちの大半は出勤していなかった。そんな中でアンナは誰よりも早く、この工場の鍵を開けてくれていた。他にはジョゼとゾフィがいるだけだ。

まだ朝の気配が残るひんやりした空気の中、薪が燃える音だけが聞こえてきた。

その中で、あたしはがっくりと肩を落とし机に手をついた。

「まさか、本物だったなんて」

「中の様式も正式なものだし、書類としては完璧な体裁《ていさい》ね」

アシュタルテさまが書類を上から指でなぞるようにして確認する。

訴えられているのは、改良した機織り機。魔力布を織れるようにしたものだった。

最初だけ隣の領――サーザント領から機織り機を買い付けたのだ。そこから改良して、あの魔力布ができたのだが、それがマズかったらしい。

（それにしても、今さら過ぎるんじゃない？）

魔力布を織れるようにしてから数年は経《た》っている。外に魔力布を流通させなかったから、遅かったのか。わからない。だが可能性として考えられるのは――。

「うちの機織り機が、盗用……？」

信じられないというように、アンナが周囲を見回す。あたしも気持ちとしてはアンナとまったく同じだった。

「まったく可笑《おか》しな話じゃないですか？　隣の領に機織り機を卸《おろ》したのはうちの方ですよね」

「そのはずなんだけど」

アンナの言葉にあたしは頷いた。

改良した機織り機をサーザント領に卸したのは去年だ。その時は特許だ何だと言われることもなく買い取ってくれた。

買い取った後に調べられた可能性はある。

あたしとアンナが首を傾げていると、アシュタルテさまがカップをソーサーに置いた。

「それが、そうとも言えなくてね」

アシュタルテさまは手元に紙を取り出した。スタージアの家紋――星を鏤《ち》りばめた中に鳥が舞っている紋章が薄く印刷されている。手間がかかった高級そうな紙だ。

この一週間でアシュタルテさまが申請してある特許について調べてくれた結果がその紙には載っていた。

「特許申請してあったのは、サーザント領の機織り機だけなのよ。ライラはそれを改良したのだけれど、申請されてない」

ちらりと視線を寄越《よこ》される。ぐうの音も出ない。だって申請していないから。

「……権利の上では、あっちのものってことですか」

アシュタルテさまはひとつ頷くと、紙をあたしの方に差し出す。

渡された紙に目を通す。

確かに機織り機の申請はサーザントの名前でされているものが最後だ。

あそこは布と服飾の町だから、機織り機に関する特許申請も多い。紙面が埋め尽くされるくらい、サーザント領の名前が載っていた。

「まぁ、魔力布を織れるなんて機能は他にないから、申請さえしてれば確実に勝てていたんだけどね」

じーっとアシュタルテさまから視線の圧力を感じて、あたしは顔を伏せたままにした。

紙を見ながら今でも納得できない事実を口に出す。

「……だって、ほぼ機織り機のままだし」

「甘いわね。あなたの能力は特殊よ。宝の持ち腐れすぎでしょ」

肩を竦めるアシュタルテさま。

この一週間でアシュタルテさまから特許について講義してもらった。結果、あたしは自分がどれだけ勿体《もったい》ないことをしたのか、わかっている。

反論もなく項垂《うなだ》れていたら、ここで滅多《めった》に聞くことのない声が聞こえてきた。

「ライラ！　ここにいるのだろう!?」

ディルムの声だ。まさかと、思わず皆で顔を見合わせる。

この工場にディルムが来るとは信じられない。彼はここをないものとして扱っていたのだ。女だけの仕事場など認められないと言っていた。

「アンナ、悪いけど」

「わかりました」

アシュタルテさまは腕を組むと扇を広げた。口元が隠され、目元がすっと冷えていく。

どちらが早いかくらいのタイミングで、ディルムが扉を開けて入ってくる。足音は響くし、大きな肩幅のまま歩くから、狭い工場で物にぶつかっていた。

「また、面倒なのが来たわね」

アシュタルテさまが小声で呟く。扇に隠されていても、あたしには聞こえていた。吹き出しそうになるのをどうにか堪《こら》える。ディルムの前で笑うわけにはいかない。

ディルムはあたしたちの様子にまったく気づかず、あたしの前に大股で歩いてくる。

「訴状が届いたと聞いたぞ。サーザント領の機械を盗んだとか」

「盗んでいません。難癖《なんくせ》です」

高い身長から見下ろし、こちらの言い分を聞くこともなく決めつけてくる。ディルムのあまりの言い草に、あたしはむっとした声が出た。

現状は特許侵害と訴えられている状態だ。特許侵害と機械を盗むのは、全然違う。

思わず反論してしまったあたしの言葉にディルムは眉を吊り上げる。

「難癖？　訴状が届いているなら、難癖でもなんでもないだろう」

ふん、と彼は鼻息荒く息まいている。

言うだけ無駄らしい。彼の中ではすでにあたしたちが悪いことで確定しているのだ。

あたしは歯噛《はが》みしながら、ディルムを黙って見つめた。

「あちらの要求は？」

「機械を使わないようにすることと……一千万フランを支払うこと」

こちらを見下げるディルムから矢継《やつ》ぎ早《ばや》に言葉が飛んでくる。

あたしは訴状の内容を端的に伝えた。どちらもノートルにとってダメージが大きい。

ディルムは天井を仰《あお》ぐようにした。

「なんてことだ」

お金の話をしたことがないディルムでも、一千万フランの大きさはわかるらしい。

額に手を当てたディルムが、わざとらしくふらつき、片手をソファにつける。

アシュタルテさまはソファに座ったまま、わずかに身を引いた。扇を顔の前に広げ、状況を冷静に口にする。

「機械を使えなければ、領の収入は減ることになる。訴状を取り下げるための一千万フランは払えるけれど、今年の冬の備蓄に回したかった、ということよね？」

「その通りです、アシュタルテさま」

アシュタルテさまは、内政のことをよくわかっている。

ノートル領は貧《まず》しい。あたしの開発した機織り機により、効率化された布の生産で、どうにかこうにか持っている状態だった。売りに出すのは普通の布で大金になるわけでもない。特に冬の間は備蓄と燃料にごっそりお金を持っていかれる。さらに領内で作る魔力布に保温効果を持たせて配布することで、領民の凍死を防いでいる。

すべてがギリギリのバランスなのだ。

「訴えられているならば、一刻も早く支払うべきだ」

「ディルム！」

アシュタルテさまの話を聞いていたのだろうか。苛立《いらだ》たしい幼馴染の姿に強い声が出た。払えない額ではないが、払ってしまったら領民の生活に影響が出る。それは避けたい。

咎《とが》めるようなあたしの声に、ディルムは部屋を見回すと再び鼻で笑った。

「機械はまた作ればいいだろう？　金を支払ってさっさと名誉を回復すべきだ」

まるで貴族として生きてきたように言う。

確かに、貴族にとって名誉は大切だ。だが、それは王都で家格争いをしている貴族だけ。ノートル領のような地方貴族は、領地を治めることで生活している。名誉が傷ついただけで死ぬことはない。それより共に暮らす領民の方が大切なのだ。

あたしは唇を引き結んだ。

「名誉って言っても……機械を使えず、お金を払えば、餓死者や凍死者が出ることになるんだよ？」

じっとディルムの瞳を見返せば、彼は言葉に詰まった。

騎士団は優先的に食料が回される。その上、彼は町を見回るのも好まない。飢えの酷さを見たことがないのだ。

勢いのまま言った部分も多いらしく、ディルムの顔が赤く染まる。

「とにかく、君が開発したものでこんな問題が起きているんだ。こちらとしてはいい迷惑でしかないっ。早く事態を収拾するように！」

言い捨てる形で、ディルムは足早に工場から去っていった。

あたしは呆れたようにその背中を見送るしかできなかったし、アシュタルテさまは見てもいなかった。ディルムの姿がなくなり、ふーと力を抜くように息を吐く。

「その方法がないから、困ってるんじゃない」

あたしは独り言のように呟いた。

訴状は本物。

特許は申請していない。

お金もない。

ないない尽くしだ。脱力してソファに座ってお茶を口に含む。大分温《ぬる》くなっていた。

視線を感じて顔を上げる。アシュタルテさまがこちらをじっと見ていた。目が合うとアシュタルテさまは、含み笑いを浮かべた。

「ないこともないわよ」

「え？」

その後のアシュタルテさまの提案は、あたしにとって青天の霹靂《へきれき》そのものだった。

＊＊＊

それからアシュタルテさまの行動は素早かった。

いつの間に動いていたのか、工場や屋敷に置きっぱなしになっていた、あたしが忘れていた道具まで見つけてきていた。

他にも一週間の間にジョセフと一緒にノートルの町へ出向き、あたしの開発したものをかき集めていたらしい。アシュタルテさまに話しかけられて、飛び上がる人たちの姿がありありと想像できる。

「大きな物は奥の方に。小ぶりなものは手前に置いてくださる？」

「かしこまりました、アシュタルテさま」

ノートル家の屋敷は王都に住む貴族のものと比べれば小さいが、技術を尽くした丁寧な造りをしていた。長い冬を室内で過ごすことが多いためだ。

特に力が入っているのが執務室と応接室。他の貴族やお客様が一番見る可能性の高い部屋だった。その執務室にあたしが作った道具たちが運び込まれる。

アシュタルテさまは部屋の入り口近くに立ち、涼しい顔で指示を出していた。

（よくこんなに見つけてきたなぁ）

運び込まれるものを横目で見る。作ったのを忘れていたものまであった。

懐かしい。そっと思い出に触れる間もなくメイドたちにより、どんどん運ばれてくる。

オレットまでその行列に加わっていた。

アシュタルテさまは、あっちこっちと指示を出し、部屋に隙間《すきま》なく道具が置かれていく。この屋敷でも大きいはずの部屋は、書類仕事をする場所以外なくなった。

「アシュタルテさま、部屋が物置のようになっているのですが」

アシュタルテさまと二人になった部屋で、道具を倒さないように周囲を見回す。

道具以外はあたしの執務机と小さな作業机と椅子だけだ。

アシュタルテさまの定位置のようになっていたソファとテーブルも運び出された。代わりに小さな作業机と椅子が持ち込まれたのだ。

あたしの言葉にアシュタルテさまはひらひと手のひらを振ると、その小さな作業机の椅子を引いた。

「しょうがないでしょ、作業に必要なんだから」

作業、とあたしが呆気にとられている間に、アシュタルテさまはサイドの髪をまとめ結い上げる。手慣れた様子は、スタージア家で仕事を手伝っていたことを実感させる。

アシュタルテさまの片手にはペン。机の上には書類。どうやらここで仕事をするようだ。と、彼女が持つペンに目が引き寄せられる。

「それ……」

「便利そうだから、借りるわ」

あたしがアシュタルテさまの手元を指さすと、彼女はペンを軽く掲《かか》げた。

笑顔が麗しいけれど、有無を言わせない圧力も感じる。

以前作ったインクが長持ちするペンだ。アシュタルテさまは、もう片方の手で正式な特許申請書を持ち上げる。

「私はとにかくすべての道具を特許申請するわ。この私が書くんですもの、抜けも間違いもない完璧なものよ」

「はぁ、そこはまったく心配していませんが」

胸を張るアシュタルテさまに、曖昧に頷く。気になったのは別の部分。あたしは部屋をもう一度見回した。部屋を埋め尽くす道具は、五十を優に超えている。

再び、アシュタルテさまに視線を戻した時には彼女はすでに一枚目を書き始めていた。

「これを一気に行うのですか？」

自分で作っておいてなんだが、かなりの量がある。書類は一枚作るのも面倒な仕事。

あたしが残していた仕事をアシュタルテさまにしてもらうことになってしまう。気まずさが溢れる胸に手を当てた。

「そうよ。特許は時間が命。今回のことに味を占めて、他の特許についても同じことをする輩《やから》が出るかもしれないから」

アシュタルテさまは一度手を止め、山のようになった道具を見回す。

深いため息とともに、アシュタルテさまの視線があたしで止まった。

何を言われるか察して、なるべく身体を小さくする。

「それにしても、溜《た》めすぎよ」

「すみません。よろしくお願いします」

その通りのお言葉に、ぺこりと頭を下げてから、自分も申請書を書くため机に向かう。

自分用のペンを取り出して、それから書こうとしたら――机に影が差した。

顔を上げるとアシュタルテさまが花の顔《かんばせ》に眉間のシワを寄せて、じっとあたしの手元を見ている。その視線の鋭さに身が凍える。

まったく身に覚えがないけれど何かしてしまっただろうか。

「何してるの？」

「え、申請書作りですけど」

首を傾げつつアシュタルテさまを見れば、またため息を吐かれた。

「あっ！」

手元の申請書を取り上げられる。思わず立ち上がり手を伸ばすも届かない。

アシュタルテさまの方が元から背が高いうえ、机も邪魔している。

かすりもせず書類はそのまま、アシュタルテさまの胸に抱え込まれてしまう。

「これは、私がしておくわ。あなたは自分の仕事をなさい」

「あたしの仕事、ですか？」

申請書を書いて、資金を集めるのが仕事なのではないか。

首を傾げて聞き返したあたしに、アシュタルテさまのこめかみがピクリと動く。

マズイ、何か地雷を踏んだらしい。背筋に緊張が走る。

「あなたの仕事は、新しい魔力布製造機の開発よ」

あたしはアシュタルテさまの顔を無言で見つめた。

新しい、魔力布、製造機。言われた言葉を分解して、意味を飲み込む。

「つまり、魔力布を作る機械を新しく開発して、特許をとれと？」

半信半疑のまま、アシュタルテさまを見つめる。

あたしの言葉に、彼女は満足そうに大きく頷いた。

「そう、この訴状だと機織り機の一部を改造したことが問題になっているわ」

アシュタルテさまがどこに持っていたのか、赤い封筒から訴状を取り出す。眼の前に突き出された文面は何度も確認したものだ。

「そう、だから……機織り機を元にした開発はもうできないんじゃ」

「その通りよ。だから、新しい機織り機を作ればいいのよ」

「新しい、機織り機」

口からうまく言葉が出てこない。

アシュタルテさまが対面に立った状態で、紙にペンを滑らせる。

今の機織り機の簡易的な構造だ。しかもわかりやすく正確。少し前まで知らなかったものを、ここまでわかりやすく図解できる人間がいるのだろうか。

図とアシュタルテさまを交互に見比べた。

そんなあたしを気にせず、アシュタルテさまは図を指さしながら説明を続ける。

「特許はまるきり新しいといけないわけじゃないわ。機構や動力が違えば、それはもう違うものなの」

以前の講義でも聞いた内容だ。少し違うだけでも特許はとれる。

特に大切とされるのは二つ。動かしているエネルギーが何かと、その仕組み。

「つまり、布の織り方を変えるか、手動の部分を自動化すればいいってこと?」

あたしは、機織り機の機構と動力の部分に丸をつけた。簡単に言うが、この部分は機織り機の根本部分だ。

確認するように見上げれば、満足げな笑顔のアシュタルテさまに頷かれる。

「できるでしょ?」

その瞳にはあたしのスキルに対する信頼と、挑戦的な炎が浮かんでいた。そんな瞳で見られたら開発した人間として燃えないわけがない。

変化させるべき部分がわかっていれば、どうとでもなる。

スキルを使い新しい機構か動力を練り、必要なアイテムを洗い出していくだけ。

得意分野だ。書類仕事より余程《よほど》いい。

あたしは珍しく確信を持ってアシュタルテさまに頷き返した。

「必要なら、何が何でも作ってみせます」

「あなたの仕事は開発よ。私はここで申請書を作っているから、特許について聞きたいことがあったらいつでも聞いて」

「ありがとうございます！」

早速、机の上に紙を広げる。欲しい機能を整理して、一つずつ設計スキルを使うためだ。

設計スキルは技術や作り方は教えてくれても、無理なアイテムを提示してくることがある。その中からできそうなものを選ぶ。それがあたしの仕事のようなものだった。

（やってやろうじゃない！）

アシュタルテさまの挑戦的な瞳から何かが燃え移る。

その勢いのまま、空白が広がる紙を見つめる。

申し訳ないが申請書はアシュタルテさまにお願いしてしまおう。

新しいものの開発はあたしにしかできない、あたしの仕事なのだから。

「それから」

「はい？」

やる気に燃えていたら、小さくこほんと咳払いが聞こえた。

アシュタルテさまは、顔をほぼ真横に向けている。見えるのは横顔だけ。そこには先ほどとは正反対の表情が乗っている。

この状態で何を言われるか想像がつかなくて、あたしは素直に首を傾げた。

「二人だけの時は敬語じゃなくて良いわ。あなたの方が年上なんだし」

ちらちらとこちらを見てくる。

照れているのか、恥ずかしいのか。何よりあたしの歳《とし》を知っていたのか。

アシュタルテさまは思慮深《しりよぶか》く目端が利《き》いて、優しい人間のようだ。

「わかったよ。これからも、よろしくね」

「ええ、よろしくしてあげるわ」

あたしは頬が緩まないように注意しながら頷いた。

アシュタルテさまも少しだけ表情を綻ばせ、二人揃って令嬢らしくない作業に移った。

＊＊＊

執務室にはあたしが動かすペンの音だけが響いていた。あれから丸一日ずっと手を動かし続けている。

カーテンの隙間からは朝日が差し込み始め、少しだけ目を細める。もう朝になってしまった。

手元を照らすランプもあたしが開発したものだった。

「設計」

小さく呟くと、目の前に薄い板のようなものが現れる。

そこにはあたしが開発したいと願っている機能を持った機械の全体像が映し出される。さらに細かく見たいと思うと、設計図と必要なアイテムが表示された。

「設計図はいいとして、ドラゴンの爪？　無理」

息を吐きながら、イメージを切り替える。すると設計図と必要なアイテムがぐにゃりと歪《ゆが》み、新しいものが表示された。

「シルフィードの精霊石って、破産するよ」

苦い思いがこみ上げてくる。

先ほどから表示される材料は、手軽とは言えないものばかりだ。

ズキンズキンと心臓の拍動《はくどう》にあわせてこめかみが痛む。一度目を閉じて、目元を手のひらの付け根で揉《も》み解《ほぐ》す。

書いては消し、見ては書く。

少しでもイメージを変化させれば、アイテムは変わる。

設計して、材料を洗い出し、作れるものを探す。

それを紙が黒くなるくらい繰り返して、あたしは椅子の上で背伸びをした。

「やっぱり、機織りの仕方を変える方が安上がりかな？」

机の上にそのまま身体を投げ出す。誰も見ていないからできることだ。

前髪をかき上げて、横線で消されている材料を確認した。

今、変更しているのは動力の部分だ。

機織り機自体を大きく変える——新しい織り方を考案するには、あたしの知識がなさすぎた。

かすむ視界に目元をこする。全体的に酷いことになっているだろう。

「ねむ……あの仕事量を一人で、ほぼ終わらせたアシュタルテさま、すごすぎない？」

あくびを嚙《か》み殺《ころ》しながら部屋を眺める。

執務室は物置状態から脱出していた。アシュタルテさまが申請の終わった道具から片づけたおかげだ。今残っているのは、アシュタルテさまが作業していた机だけ。

自分の状態との落差に「あー……」とうめき声が漏れる。

経糸《たていと》と横糸が組み合わさることで布は織られる。経糸か横糸、どっちかの動きを自動化できれば、新しい特許になる。

そのためには組み合わされた経糸の動きを自動化するのが一番早い――と思ったのだけれど、これが難しいのだ。

「経糸の動きを自動化するには、ネジの機構が煩雑《はんざつ》だし……ステンレスって何？」

口の中で言葉を転がせば、あたしにしか見えない板に図面が浮かぶ。

経糸の自動化には、新しいネジを使った仕組みが必要だったのだ。けれど、その材料が未知の物で聞いたこともなければ、代用さえ思いつかない。

何度イメージし直しても出てくるから必須のものなのだろう。

（さすがに、未知の材料はなぁ）

苦笑する。材料からわからないんじゃ作りようがない。

別の仕組みを考えながら、スキルで見える情報をひたすら書き写す。

設計図の見えるままを描いて、書いて、図面を作り上げる。

こんがらがってきた。経糸じゃなく、横糸の方も考えてみようか。

あたしは乾いた唇の端を少し舐《な》める。

「横糸は細かい作業がいるから難易度が……」

横糸は経糸の間を通すことになる。手で作業していても気を遣う部分だ。上下するだけの経糸とは違うので、最初から新しく設計しようとは考えていなかった。

だが、経糸の間を自動で横糸が通るようになれば、とても楽なのも事実で。

それこそ、織物スキルを持っている人間は自由に動かせるらしい。

「横糸のシャットルにも魔石が組み込んであるから、下手にぶつかると切れちゃうし――あっ！」

ピンとひらめく。

魔力の、反発――脳裏に浮かんだのは、アシュタルテさまが魔力布に光を散らしてみせた映像だ。あれは光だけじゃない。反動も起こるらしい。

経糸の根元に魔石があり、糸に魔力をまとわせている。横糸はシャットルに魔石を組み込む。

そうすれば、違う魔力が反発することになる。

(上手く反発するようにすれば、浮かぶんじゃない？)

浮かんだシャットルを横に引っ張るだけなら、仕組みとしても簡単だ。

魔力の反発を使った仕組みなんて、あたしは聞いたことも見たこともない。

あたしは椅子に座りなおした。新しい紙を広げる。

「シャットルの動きの自由化なら」

イメージ、図面、材料の確認——シャットルに必要なのは魔石と木の二種類だけ。

よし、と拳を握って、すぐに書き写した文字を二度見した。

「トレントの芯木《しんぼく》!?」

早朝の静かな空間にあたしの素《す》っ頓狂《とんきょう》な声が響いた。

自分で書いたのに信じられない。二種類ならいけると思ったのに、あたしは唇を噛んだ。

トレントの芯木。

トレントは植物系のモンスターの代表格であり、巨木が歩いているようなモンスターだ。暴れたり、襲ったりすることはないが、材料を得るために倒そうとすると、とてつもない労力がかかる。

単純に硬いのだ。すべてのモンスターの中でも屈指《くっし》の硬さを誇る。

そのトレントの芯の部分はとても貴重で滅多に出回らない。春から夏にかけては自然に落ちたトレントの枝から採取できることもあるらしい。だが、特に今のような冬期は品薄になるのだ。品薄ということは高い。

(夏だったら、静寂の森でまだ採取できたのに!)

ノートルは辺境だ。モンスターの棲《す》む森や山は数多くある。

トレントのいる静寂の森も徒歩でも数日で着く。トレントの芯木拾いは、春先には冒険者たちの良い小遣い稼ぎになる依頼の一つだ。

手が届きそうだからこそ、悔《くや》しさも倍で。

あたしは自分で書いた紙を握りしめ、別の材料にならないか穴が開くほど見つめた。

「ライラ？　まだ起きてるの？　なぁに、大きな声を出して」

声と同時にドアノブがゆっくり回された。

小さな隙間が空き、アシュタルテさまが顔だけ覗《のぞ》かせる。眉間《みけん》には力が入っていた。

あたしは慌てて紙を机に戻した。

「すみません。起こしましたか？」

あたしは立ったまま、両手を合わせて小さく頭を下げた。

アシュタルテさまは扉を静かに閉めた。片手には小さなランプを持っていて、天鵞絨《ビロード》のナイトガウンが身体全体を覆っている。光が反射してガウンの質の良さを知らせた。

「たまたま外を通っただけよ」

「良かった」

眠そうではあるが、あたしの声で起きたわけではなさそうだ。

ほっと息を吐いていたら、アシュタルテさまが机の周りを見回し、片眉を上げた。

薄暗がりでもわかるくらい、丸められた紙や描き直された図面が散乱している。部屋の惨状にあたしは苦笑してみせた。

「熱心なのはいいけど、寝なさい」

「いや、アシュタルテさまが申請書の作業を終わらせたのに、あたしだけ休めません」

あたしは首を横に振った。

元々自分の失敗が招いたこと。その尻拭いをアシュタルテさまにさせているのに、自分だけ仕事を終わらせずに休むことなどできやしない。

薄暗がりの中で、視線がぶつかり合う。

アシュタルテさまの赤い瞳は、不思議と暗い中でも輝いて見えた。やはり、宝石がはめ込まれているのかもしれない。疲れた思考は、そんなことばかり浮かび上がらせる。

「真面目ね。あれはただの書類。あなたの仕事は新しいものの創造。全然違うわよ」

アシュタルテさまは、ふっと視線を切ると、ひとつ丸められた紙を拾い広げた。

走り書きで図面と材料、その上にぐちゃぐちゃな線が描かれている。

失敗作をじっと見られて背中がもぞもぞした。

拾って、皺《しわ》を伸ばして、積み重ねる。何も言わずアシュタルテさまはそれを繰り返す。

その動作が優しくて、どうやら努力を褒められているらしいことを知る。

無言の肯定がむず痒《がゆ》くて、あたしは誤魔化すように髪に指を絡ませた。

「う、ん。つい、できるまでやっちゃうんだよね」

「できたの?」

こちらを見る視線に、あたしはアシュタルテさまが見やすいように紙の向きを変える。

シャットルを自動化するのは良いアイデアだ。が、材料が難しすぎる。

真剣に図面を見るアシュタルテさまのつむじを見ながら、腕を組んだ。

「でも、これも没かな」

「どうして？」

「アイテムが、ちょっと難しくて」

「見せて。どのアイテムなの？」

アシュタルテさまは書き写された紙を手に取り、顔を寄せる。あたしは指でアイテムが羅列してある部分を指し示した。

カーテンの隙間から差し込む朝日が淡くアシュタルテさまの姿を照らした。

「トレントの芯木ね」

見ただけでわかったようだ。アシュタルテさまは顎の下に指を当て、考え込む。

「トレントの芯木は冬場には出回りません。特に今の時期のノートル周辺では手に入りにくくて……高価になりやすいんです」

自分の気持ちを整理するように、他の散乱していた紙をまとめておく。

じっと紙を見ていたアシュタルテさまは顔を上げると、いきなり言い放った。

「それなら、私が買ってきてあげるわ」

「え？」

あたしは手を止めた。

アシュタルテさまを見ても、真剣そのもので。聞き間違えたわけではないようだ。

「王都に行けば、さすがにあるわよ」

「ダメですよ！　アシュタルテさまは一応、謹慎《きんしん》の身なんですから」

確かに、王都にならあるだろう。だけど――あたしは頭を振った。

アシュタルテさまを行かせるわけにはいかないし、あたしがアシュタルテさまだけを残していくわけにもいかないのだ。

「ちょっとくらい、平気よ？」

「ダメです。王都は危険です」

「頑固ね」

はぁとため息を吐くアシュタルテさま。あたしは腰に手を当てて断固反対の意を示す。

それなのにアシュタルテさまは楽しそうににやりと口角を上げた。

「なら、取りに行くしかないわね」

「え？」

「これさえあれば、新しい機織り機ができるのよ？　ドラゴンと戦うより楽でしょ」

「ええっ!?　そうかな？」

あたしは言葉を濁した。

トレントは会ったら死を覚悟するようなモンスターじゃない。けれど、ドラゴンと比較するのは間違っているし、令嬢がモンスターを倒しに行くのも聞いたことがない。

あたしは楽しそうな雰囲気を漂わせるアシュタルテさまを半眼で見る。

「アシュタルテさま、一人で行く気ですか？」

「大丈夫、採取くらいなら問題なくできるわよ」

「採取くらいでも一人で外を出歩くのは問題ですし、アシュタルテさまがしようとしてるのは、トレント退治ですよね⁉」

平然と一人で行くと言い放つアシュタルテさまの腕を摑《つか》む。

あたしの驚きがわからない様子でアシュタルテさまは緩く首を傾げた。王城で見た身体能力があれば採取くらいはできるだろう。だから、モンスター退治もできるかもしれないだけれど。

「心配しないで、私だったら大丈夫だから」

アシュタルテさまは両手を腰に当てて、胸を張った。

朝日が赤い瞳に差し込んでキラキラと輝いている。

「いやいやいや、ダメですよー！　危険すぎます。冬にトレント退治なんてっ」

「行くって行ったら、行くわ。大丈夫、二日くらいで帰ってくるから」

「大体、場所も――って、アシュタルテさま！」

話の途中なのにアシュタルテさまはドレスの裾を持ち上げて、魔力を纏ってしまう。その姿も魔力操作の上手さも「素晴らしい」の一言なのだけれど。

あたしの伸ばした手はかすりもせず空振りした。

次の瞬間には、もう影さえ見えない。

慌ててジョセフとオレットを呼びに行く。アシュタルテさまを追うように頼んだのだけれど、もはやノートルの町に彼女の姿はなかった。

＊＊＊

アシュタルテさまが屋敷を出ていって三日。あたしは部屋と玄関をひたすら往復していた。広々とした玄関は大きな窓から降り注ぐ暖かな光で満たされており、美しい絵画が壁を飾っている。今さら見るまでもない見慣れたもの。

隅《すみ》から隅まで確認するように見て、ため息を吐く。

「ライラさま、お部屋でお待ちになっては？」

オレットに何度目かわからない言葉を言われた。

呆れられている。わかっていても、あたしは動き回ることを止められなかった。オレットも後ろをついてくる。

あたしは言い訳のように言葉をこぼす。

「だって、昨日までには帰って来るって言ってたんだよ？」

アシュタルテさまは、あたしの制止も聞かず飛び出ていってしまった。

あたしに彼女を止めるなんて無理な話なのだ。アシュタルテさまが留《とど》まってくれているから、ここにいてくれるだけで。それを実感した。

オレットはこほんと咳払いをして、子供に言い聞かせるように人差し指を立てた。

「トレントがいる静寂の森は、優秀な冒険者でもここから一日はかかります。元々、二日で帰って来るというのがおかしいのでは?」

「そ、それはそうなんだけど」

まったくの正論だった。

ノートルから静寂の森まで優秀な冒険者グループでも一日かかる。トレント退治に一日、戻りに一日。普通に計算すれば、三日はかかるだろう。駆け出しの冒険者が行うトレントの芯木拾いでは、一週間程度の期間が設《もう》けられるのが定番だった。

それを二日と言ったのは、アシュタルテさまの気持ちか、計算違いか。

本当に一日で静寂の森まで行く気だったのか。

あたしの中で一番確率が高いと思っているのは、本当に二日で帰ってくる気だったというもの。彼女は完璧な人間だから、できないことは言わない。

「でも、アシュタルテさまが言ったんだし……怪我とかして、遅くなってるのかも」

こんなに落ち着かないのは、陛下の前で挨拶をしたとき以来だ。

まだ、飛び出していったアシュタルテさまの姿が目に焼き付いている。あそこで止められていたら。あたしはぎゅっと強く拳を握りしめた。

「護衛をつけるとか、そういう話をする前に行っちゃったから」

「あっという間だったんですね」

「本当に」

あたしは深く息を吐いた。

「ディルムに言ってても、取り合ってもらえないし……今日帰らなかったら、冒険者ギルドに頼むしかないかな」

「アシュタルテさまを信じて、開発していればよろしいのでは？　アシュタルテさまの魔法スキルはかなりのものなんですよね？」

あたしは玄関に視線を向ける。その扉が開く気配はない。

開発するものが残っていれば、どれだけ良かったか。

あたしはオレットの言葉に肩を竦めた。

「もうできてるよ。あとはトレントの芯木さえあれば完成」

図面があって、材料があれば、あとは組み立てるだけ。

あたしのスキルは大まかに三つの使い方がある。物の「分析」、改良するための「設計」、その設計をもとにした「組み立て」の三つだ。

改良したいものを分析して、設計図を書き出し、必要なアイテムを集める。組み立てはスキルを発動させてしまえば、ほぼ自動的に身体が動く。疲れはするけれど苦労はない。

いつも手がかかるのは設計の部分。新しい魔力布製造機はほぼ完成している状態だった。

「昨日、図面ができたのでは？」

オレットを見ると元から丸い瞳をさらに丸くしていた。

なんか、変なこと言ったかな？

図面ができたのが、昨日。それを基にしてトレントの芯木以外の材料を使い、大体完成させたのも昨日だ。

「うん。昨日の内に、ほぼできてるよ？」

「……流石《さすが》です」

ため息混じりのオレットの呟きが、あたしの耳を通り過ぎて行った。

＊＊＊

結局、半ばオレットに追い出されるようにして、玄関から執務室に戻ったあたしは新しい道具の開発に取り掛かるしかなかった。

必要なものを書き出し、スキルを発動させる。使えそうなものは書き取り、作れないものが出たらイメージを変化させる。

そんなことを繰り返していた。

新しく必要なものを作るのは楽しくて、始めてしまえば没頭できる。

ふと目を上げる。すると執務室は、赤く染まっていた。びっくりして窓を見れば、傾き始めた太陽の赤みを帯びた光が差し込んでいる。

大分、時間が過ぎていた。もう三日目も終わろうとしていた。

まだ、帰って来ない。

夕日の中にアシュタルテさまの姿が浮かんでは消える。不安を消すように、紙に欲しい道具を書いては消してを繰り返した。

「あ」

ペン先がひっかかり紙が破れてしまう。そうなると、もうダメ。

一度切れた集中力は戻らない。ぽいとペンを放るように置く。

部屋を見回せば、今日一日手持ち無沙汰《ぶさた》で開発した新しい道具も置かれていた。

(また怒られるかもなぁ)

アシュタルテさまの呆れた顔が浮かぶ。仕事を増やしたと怒られるかもしれない。

あたしはそっと目をつむり、祈るように言葉をこぼした。

「どっちでもいいから、早く帰ってきてください」

返事はない。あたしは執務机から離れ、開発した道具たちへ近づく。

新しい魔力布製造機は執務室の中央に静かに佇《たたず》んでいた。

毛足の長い絨毯《じゅうたん》を汚さないように布が敷かれ、その上に新しい魔力布製造機が鎮座《ちんざ》している。完成したばかりなので、傷一つない。

見た目も以前とは違う。女性が使いやすいように全体的に細くなり、軽量化もされている。

あとはシャットルさえできれば、すぐにでも使えるだろう。

宙に視線を彷徨わせていたら、慌ただしく扉を叩《たた》く音がした。

すぐにジョセフの声が響く。

「ライラックさま、アシュタルテさまが戻られました」

「すぐ行きます！」

小さく飛び上がり、外に駆け出す。

ジョセフが扉を開けて、待っていてくれた。少しだけ頭を下げ、その前を走り抜ける。

心臓がバクバクする。心配と怒りと不安がごちゃ混ぜになり胸を満たした。

絨毯の上を飛ぶように走る。今までにない速度で階段を下りた。

「ライラックさま、アシュタルテさまに怒られますよ」

ジョセフの声が聞こえたが足を緩める気にはならない。

そうしている内に、あたしは玄関に到着した。

いた！

アシュタルテさまは玄関ホールの真ん中に立っていた。行く時と変わりない様子に見えたが、汚れ一つなかった彼女のドレスの裾がほつれ、乱れている。

「アシュタルテさま！」

あたしが名前を呼べば、ドレスの裾を整えていたアシュタルテさまが顔を向けてくれる。

機嫌良さそうに微笑《ほほえ》む姿に、あたしはほっとした。

「あら、わざわざ迎えに来てくれたの？」

からかいを含んだ言葉に、あたしは眉根を寄せた。

心配したのだ。

もし、トレント以外のモンスターと出会っていたら。

もし、静寂の森のトラップなどに引っかかっていたら。

考えるほど、不測の事態は多く出てきて、あたしを不安の渦《うず》に落とし込む。

それなのに、アシュタルテさまはノートルに来てから一番の笑みを浮かべ楽しそうにしている。だから、あたしは端的に言えば拗《す》ねていた。

「そりゃ、来ますよ、飛び出して行っちゃうんだから」

「つ、心配させた、かしら？」

「ええ、とても」

アシュタルテさまの周りをグルッと一周する。アシュタルテさまの視線も付いてきた。

アシュタルテさまにしては珍しい歯切れの悪い言葉。

やっぱり。どこか具合が悪いのかもしれない。

「と、トレントの芯木はきちんと持ってきたわよ」

アシュタルテさまが玄関を指さす。

おそらく、執事かメイドに預けてくれたのだろう。でも、その心配はしていない。

「ありがとうございます。今はアシュタルテさまの体調の確認が先です」

アシュタルテさまは、ほんのりと苦笑いを浮かべた。

あたしの視線から逃げるように、のらりくらりと顔を動かす。

「わ、私の確認よりも、ほら……早く開発しないと」

「もう、シャットル以外は完成しています。後の工程も、難しいものではありません」

「あなた、開発に関しては本当に優秀ね」

あたしはアシュタルテさまの手を取った。

手に触れた瞬間、少しだけ力が入る。彼女の強がりと不安が手から伝わってくる気がした。

「大きな怪我はなさそうで安心しました。一応、医者に診てもらいましょう」

「怪我はないわよ。お風呂だけ準備してくれれば」

「わかりました。じゃ、あたしの部屋に行きましょう」

「え？」

アシュタルテさまが目を見開いた。

だけど引く気はない。

「開発してると汚れるから、すぐ沸《わ》かせるようにしてるんです」

にっこりと微笑む。

アシュタルテさまは何を感じたのか、わずかに逃げようと身を引いた。

構わず、手を取ったまま進む。

「あなた、たまに、とても頑固ね」

「アシュタルテさまが、無茶するからです」

アシュタルテさまは軽くため息を吐いた。

何と言われても構わない。彼女の無事の確認が最優先事項だ。

「アシュタルテさまがお風呂に入って、傷がないのを確認したら、あたしは開発に戻ります。トレントの芯木も手に入りましたし」

「ライラの方が、トレントよりよほど強敵だわ」

今回ばかりはアシュタルテさまの言葉をスルーすることにした。

＊＊＊

アシュタルテさまが戻ってきてから数日。

すっかり道具が片付けられた執務室は、元の事務的な部屋に戻っていた。

部屋の中は静かなもので、わずかな物音さえ聞き取れた。

アシュタルテさまの定位置も、作業机からソファとテーブルに戻った。あたしが作業しているときは、アシュタルテさまもそこにいることが多くて、やっと見慣れてきた。

テーブルには淹れたての紅茶が置いてある。湯気とともに良い香りが立ち上っていた。

お茶を出してくれたオレットが胸に手を当てて、頭を下げた。

「お疲れさまでした」

「ありがとう、オレット」

あたしとアシュタルテさまの二人は、ソファに向かい合う形で座っていた。

オレットはメイドらしく部屋の隅に避《よ》けたが、目が合えばひらひらと手を振ってくれる。

(相変わらず、気安い子)

小さく苦笑。アシュタルテさまは気にせず、紅茶に口をつける。

やっと日常に戻ってきた気がした。

あたしは心地よい疲れを感じながら、対面に座るアシュタルテさまの姿を見つめた。

高貴なドレスに身を包む姿は、いつもと変わらず優雅で、ソファに座る姿勢も品があった。

彼女の青い扇はいつものように左手で膝の上に置かれ、右手には紅茶を持っていた。

じんわりと安堵《あんど》が広がって、あたしはぐっと背もたれに凭れるように背伸びした。

「やっと終わったー」

「はしたないわよ?」

アシュタルテさまからすかさず注意が飛ぶ。冷たい一瞥《いちべつ》つき。

慌てて、あたしは少しだけ姿勢を直す。

アシュタルテさまはしっかりと背筋を伸ばしている。とても静寂の森まで往復した人とは思えない。ティーカップを口元に運ぶ仕草一つをとっても上品だ。

「さすが、完璧な令嬢ですね」

「当たり前よ」

あたしのからかい混じりの言葉を、アシュタルテさまは否定せず受け止める。その頰には少しだけ優越感が滲んでいた。

あたしは小さく首を竦めてから、もう一度部屋を見回す。

「それにしても、あの量を一日もかからず申請したアシュタルテさまは流石です」

あたしがそう言うと、アシュタルテさまは小さく肩を竦めてティーカップを見つめた。

「慣れよ。書類なんて様式が決まっているのだから。それより、数日で新しい道具を開発する方がすごいと思うけれど?」

「それこそ、慣れですよ。書類仕事に慣れるのは、まったく想像できないけど」

慣れ、と口の中で転がしてから、あたしは頭を小さく振る。

コリを解すように肩を回した。

それだけでチクチクとした痛みが肩と首に走る。慣れない書類仕事をした結果だ。

片腕を抱え込むと筋を伸ばすように反対側に引っ張る。片方が終わったら、もう片方。

アシュタルテさまの不思議そうな声が響いた。

「開発のためなら、徹夜できるのにね?」

確かに。考えたこともなかった。あたしはぱちぱちと目を瞬《しばたた》かせる。

アシュタルテさまの赤い瞳があたしを見ている。かちりと鍵穴に鍵がはまり込むように、視線が絡まり合う。それだけなのに目が離せなかった。

――あ、まずい。

心臓が変なリズムを立て始める前に目を離し、視線を逸らす。

「まぁ、とにかく、これで冬が越せます」

「あなたが新しい機織り機を開発できたからよ。古いものを渡しても良くなったしね」

不自然ではない、はず。

緊張感から解放され、ほっとしたままアシュタルテさまの様子を窺う。

アシュタルテさまも小さく頷いていた。

古い機織り機は言われた通り、サーザント領に渡した。賠償金は新しい特許の申請によって出たお金でどうにか支払った。

これで問題なく冬を越すことができる。

それを伝えた時のディルムの顔が浮かんできて、あたしは小さく吹き出した。

「ディルムの顔が見ものでしたね」

「アレには、無理な考え方だもの」

アシュタルテさまは顎をツンと少しだけ上げて言い放った。

ディルムは賠償金を支払ったことに対し、褒めることも否定することもできず、結局「そうか」しか言わなかったのだ。

「アレって」

わかりやすい態度に、あたしは苦笑をこぼす。

「あら、何か間違っているかしら。それとも、トレントを倒して材料を取ってきてくれた人物より、婚約者を優先するの？」

アシュタルテさまのツンとした顔から、じとりと冷たい視線が流れてくる。

あたしは苦笑をさらに深めた。

たまに、こういう部分が出るのが可愛い。唯一年下を感じる部分かもしれない。

「そうは言ってないじゃん――あっ」

慌てていたら言葉が乱れた。

アシュタルテさまも気づいたようで、片目をつぶって肩を竦めている。

額に手を当て天井を仰ぎ、がっくりと肩を落とす。

そんなあたしの様子をアシュタルテさまは頬に手を当て眺めていた。

「そのままでいいわよ。あなた、結構、口が悪いわよね」

「開発してると、必要なものを聞いたりして町の人と関わることが多くなるからさ」

心を落ち着かせるために、ティーカップに蜂蜜を垂らす。くるくるとスプーンでかき混ぜた。

淡く色が変化していく。

手を止めて口をつける。先ほどより甘みの強いまろやかな味が口の中に広がった。

「あたしって言うのも昔からなの?」

ふわりと差し込まれた言葉に首を傾げる。

「そうだね、気づいたら」

「そう」

なんだろう。

あたしは、わずかに眉を下げた。アシュタルテさまの雰囲気が少し変わった気がした。

紅茶を飲むふりをしながら、横目でアシュタルテさまの様子を確認する。

アシュタルテさまは気にする様子もなく、ティーカップに口を寄せていた。

「王都の夜会でその言葉遣いだと大変だったのではなくて？」

「王都での夜会は小さい頃に一度だけ。王城も、この間の挨拶以外で行ったことなかったし」

アシュタルテさまが「小さい頃」と呟き、少し動きを止めた。

アシュタルテさまにも、あたしのように王都の夜会での思い出があるのだろうか。

まるで記憶を遡《さかのぼ》っているような姿にそんなことを考え——すぐに、そんなに都合のよいことはないと思い直す。

あたしが王都で見た天使は赤い瞳じゃなかった。

「ねぇ、それって——」

その時、急なノックが部屋に響き渡った。

アシュタルテさまの表情が如実に曇《くも》る。扉の向こうの誰かのせいで会話が途切れたことに不満があるようだった。

「どなた？」

今まで聞いた中で一番険がある声だった。

「アシュタルテさまに、お手紙です」

「手紙？」

ジョセフの声が部屋に響き、言葉通り手紙を持って入ってきた。

またもや訴状かと背筋を伸ばす。

と、ジョセフが持っていたのは、赤ではない普通の封書だった。

「私に？」

アシュタルテさまの問いかけにジョセフは素早く頷く。

アシュタルテさまの眉間に深い皺ができた。

あたしも似たような不審な顔をしていただろう。

だって、ここにアシュタルテさまがいるのを知っている人間は限られている。その上、わざわざ手紙となると——嫌な予感がした。

「アルフォンス殿下からに、なっております」

ジョセフが差出人を告げたことで、嫌な予感は確信に変わる。

アシュタルテさまの纏う空気がさらに冷えて、部屋の温度がぐっと下がったような気がした。

第三章 Chapter three

アルフォンス殿下からの手紙は、ノートルに新しい悩みの種をまいた。

届いてから三日。あたしは窓を背に執務机の椅子に座っていた。大きな机の上に問題の手紙が、触れられたくない呪物のように鎮座《ちんざ》している。

アシュタルテさまはあたしの隣に立ち、いつものように口元を扇《おうぎ》で隠していた。

ディルムは机を挟んで険《けわ》しい顔をして立っている。

机の上に手をつき、手紙について詰め寄るディルムの声が頭に響く。

「こんな膨大《ぼうだい》な請求がくるなんて、さすが婚約破棄されるだけはある」

まったく騎士らしくない話の切り出し方。わかりやすいトゲに、あたしは顔をしかめた。

手紙の内容はアシュタルテさまが婚約中に使ったとされる服飾費の請求だった。婚約を破棄したことでアルフォンス殿下、さらに言えば王家が払う義務はなくなったと書いてある。

アシュタルテさまの噂《うわさ》に金遣いが荒いというものはなかった。ディルムの言葉は言いがかりが過ぎる。

「婚約破棄の原因はお金ではありません」

アシュタルテさまの言葉は落ち着いていたが、彼女の青い扇で隠された口元からは、微《かす》かな苛《いら》つきが滲《にじ》んでいた。

ディルムが彼女を鋭く睨《にら》めばアシュタルテさまは少し目を細め、意思を示すように見つめ返した。二人の間で火花が飛び散ったようにさえ感じる。

「誤った情報を信じると痛い目に遭《あ》いますわよ?」

アシュタルテさまの声は静かで、けれどもっともな忠告に満ちていた。その声からは、深い憐《あわ》れみさえ感じられる。

一方で、ディルムの視線はアシュタルテさまを見下すように彼女に突き刺さっていた。

「ノーブル装飾品店。ここは王都の貴族がこぞって使う店らしいが?」

ディルムは憎《にく》たらしさを増した口調でアシュタルテさまに詰め寄った。

ノーブル装飾品店は、あたしでさえ聞いたことのある有名な店だ。

「私は、使ったことがありません」

閉じられた扇がアシュタルテさま自身の顎《あご》の下に向けられ、自分自身を強調している。

アシュタルテさまの声は鋭く、堂々としていた。

「だが、服飾代として三千万フランと請求されている」

ディルムは端《はな》から彼女の言葉を信じていない様子だ。彼の性格を考えれば仕方ない。

あたしは二人のやり取りをじっと見つめてから、顔を覆うように組んでいた腕を下ろす。

部屋の空気が重さを増し、あたしの身体《からだ》にのしかかっているように感じた。

「金額もですが、問題はこの請求書の宛名がうちの領になっていることです」

この請求書の一番の問題点はそこだ。やっと解決したと思ったお金の問題がさらに巨大になって返ってきていた。

ノートル領に支払いを命じられているのは、なんと三千万フラン。

冬を越すための支度金を渡しても、すべて支払うことは難しい金額だ。

「ノートルとは関係のない金だ！　支払う必要がない！」

「私も身に覚えがない請求です。払う必要はなくてよ」

ディルムの口調は益々《ますます》激しくなり、怒りを帯びている。

けれど、経理に関与したことのない彼が口を出す時点であたしにとっては腹立たしい。

アシュタルテさまの声も自信に満ちていたが、赤い瞳にはわずかに不安が見え隠れしていた。

自分自身の無実と、請求書が存在する矛盾。その間で揺れているのだ。

詰め寄ってくる二人にあたしは深いため息を吐いて、ポケットから別の紙を取り出す。

何かの間違いじゃないかと、装飾品店とアルフォンス殿下に尋ねた手紙の返事だ。

「わたしだって払わなくていいなら、そうしたいです。ですが、これを見てください」

「アルフォンス殿下……！」

アシュタルテさまは新たな手紙に視線を落とし、憎々しげに元婚約者の名前を呼ぶ。

返事には、この請求は正当なものであること、支払わなければノートル領との取引を制限することがアルフォンス殿下の名前で書いてあった。

「服飾代も、アシュタルテさまじゃないなら、別の人のものでしょう。このリストの商品に見覚えは？」

ノーブル装飾品店からの返事を取り出す。同じことが書かれた請求書に、細かな品目が加えられている。その購入リストをアシュタルテさまに差し出す。

彼女は急いでその紙を受け取り、上から下へと視線を走らせた。読んでいる最中から眉間《みけん》の皺《しわ》がどんどん深くなる。

「これは……セレナのものだわ」

紙を握る手の震えが、その書類に小さな皺を寄せた。

アシュタルテさまの苛立ちや怒りがそのまま、紙に反映されていく。

「不服を申し立てるにしても、支払期日まで一週間では短すぎます。この金額の未払いがあると発表されると、ノートルと取引してくれる店は少なくなってしまう」

不服申し立ての審議が認定されるまででさえ二週間は欲しい。

審議が通ったとしても、アルフォンス殿下の名前があるので、表立って撤回《てっかい》してもらうには無理があるだろう。王家は容易に頭を下げられないのだ。

けれど、未払いで割を食うのは平民たちだ。それだけは避けたい。

冷静に、できるだけ理路整然と。起こりうる事実を把握しなければならない。

「ただでさえ、春まで支払いを待ってもらう可能性がある冬にそれは困るんです」

「だから、その女を放り出してしまえば――」

「アシュタルテさまは、ノートルが陛下よりお預かりした身です。アルフォンス殿下が望んでいようと、放逐《ほうちく》などできませんし……したくない」

ディルムの腹立たしい発言に、あたしは唇《くちびる》を嚙《か》みしめながら彼を真《ま》っ直《す》ぐに見る。

こんなに彼の顔を見つめたことがあっただろうか。

アシュタルテさまを守ることは、陛下からの命令だ。引くことなどできない。それ以上にあたし自身がそうしたいと思っていた。

この手紙と請求書はアルフォンス殿下からの嫌がらせと見るのが正解だろう。アシュタルテさまがのうのうと動いているのが気に食わないのだ。

ディルムの表情には苛立ちが滲み、あたしの言葉に反発する糸口を探しているようだった。

「とにかく頭金だけでも払って、期日を延ばしてもらうことが先決でしょう」

請求額、期限までの短さ。どれも見たことがないレベルだ。

頭金だけと言いながら、その頭金さえ払うのが難しい。

ディルムは頭金の話に我が意を得たりと、仰々《ぎょうぎょう》しく答えた。

「だが頭金は三割と書いてある。それだけで、九百万フランだぞ」

彼の言葉は鋭く、あたしの胸を抉《えぐ》った。

アシュタルテさまも扇を握っている手に力が入り、白くなっている。

九百万フラン。

あたしは長くため息を吐き出した。

「いざとなれば、支度金で払うしかないでしょう」

あたしの言葉にアシュタルテさまが驚いたように、こちらへ顔を向ける。

扇で隠されていない目元からだけでも、気持ちが伝わってくる。

「……あれは、使えないと」

アシュタルテさまの声が震えている。

目が合い、あたしは微笑《ほほえ》みながら頷《うなず》いてみせた。

彼女は知っているのだ。ノートルにとっての九百万フランの価値を。

そして、冬という季節がいかに大変かを。

冬を越すための支度金を使っても、使わなくてもこのままではノートル領に未来はない。

「どちらにしろ、冬の間に死者が出ます」

あたしはぎゅっと目を閉じ、重い感情を吐き出すように口にした。

迷っている時間はない。今、できることをしなければならない。とにかくノートルの民たちを生き延びさせる道を選ぶことが優先だ。

「少しでも、延命するためです」

手を組み胸の前で握りしめる。

頭金を支払い、期日を延ばす。そして、支払いを済ませる。

それだけがノートルに残された道なのだ。

自分で言っておきながら、それがどれだけ困難な選択か、途方《とほう》に暮《く》れた。

＊＊＊

冬の到来によって、ノートルの町は変化していた。

冷たい風が町を貫き人々の息が白くなっている。

緑の力はなくなり、どことなく暗い雰囲気が漂っていた。土埃《つちぼこり》が舞う道を行き交う人々は、肩を寄せ合って寒さから身を守ろうとしているようにあたしには見えた。

「さむ……」

あたしはワンピースに羽織《はお》った茶色い外套《がいとう》の前を引き寄せる。

ストール一枚じゃ、足りなかったかもしれない。

今さらの事にため息を吐く。目的もなく家を出て、ふらふらと町を歩いていた。

すると大きな布を身にまとった女性が、にこやかな笑顔を見せながら近づいてきた。

「ライラックさま、今年も魔力布をありがとうございます」

「今年の冬も寒そうだから、うまく使ってね」

「はい」

小さく頭を下げながら去る彼女を笑顔で見送る。

保温効果のついた魔力布の配布はうまく行っている。新しい機織《はたお》り機《き》の調子は良い。それでも、あたしの不安は尽きない。

本格的な冬が始まると薪《まき》や食料があっという間に減っていくからだ。

支度金は必要なものを補充して冬を越すために欠かせない。

（支度金は使いたくないけど、期日がなぁ）

あたしは牧場の木の柵に手をついて、ぼんやりと風景を眺めた。

牧草地にはぽつぽつと牛と馬が放されている。牧場も冬に備えて、あちこちに枯れ草が集められていた。雪の下に埋もれてしまう前に、専用の保管庫《サイロ》へ移動するのだ。

ふーっと両手を温めるように、息を吐けば白い靄《もや》が昇っていった。

「ライラ！」

ぼんやりしていたからか、突然の声に現実に連れ戻されたような気分になった。

声の方に振り返れば、きちんとした佇《たたず》まいのアシュタルテさまが見えた。

彼女はいつものように気品あるドレスに、毛艶《けづや》のよい茶色の外套を身にまとっていた。外套を着てさえ華やかさが滲み出ている。

冬の太陽のようなまぶしさに少しだけ目を細める。彼女はいつでも令嬢として完璧だ。

そのことになぜかほっとしている自分がいた。

「アシュタルテさま、一人で動き回っては危ないですよ？」

あたしは近づいてくるアシュタルテさまに注意深く語りかける。

アシュタルテさまはあたしの言葉に呆《あき》れたような表情を浮かべた。

「領主のあなたが動いてるのだから、今更だわ」

「視察です」

「なら、私も視察よ」

真面目《まじめ》くさった声音でお互い姿勢を正す。

どちらが先か、あたしとアシュタルテさまは顔を見合わせて笑い合い、歩き始めた。

何となく、方向なんて決めてない。

流れていく町の景色は冷たく、静かな雰囲気に包まれている。

お互いタイミングを見計らっているのを、あたしもアシュタルテさまもわかっていた。

「ライラ、お金のことなんだけれど」

「はい」

アシュタルテさまが足を止める。

次の言葉を言うまでの間、アシュタルテさまが珍しく小さく深呼吸した。

「あなたが支払う必要はないわ」

「ですが」

「少なくとも、頭金は私が払うわ。王都に戻れなくても、持ってきたものはあるもの」

わずかな微笑みとともに言われた言葉に息を飲む。

持ってきたものがある——というのは、持ってきたものを売り払うという意味だ。

あたしは驚きのままアシュタルテさまの横顔をじっと見つめた。

彼女の言葉は素直にありがたい。少しでも支度金を残しておきたかった。

だが、アシュタルテさまのことを考えれば素直に喜べない。

「でも、それは……」

「いいの、こういうときのために装飾品はあるのよ」

アシュタルテさまは小さく首を横に振りながらそう言うだけだった。

指を口元に当てて微笑むのを見て、少しだけ心が軽くなる。

「足りなかったら、働くわ」

アシュタルテさまは数歩先に飛び出すと、くるりと軽やかに回って見せた。

働くという言葉にドレス姿で飛び出していった背中が脳裏をよぎる。

「それは一番やめて欲しいですね」

「でしょ？」

ふふ、と十六歳の令嬢らしい微笑みがアシュタルテさまから漏れた。

その笑顔に苦笑いを浮かべつつ、心が解《ほぐ》れていく。

それから、彼女の決意を受け止め表情を引《ひ》き締《し》めた。

アシュタルテさまがそこまでしてくれるならば、あたしも全力を尽くす必要がある。

「わかりました。売却のときは、あたしも呼んでください」

あたしの言葉にアシュタルテさまは少し首を傾《かし》げた。

「ただの装飾品の売買よ？　面白くないと思うけれど」

「こう見えても、目利《めき》きは得意なんですよ」

戸惑いと疑問の表情を浮かべるアシュタルテさまに、あたしはウインクしてみせる。

少しでもアシュタルテさまのお心が軽くなればいい。

下手なウインクでも彼女は目元を緩《ゆる》ませ笑ってくれた。

＊＊＊

アシュタルテさまの部屋はノートルの屋敷の中で一番整っている部屋だ。

内装も屋敷の中ではモダンで、掃除も行き届かせた。

家具も滞在中に不足がないように、足りない時は申し出てもらう形にした。とはいえ、アシュタルテさまから何か買ってきて欲しいと言われたことはない。

久しぶりに、というか、アシュタルテさまが来てから初めて入ったその部屋は、あたしの記憶とはまるきり様変わりしていた。

（まさか、こんなに綺麗《きれい》になっているなんて）

部屋の主《あるじ》により雰囲気は決まるという。その言葉を実感して、部屋を見回した。

同じ家具や内装のはずなのに、どこか気品が感じられる。

配置の問題なのか、なんなのか。

あたしは装飾品を買い取りに来た商人と向かい合うアシュタルテさまの後ろで、そんなことを考えていた。

「もう一度言ってくださる？」

アシュタルテさまはソファに深く座り、視線は対面に座る商人に冷たく注がれている。

値段が思ったより低かったのだろう。あたしには冷たく見える表情の下で、不安と焦《あせ》りが渦《うず》巻《ま》いているのを言葉尻から感じ取れた。

が、初対面の商人に同じ芸当ができるわけもなく、豪奢《ごうしゃ》な部屋の中でアシュタルテさまの視線を受けて、彼は窮屈《きゅうくつ》そうに身を縮《ちぢ》こまらせていた。

「合わせて三百万フランになります」

三百万フラン。頭金の三分の一。

まったく足りない。

「本当にその値段なのね？」

「はい、間違いありません」

アシュタルテさまがもう一度商人に尋ねる。

商人は自信を持って頷き、誠実な表情で答える。

その間にアシュタルテさまからちらりと視線が送られてきた。

「この価格は他の店舗でも十分に証明されるものです。うちは信頼を大切にしていますから」

商人が焦ったように言葉を付け足す。

あたしは確信を持って頷いてみせた。

彼の鑑定は正確なものだった。分析スキルで確認した内容と差はほとんどない。

「うん、ちゃんとした査定だよ。むしろ、宝石の質もよく見てるんじゃないかな」

アシュタルテさまの耳に顔を寄せて、小声で答える。「そう」とこれまた、あたしにだけ聞こえる小声で返ってきた。

あたしは商人へ顔を向けるとにっこりと笑顔を作った。

「良心的な鑑定をありがとうございます」

「いえいえっ」

まさかお礼を言われると思わなかったらしく、商人が驚いたように身を引いた。

アシュタルテさまの表情には複雑な思いが窺《うかが》えた。あたしと商人のやり取りを静かに観察する裏で、アシュタルテさまはくるくると思考を回している様子だった。

虚《きょ》を突《つ》かれた商人はすぐに商売人らしい笑顔へ切り替え、言葉を続ける。

「それが私共の仕事ですから。領主代行をなさる方は、さすが、目が肥《こ》えていらっしゃる」

「女で領主代行なんてしていると舐《な》められることが多いので。商人の皆さんには、色々勉強させてもらいました」

ほんと、女というだけで値切ったり、吹《ふ》っ掛《か》けられたり。このスキルがなければ気づかなかったことも何度かある。

アシュタルテさまが興味深そうに見上げてくるのがわかった。

あたしは視線を下ろしたくなるのを我慢しながら会話を続ける。

今アシュタルテさまの綺麗な顔なんて見たら、絶対頬《ほお》が緩む。そんな顔は見せられない。

商人は両手をもみ、自分を売り込もうと前のめりになった。

「当商店は信頼を軸にしていますので、そんなことはいたしません」

「そうみたいですね」

「これからもご贔屓《ひいき》にしてもらえるとありがたい限りです」

わかりやすい、すり寄り。あたしは苦笑を隠しつつ、素直に頷こうとした。

そのとき、アシュタルテさまが静かに扇を閉じる。部屋に音が響き、視線が集まった。

アシュタルテさまはたっぷり自分に注目が集まるのを確認した後、閉じた扇を顔の脇に寄せ顎をつんと上に向けた。

「もうちょっと増やしてくれたら、ぜひそういたしますわ」

びっくりして言葉を失ったあたしと違い、アシュタルテさまの表情は変わらない。

ターゲットをあたしからアシュタルテさまに変えた商人が笑みを深める。

「なるほど……では四百万にしておきましょう」

いきなり百万フランも上がってしまった。

勢いよく商人の顔を見る。笑顔。アシュタルテさまを見る。こちらも笑顔。

首を振り子のようにアシュタルテさまと商人の間で動かした。

「助かるわ。これから特許申請したら早めに教えるわね」

「是非とも、お願いいたします」

深々と頭を下げる商人を驚きのまま見つめる。

頭を上げた商人は満足そうな顔でお金を払い、アシュタルテさまの売り払った商品を持って部屋を出ていった。

扉が閉まる。人の気配が遠ざかるのに合わせて、あたしは大きく息を吐いた。

まだ動悸《どうき》が治まらない。額《ひたい》に手を当て、一瞬で値段を吊《つ》り上《あ》げてみせたアシュタルテさまの顔を後ろから覗《のぞ》き込む。

「アシュタルテさま?」

「あなたの能力を考えれば安いくらいよ。五百って言えばよかったかしら」

アシュタルテさまは少し顔を横に向け、なんてことはない口調で言った。

「はぁー、その機転、羨《うらや》ましいです」

あたしにはできない。適正とわかっていて、値段を吊り上げるなど、胃が痛くなるだけだ。

頬を掻《か》きながらアシュタルテさまを見る。

値段を吊り上げた本人とは思えない、小さく首を傾げる可愛《かわい》らしい姿を直視してしまう。

失敗した。こうならないように、後ろに立っていたのに。

あたしは顔が熱くなるのを感じた。

「こういうのは得意な人間に任せればいいのよ」

アシュタルテさまがそう言い放ったので、こういう部分では敵《かな》いそうにないなと思った。

顔の熱さが戻るまで、あたしは窓の外を向いているしかなかったのだけれど。

＊＊＊

窓の外は透き通るような静けさに満ちていた。

小さな綿毛《わたげ》のような雪が小刻みに舞い落ちている。白い粒子が空中を舞い、静かに世界を染め上げていく。

町は次第に雪に覆われ、柔らかな光を反射しながら、幻想的な雰囲気に包まれていた。

とうとう本格的にノートルの冬が始まった。だけど、あたしたちの悩みは何も変わっていない。

「結局、支度金を出すしかないですかね……」

その景色を眺めながらあたしはソファの背もたれに身体を投げ出していた。

どうしようか。どうしようもないのが、現実なのだけれど。

「私が働くって言っているじゃない」

あたしはアシュタルテさまの言葉に反応して、ソファから勢いよく起き上がった。

はしたない仕草と捉えられたのか、アシュタルテさまの眉がわずかに寄る。

その表情からは呆れが窺えた。あたしは唇を小さく尖《とが》らせる。

「だから……伯爵令嬢で、ましてや謹慎中のアシュタルテさまを、働かせるわけにはいかないんですって」

あたしは両手を握りしめ、何度言ったかわからない言葉を続けた。

アシュタルテさまはあたしの熱弁にも表情一つ変えず、涼しい顔だ。

「トレントの芯木《しんぼく》」

「うっ」

トレントの芯木はアイテムとしても貴重なものだ。取ってきて売るだけでも資金源になるのだが、これを使って新しい機織り機を作ることでその何倍もの値段で売れるようになる。

「バーバー鳥の羽毛」

「うぅっ」

バーバー鳥の羽毛は、とても暖かく、魔力布に使えば良い効果を出すことがわかっている。

だが、高い。バーバー鳥自体が珍しいことと、綺麗な羽毛を手に入れるのが難しいためだ。

だから開発に組み込むことは諦《あきら》めていた。諦めていたのに、アシュタルテさまは取って来られると胸を張る。生息地以外は習性もあまりわかっていない魔物なのに。

だが、これがあれば保温効果をつけた魔力布の性能が段違いになる。

補助としてではなく、暖房器具の代わりとして売り出せるかもしれない。

「サニタリアンシルクワームの繭《まゆ》」

「ううーっ」

サニタリアンシルクワームの繭は最上級のシルクを作るときに必要なものだ。

魔力布をシルクで作ったことはないが、最上級のシルクで魔力布を織れれば新しい需要がある。

さすが、伯爵令嬢。高級な材料についての知識が半端ない。

あたしはがっくりと肩を落とした。

「どれも私なら、あなたに必要なものを、必要なだけ取って来れるわよ？」

アシュタルテさまは自信に満ちた表情で、こちらに視線を向けてくる。

彼女の姿勢は子供がとるようなものなのに、優雅な仕草がそうは見せない。言葉からも仕草からも自信が滲み出ていた。

まるで悪魔の囁《ささや》きだ。アシュタルテさまにとっては、トレントの芯木と同様に採取するのが難しいアイテムでも関係ないのだろう。

その確信に満ちた姿勢は――完璧な令嬢と陛下から言われるだけはある。

「つつ、わかりました。ただ、もう、一人で行くのはやめてください」

あたしは両の手をぎゅっと握る。唇を結んで、アシュタルテさまをじっと見つめた。

アシュタルテさまが一人で飛び出していった時のことを思うと、それだけで変な汗が出てくる。万に一つの可能性であっても、危険にさらすのは嫌だ。

それだけは許可することができない。いくら彼女がたくさんアイテムを取ってきてくれた方が、お金を稼げるとしても。

あたしの言葉に、アシュタルテさまはきょとんと首を傾げた。

「一人ではダメって……では、どうするの？」

「騎士団の協力を仰《あお》ぎます」

あたしはこほんと咳払《せきばら》いをした。

アシュタルテさまが目を丸くする。それを納得させるように、あたしは一度頷いた。

＊＊＊

石壁に囲まれた訓練場は、荒々しい雰囲気に包まれていた。

第一騎士団の団員は十人ほどだ。ほつれの少ない訓練着を身にまとい、刃《やいば》のつぶされた剣を構えている。激しくぶつかるたびに、訓練場全体に金属の鈍《にぶ》い音が響いた。

第一騎士団の宿舎はノートル家の屋敷のすぐ隣に位置している。町に視察に出るより、よほど近い距離。だが、あたしがここに足を運ぶことは町と比べてぐっと少ない。

宿舎内にある騎士団長室で、あたしはディルムと向かい合っていた。

訓練場とは正反対の無気味な静けさの中、ディルムの態度はあからさまに冷淡に見えた。

「ダメだ」

「第一騎士団の人員を少し割《さ》いてくれるだけでいいんですよ?」

素っ気無《けな》く首を横に振るディルムへの苛立ちが、あたしの中に忍び込み、ちくちくと胸のあたりを刺激する。

ディルムはあたしの様子など気にもせず、腕を組んでふんぞり返った。

「なぜ栄《は》えある第一騎士団が令嬢のおつかいの護衛をしなければならない」

ディルムの一言に、あたしは口から深いため息をこぼした。

この仕事を〝おつかい〟扱いしてしまう時点で、彼はノートルの実情がわかっていない。

「第一騎士団が必要な採取を行ってくれてもいいんですよ？」

「それは騎士団の仕事ではない」

ディルムが迷うこともなく首を横に振る。

石頭。というか、嫌がらせか。

あたしは予想していた反応にすっと身体を引いた。

「わかりました。他を当たります。お時間をとらせて、失礼しました」

おざなりに礼をして部屋を出る。あたしの苛立ちに呼応《こおう》するように扉が大きな音を立てた。

訓練場の入り口から出ると、すぐにアシュタルテさまが待っていた。

紫のドレスが風に揺れ、上掛けを身にまといながらも、少し震えていた。

あたしは自分の外套を脱ぐと、そっと渡す。アシュタルテさまは恐々とだが受け取ってくれた。その姿がまるで子供のようで知らず知らず笑みがこぼれた。

外気の肌寒さに少し身震いするが、我慢、我慢。

「やはり、第一騎士団はダメでした」

「本当に私一人でも大丈夫なのよ？」

アシュタルテさまは手に取った外套をどうしたら良いのか、迷っている様子だった。

彼女の手の中にある外套を、もう一度受け取り、優しく肩にかけていく。

「ありがとう」と照れたように、小さな声でお礼を言われ、先ほどの苛立ちが溶けていく。

その言葉に対し、あたしは項垂《うなだ》れながら首を横に振る。

申し訳なさがあたしの心の中には広がっていた。

「あたしに戦闘スキルがあれば良かったのに」

「領主が採取に行くわけにもいかないでしょ」

「そっくりそのままお返ししますよ。陛下よりお預かりしている伯爵令嬢を、採取に行かせることは普通できません」

アシュタルテさまが不満げに首を傾けた。何度言ってもこの反応だ。

あたしはどうしようかと視線を空に彷徨《さまよ》わせる。

ディルムが協力的でないのは予想していたが、ここまでだと怒りに変わってくる。

頭を切り替えて別の方法を選択するしかない。

「仕方ない……アシュタルテさま、もう少し歩けますか？」

「いいけれど、他に何かあてがあるの？」

あたしは微笑み返すだけで、何も言葉を発せず歩く。アシュタルテさまは訝《いぶか》し気《げ》に首を傾げるが、素直についてきてくれた。

屋敷から離れ町に向かう。道幅が徐々に狭くなり、町の喧騒《けんそう》が耳に入ってくる。

「これから見ることは秘密ですよ」

「ええ。良い女の条件は口が堅いことでしてよ」

あたしは口元に指を持っていき、悪戯《いたずら》な笑顔をアシュタルテさまに向けた。

アシュタルテさまもわかっているように、艶《つや》やかに笑顔を咲かせた。

秘密の悪戯を共有するようなワクワクする気持ち。歩きながら、事情を説明し始める。

「第三騎士団？」

「あたしの私用をお願いすることが多いので、その名称を与えていますす。本人たちはいらなそうなんですけどねー」

アシュタルテさまの言葉に、あたしは頷いた。

元々ノートルには第二騎士団までしかない。第一はノートル家の警護。第二は町などの警備をする。

実は第三騎士団と呼ばれる組織は公式には存在していない。あたしが便宜的《べんぎてき》に与えている名前だからだ。

「なるほど、それがあなたのとっておきなのね？」

「面倒をかけてばかりですが、すごく頼りになります」

石造りの壁に囲まれた通りを進む。

このエリアはノートルの町と外を分ける境界線になっている。石壁は綿密《めんみつ》に建造され、通りは増改築を繰り返し入り組んでいる。

前を見ても後ろを見ても同じような風景が続く。上を見ても、石壁に挟まれた空が見えるだけ。初めてこの場所を訪れる人は迷うこと間違いなし。

そんな中でもアシュタルテさまは周囲を注意深く見回しながら優雅に歩いている。彼女の足は音も立てずに、慎重かつ穏やかに石畳を踏みしめていた。

「ふーん。こんな町中にあるの?」

「第三騎士団には普段、町の治安維持と町近くの森の管理をお願いしているんです」

アシュタルテさまの前を歩く。細い通りは二人並ぶと肩がぶつかるほどだった。

建物の陰に入ると周囲がほんのり薄暗くなる。石壁が日光を遮り、その影が通路に広がっていた。

あたしは扉をしっかり確認しながら、アシュタルテさまを振り返る。

「ここです」

と、その瞬間に後ろから首元に腕を回された。

足音もなく突然触れた手に身体が固まる。

淡い香りが風に乗って鼻をくすぐり、すぐに後頭部に柔らかさを感じる。

聞こえてきた声は知っているものだった。

「おや、領主さまが気軽に出歩いてちゃ危ないよ?」

「ライラ!」

瞬《まばた》きの間にアシュタルテさまの赤い瞳が鋭く輝く。

王城で見た時と同じ危険な雰囲気が漂い始めるのを感じて、あたしは慌ててアシュタルテさまに手のひらを向けた。

「アシュタルテさま、大丈夫です!」

「なんとも、なかなか、おっかないお客様じゃないか。ライラ」

あたしの首元に回された腕に触れ、離して欲しいとぽんぽんと軽く叩《たた》く。

視線を上げると、目の前に広がるのは褐色《かっしょく》の肌に緑の瞳を持った麗しい顔立ち。

一つに結った赤毛がカーキ色のフードの中から飛び出ている。

悪戯な輝きを宿した目と目が合うと、にっと艶やかな唇が弧を描いた。

相変わらず、顔がいい。色香を放つその表情に思わず見惚《みと》れそうになる。

そして、唇が頬に触れる。柔らかな感触とともに、わずかな温かさを感じた。

「ビアンカ、お茶目がすぎるよ」

「可愛らしい子が、珍しいお客連れでいたからね」

第三騎士団の団長ビアンカ。

アシュタルテさまの護衛をお願いしようとしていた相手だ。

だが、アシュタルテさまを見ると猫が天敵を威嚇《いかく》するように赤い瞳を輝かせていた。

さて、どう紹介しようか。初対面の失敗は大きくなりやすいのだ。

あたしは細い路地に切り取られ迷路のようになっている空を見上げた。

第四章

Chapter four

ビアンカはアシュタルテから見れば盗賊上がりとしか思えない身なりをしていた。森に溶け込むようなカーキ色の外套《がいとう》を着ている。頭からすっぽりとフードを被《かぶ》り、周囲の風景に同化するような印象を与えていた。

外套の下には軽い革鎧《かわよろい》がちらりと見えるも、武器は見えないことから、彼女の使う得物はおそらく短剣などの軽量なものだろう。

ビアンカの格好を確認した後、アシュタルテは疑問をそのまま口にした。

「第三騎士団の団長なのよね？」

「一応、その肩書きをいただいてます」

ライラからビアンカを紹介されて三日。ライラの願いはすんなりと聞き入れられ、第三騎士団団長だというビアンカ自ら採取のため森に来ていた。

日向《ひなた》の森と呼ばれるこの森は、ノートルの住人も採取に入る場所だという。それなのに、ライラが過保護を発揮《はっき》したことで入り口まで見送られ、アシュタルテとビアンカは森の中に足を踏み入れた。

日向の森の名の通り、木漏れ日が道を照らしていたが、足元は悪くぬかるんでいた。

「騎士なんて似つかわしくない人間なんで、ライラ直属の部下だと思ってください」

「見上げた忠義だと思うけれど？」

「そりゃ、どうも」

ビアンカはアシュタルテの疑いに当然気づいていたようで、軽く微笑《ほほえ》んで言った。

じっとその顔を見つめたところで、何も読めない。

お互いの距離感を測りかねている。そういう状況だ。

「アシュタルテ嬢は、あの伯爵令嬢さまなんだよね？」

「ええ、そうね」

ビアンカとアシュタルテの視線がぶつかる。

アシュタルテは瞳を鋭《するど》く尖《とが》らせた。頭の中にはビアンカがさも慣れた様子で、親し気にライラの身体《からだ》へ手を回す姿が焼き付いている。

ぬかるんでいるにも拘《かかわ》らず、ビアンカの歩調は滑《なめ》らかだ。とても一地方で騎士まがいのことをしているような身のこなしには見えなかった。

その後ろをついていくのは楽なものだ。彼女の動きをトレースすればいいのだから。

アシュタルテはいつもの姿勢で歩いていく。

ライラがいたら、アシュタルテの歩調の優雅さ、完璧さに目を丸くしただろう。

この森の付近で採取できるアイテムはバーバー鳥の羽毛だ。

アシュタルテはそれを知っていた。ノートルに近い場所だったのは幸運だったと言える。

周囲を注意深く見回し、樹木の配置や地形を叩《たた》き込《こ》む。

バーバー鳥の羽毛の採取が難しいのは、高い場所に巣があるせいだ。元々、擬《ぎ》態《たい》能力もあり、さらに巣には認《にん》識《しき》阻《そ》害《がい》がかかるようで見つけにくい。

バーバー鳥の巣を見つけたら幸運だ、ということわざまである。

基本的には、たまたま木を登って出くわしたら採取できるという代《しろ》物《もの》。

高価になる理由もわかる。しかし、バーバー鳥が巣を作る場所を知識として知っているアシュタルテにとっては難易度が高いものではなかった。

バーバー鳥の巣はシロシアの木に作られる。その中でも、大人二人でも腕が回らないほどの幹の太さがあり、周りに同じような高さの木がないこと。

それらがバーバー鳥が巣を作る基本的な条件だ。

アシュタルテは条件を満たす一本の木に手をついた。ビアンカを振り返る。

「この上ですわ」

「はいはい」

ビアンカが木の枝にしっかりと手を掛け、しなやかな身のこなしでシロシアの木を登っていく。まるで自然と一体化しているようで、確かな技術と柔《じゅう》軟《なん》性《せい》を示していた。

アシュタルテは彼女の様子をじっと見つめる。

数秒もせずに、ビアンカは木から降りてきた。手にはバーバー鳥の羽毛が握られている。

「お見事！」

「取ってきただけですからね……本当にあるなんて、どうなってるんだか」

アシュタルテはその成果を喜び、満足げな微笑を浮かべた。ビアンカは呆《あき》れ半分、驚き半分の様子で肩を竦《すく》めた。

知識として自信はあったが、本当にあるかは見るまでわからない。一つでもあることが確認できたので、大分肩の荷が下りた。

「この調子で行きましょう」

「そうですね。あまり深入りはしたくないですし」

危険なモンスターは出ないと聞いていたが、長居するとライラが心配するだろう。

ただでさえ、ライラが開発した装備を渡してくるくらいなのだから。渡された装備は店舗で売られている物と比べて軽く、薄い。装備の軽さが森の中での行動をスムーズにしている。

さすが、ライラの開発したものとアシュタルテは感心していた。初めて装備したにも拘らず、とても身に馴染《なじ》む。

ライラ本人はまったく気づいていなかったけれど。

次のシロシアの木を探しながら、アシュタルテはビアンカにノートルに来ることになった経緯を手短に話した。

「それで、毒殺未遂の容疑でこの田舎《いなか》に飛ばされてきたと」

「ええ」

ビアンカは意外なほど冷静だった。まるで元から知っていたかのような態度だ。どうにも怪しい。

アシュタルテはその態度に内心警戒を解《と》くことができなかった。表情を読ませないビアンカの真意を読み取るのは難しい。

けれど、ライラのことになると、ビアンカの表情は目に見えて柔らかくなる。

「ライラのことだから、断れなかったんだろうね」

自分がノートル領へ押し付けられた立場だということは、アシュタルテ自身が一番よく理解していた。

だが、それをビアンカから口にされることは心にひっかかるものがあり、アシュタルテは目尻を吊《つ》り上《あ》げた。

「あなた、失礼よ？」

「申し訳ございません。元々貴族と接することなんてない身分なもので」

ビアンカは両手を掲げて、肩を竦めた。

その仕草は軽やかで、彼女が本気にしていない様子が伝わってくる。

この場にライラがいたら真面目《まじめ》な顔で頭を下げるだろう、とアシュタルテは思《おも》い巡《めぐ》らせた。

「あなたとライラはどうやって出会ったの？」

「あれ、気になります？」

ビアンカのからかうような挑戦的な笑みに、アシュタルテは瞳を鋭くした。

「少なくとも、普通の平民が領主に対する態度ではないわよね」

「あー……あれは、可愛《かわい》くてつい。ほら、猫とかにもしますよね？」

ビアンカはわずかに気まずそうにしながら、少し上を見上げて頰《ほお》を搔《か》いた。

アシュタルテは腕を組み、下から覗《のぞ》き込《こ》むようにしてビアンカを見上げる。

「まず、猫と人は違ってよ？」

「はいはい、厳しいお嬢様だね」

言いながら、アシュタルテは再び上を指さした。

ビアンカは容赦ない指示に少し面白げに頰を吊り上げた。先ほどと同じように、音もなく木に登って羽毛を手に入れて降りてくる。

アシュタルテはライラとのことを話しながら森を歩く。バーバー鳥の巣の条件に合う木を見つければ、ビアンカを見る。それだけで、ビアンカは羽毛を回収して来てくれた。

この繰り返しで、バーバー鳥の羽毛はあっという間に、抱えられないほどになった。

ビアンカの顔には驚きと同時に、ある種の呆れた表情が浮かんでいた。

「すごいね、こりゃ」

「これだけあれば、良いでしょ。一度戻りましょう」

アシュタルテは手に入れた羽毛を確かめ、満足げに微笑んだ。

指先で羽毛をなでると、柔らかで心地よい手触り。上物だ。採取も上手だった証拠である。

それを確認すると、ビアンカに視線を向けた。

「さて、帰りながらライラとのことについて、きちんとわかりやすく説明してくださる？」

ビアンカは羽毛をまとめて持ち上げ、肩に担《かつ》いだ。アシュタルテの言葉に顔だけを向ける。

その顔には悪戯《いたずら》な笑みが浮かんでいた。

「そんなにライラとのことが気になるんですかい？」

ライラとのことが気になる。その一言が胸の奥を突《つ》いた。

自覚していなかった部分に気づかされてしまう。

アシュタルテにしては珍しい勢いで口を開いた。

「はぁ？　私は、あなたたちの関係が不適切だから――！」

ビアンカは詰め寄ってきたアシュタルテの急な動きに驚かず、鮮やかに避ける。

「はいはい。ご説明しますよ」

ビアンカの声は軽やかだった。その表情にはからかいが滲《にじ》み出《で》ている。アシュタルテの様子を気にもせず、来た道を戻り始める。

アシュタルテは唇を引き結んでからビアンカの後ろを追った。

＊＊＊

帰路はさらにスムーズだった。

アシュタルテはバーバー鳥の羽毛を担いだビアンカの後ろをついて歩く。荷物を持っていても、ビアンカの軽やかな足取りは変わらない。

決して急ぎ足ではなく、ゆっくりとしたペースからはビアンカの心遣いが感じられた。

「ライラとはいつ出会ったの？」

「初めて会ったのは、大体……十年くらい前ですね」

十年。決して短くはない歳月だ。

ライラは十八のはずだから――アシュタルテは頭の中で計算した。

「ライラが八歳くらいの頃かしら？」

「ええ、あの性格だからか、昔からしっかりした子供でしたね」

アシュタルテはライラが子供の頃の姿を想像してみた。

きっと雰囲気はそのまんま、見た目を小さくした感じだろう。そして堅い性格。

その小さな姿を想像しただけで、アシュタルテの頬が緩んだ。

「昔から真面目だったのね」

「わかります？」

ビアンカは意外そうに顔を向けた。

アシュタルテは肩を竦めて答える。

「王様への領主代行の挨拶《あいさつ》なんて、形骸化《けいがいか》している慣習だもの。わざわざ王城まで来る人もいないわ。領主代行になる女性が少ないのも原因だと思うけれど」

「ありゃ、そうなんですね」

目の前に来た木の枝を避けるために、アシュタルテはそっと身をかわした。

話しながら、周りを見ることも忘れてはいない。

知識として知っていた場所と実際の場所を頭に叩き込む。次回の訪問では、もっと効率的に目的の物を収集できるようにしたかった。

前方ではビアンカが地面に生えていた植物をさり気なく手に取った。

薬効を高めるために使われる重要な植物だ。さすが、目端《めはし》が利《き》いている。

ビアンカはそのまま植物を懐《ふところ》にしまい、何事もなかったかのように進んでいった。

「うちの領じゃ誰も知りませんでしたよ。ライラ、めっちゃ緊張してたんですけどね」

ビアンカの言葉からは、まるで過去を思い出しているようなニュアンスが感じられた。

王城でライラの後ろに彼女を見た覚えはない。

と、なると——アシュタルテはビアンカの顔色を静かに観察した。

「護衛していたの?」

「こっそりですよ。心配で放っておけませんもんで」

悪びれもなくビアンカは頷《うなず》いた。軽く肩を竦め、微笑を浮かべている。

その表情から、ライラをとても大切にしているのが伝わってくる。

そして、そのために非常に大胆な行動をすることもわかった。王城に忍び込むなんて、どんなに身体能力に優《すぐ》れていても回避したいところだ。

「呆れた。ライラにも言わずに?」

「もちろん。ライラはあの通りカタブツですから。それにお城みたいに人が多いと、堂々としてれば逆に目立たないもんですよ」

確かに城内には多くの貴族が行《い》き交《か》っている。だが、それ以上の人数の使用人がいる。彼らは外に出る用事も多いし、常に忙《せわ》しく働いている。

その内の誰か——使用人の服装になってしまえば、紛《まぎ》れるには良いのかもしれない。

アシュタルテが納得したように頷いていると、一瞬だけ意味深な視線が送られてきた。

「だから、アシュタルテ嬢に護衛なんていらないとも思ってますよ?」

ああ、とアシュタルテは納得した。

あの場面を見ていたなら、アシュタルテが採取に行くのに問題ない実力があるとわかったはずだ。ライラが人として一等、過保護なだけで、大抵の貴族は実力のある居候など上手く働かせようとする。

知っていたのにビアンカが素直に付いてきたのは——アシュタルテは目を細めた。

「ライラの命令だから?」

「加えて、あまりにも迷いなく材料を集められると言うので、怪しいなぁと」

ビアンカからさらりと告げられた言葉にアシュタルテは口を噤《つぐ》んだ。

ビアンカは明らかにアシュタルテ自身の反応を読みに来ていた。

ノートルに腹芸ができる人間はいないと思っていたが、ライラは良い騎士に恵まれている。

「……知ってるだけよ」

「そうですか」

アシュタルテの答えは、さらりと流された。疑いは晴れていないだろう。

だが答えられることはない。空気を変えるように咳払《せきばら》いしてからビアンカに聞き返す。

「それで、出会いは？」

「よっぽど知りたいんですね」

「気になることは追求することにしてるの」

アシュタルテは貴族令嬢らしい澄《す》ました顔を作る。

それ以上答える気はない。

ビアンカもそれを感じ取ったのか、へらりとした笑いを貼り付けながら答えた。

「今の状況と同じですよ」

同じとは？

首を傾《かし》げるアシュタルテにビアンカは町の方向を指さした。そのまま森の中へ線を描くように指を動かす。

「ライラがスキルに目覚めて、人の役に立てるスキルと知って……そうなったら、ライラはどうしたと思います？」

「今でもああなのだから、開発にのめり込むんじゃないかしら？」

「その通り、八歳のライラはスキルを人のために使いたくて、材料欲しさにこの日向の森に入ったんです」

アシュタルテは驚きに目を丸くした。

「八歳で?」

「八歳で」

ビアンカの苦笑には、ありえないでしょ? という囁《ささや》きが見えるようだった。

アシュタルテは顔をしかめた。

何も知らない子供が森に入った結末など碌《ろく》なことにならない。大抵の子供は言葉には出さなくても、森へ足を踏み入れることの危険性を理解している。

ライラが知らなかったとも思えない。だとすれば、それ以上に素材が欲しかったのだろう。

今と同じだ。ライラは当然のように自分を犠牲にする。

「あまりに危なっかしかったんで、助けたんですよ。そしたら懐《なつ》かれちまって」

「懐いているというより……大分、信頼されているようだけど」

色んな人に会ったが、一番ライラが心を開いているのはビアンカにではないかとアシュタルテは思っていた。周囲の他の人たちと比べて彼女に対するライラの態度は際立《きわだ》っている。

アシュタルテの視線にビアンカは軽薄《けいはく》な笑みを浮かべたまま答えた。

「あたしゃ、可愛いものに弱くてですね。可愛いライラのお願いを聞いてあげてたら、いつの間にか騎士にまでなってたんですよ」

「それは——」

どういう意味? と、詳《くわ》しく聞こうとした瞬間、ビアンカは急に足を止めた。

アシュタルテはビアンカにぶつかりそうになったのを既《すんで》の所《ところ》で立ち止まる。

「しっ」

ビアンカの視線が鋭くなり、声が低くなる。

「アシュタルテ嬢の恋の相談には後から乗りますから」

「……恋愛相談なんてしてないのだけれど」

アシュタルテも小声で言い返した。

数十メートル離れた茂みが揺れる。その間から二つの頭を持つ狼《おおかみ》型モンスター、ドゥベロスが静かに歩いてくるのが見えた。

その特徴的な姿を見間違うわけがない。思わず言葉がこぼれ落ちた。

「なんで、ここにダンジョンモンスターが？」

普通の動物とモンスターは魔力の有無で区別される。

モンスターには二種類に大別され、森に生息しているような動植物が魔力を持った場合は、魔獣と呼ばれる。日常的に目にするモンスターはほとんどが魔獣であり、バーバー鳥もその一種だ。

モンスターの中にはダンジョンのみに生息するものもいて、ダンジョンモンスターと言われていた。ドゥベロスは一方でダンジョン内にしか姿を現さないダンジョンモンスターだ。

その存在が森の中にいるということは――アシュタルテはビアンカを見上げる。

こくりとビアンカが小さく頷いた。

「日向の森の中にダンジョンが出現した可能性があります」

アシュタルテの予想通りの言葉を、ビアンカは深刻な声で告げた。

第五章 Chapter five

「ダンジョンの出現!?」

あたしは椅子から立ち上がった。その勢いで、まとめていた書類が執務机に散らばる。

目の前にいるアシュタルテさまとビアンカを信じられない気持ちで見つめた。

ビアンカが真面目《まじめ》な顔で深く頷《うなず》いた。

「おそらく、間違いないね」

「私もドゥベロスが歩いているのを見たわ」

信じられない気持ちと不安が入り混じり、あたしは顔をしかめた。

ドゥベロス。あたし自身は実際に目にしたことはない。二つの頭を持った特徴的な姿が図鑑には載っていて、知識として知っているだけだ。

アシュタルテさまが口にしたモンスターはダンジョンでしか生まれない。ダンジョンでしか生まれないなら、その近くにダンジョンがあるということだ。

机に両手をついて首をがっくりと折る。

「お金の目途《めど》もついてないのに、ダンジョンとか……」

ダンジョンは両刃の剣だ。

ダンジョンは突然、出現する。出現したダンジョンは、最深部にあるダンジョンコアを壊すことで、ダンジョンの機能を失わせることができる。

機能が失われれば、モンスターを生まずただの空間になる。

だが、わざわざダンジョンの機能を失《な》くさせることは稀《まれ》だ。

ダンジョンの内部には、宝物のようなアイテムや貴重な材料が隠されており、ダンジョンの出現で栄えた国や町も多くある。

モンスター討伐や資源採取のために来る冒険者や商人も多い。冒険者や商人が増えれば、それを支える人間も増え、町の規模が大きくなる。

これは町を治める人間からすれば良いことだ。

だが同時に、初期投資が非常に大きくなる。人が一気に増えることで、彼らを支えるために多くの費用がかかる。回収できるまで耐えるしかない現実も待ち受けている。

(えっと、宿屋にギルド、鍛冶屋《かじや》も必要だろうし……あ、ご飯を食べる場所もいるよね)

頭の中で軽く想像しただけで、これだ。

ダンジョンの運営には近くの町に良い設備や施設が不可欠になる。

冒険者たちは町では安全で快適な環境を求め、そのために支払いを惜《お》しまない。余裕のある領ならば、発見されたダンジョンの近くに新しく町を造る事さえある。

だが、すぐさま冒険者たちの希望にこたえられる領や町は多くない。

かといって町を治める上で放っておくことも難しい。

(もう、ドゥベロスが外を出歩いてるってことは、そんなに猶予はないかもしれないし)

ダンジョンはダンジョンごとに独自の生態系を持っている。その中に棲《す》むモンスターたちを管理しなければならない。

放っておけばモンスターは増え続け、町や周辺地域に溢《あふ》れてくるのだ。一気に溢れた場合はスタンピードと言われ、災害と同じように広範囲へ深刻な被害をもたらす。

放っておきたくても放っておけず、儲《もう》かるかわからないけれどお金は確実にかかる。

それが地方領主から見たダンジョンだ。

あたしは頭を抱えた。

「ダンジョンのモンスターが外に出てきていることを考えると、出現はほぼ確定。被害が出る前に、調査と王城への報告が必要だね」

ビアンカの声は的確に、あたしがしないといけないことを教えてくれている。

あたしは小さくため息を吐《つ》いた。

「まずはダンジョンの場所を特定しないとダメかな?」

「他にも、モンスターの種類と危険度、ダンジョンとしての構造、採《と》れそうな資源が報告するためには必要ね」

アシュタルテさまは指を折りながら、報告に必要な情報を共有してくれる。

彼女の手に握られた青色の扇《おうぎ》が揺れ、その美しく細工《さいく》の施《ほどこ》された翼が優雅に動く。

調査と報告。

あたしは再び頭を抱えた。

「ディルムはあの調子だし……隣町のギルドに依頼……すれば、お金がかかるし」

「羽毛はたくさん手に入ったんだけどねぇ」

ビアンカの言葉に二人が取ってきてくれたバーバー鳥の羽毛の量を思い出す。あれだけあれば、百万フランにはなるだろう。

布として加工すれば倍近くになる。前だったら考えられない金額だ。

だが、あたしは〝今〟使えるお金が欲しいのだ。頭金として使ってしまった支度金代わりに。

「もっと取ってきましょうか？」

アシュタルテさまの言葉は短く、軽い。

お願いしますと言ったら、すぐにでも行ってくれるだろう。

それでも――アシュタルテさまの言葉にあたしは首を横に振った。

「とても、ありがたいです。でも、ダンジョンがあるなら、そちらを先にどうにかしないといけません」

ビアンカもあたしの言葉に頷いてくれた。

「日向《ひなた》の森は町の人間も狩猟や採取に入るくらいだからね。ダンジョンモンスターに出くわしたら目も当てられないよ」

日向の森にもモンスターはいたが、そこまで危険度の高いものはいなかったのだ。

モンスター避《よ》けのアイテムさえ持っていれば町人でも浅い場所を探索できた。狩猟や採取など日常生活に根付いた場所だ。

そこでダンジョンモンスターに出くわしたら目も当てられない。

「確かに。森への立ち入りは禁止しましょう。ある意味、冬場で良かったです」

「薪《まき》は？」

ビアンカは片方の眉を上げた。

そう、それが一番の問題だろう。薪はこの時期、森に行く理由の大半を占める。

「ダンジョン捜索のときに、集めていくしかないですね。買うには、資金が……」

あたしは顎《あご》の下に手を当てて、言葉を切った。

薪代は支度金の大部分を占めていた。寒さの厳しいノートルで、薪は大量に消費される。コツコツ集めていても足らなくなるくらいだ。

減らさないためには長く燃える薪があれば良い。作ればいいのかと思いつつ、それを実現するには、資源と時間がない。できるまでの間、つなぎとなる薪は不可欠だった。

目を回しそうなあたしの頬《ほお》を、アシュタルテさまはいきなり摘《つ》まんだ。

じっと赤い瞳に見つめられ、違う意味で目を回しそうになる。

「ダンジョンは悪いことばかりじゃないわよ？」

「え、あ……報奨金！」

すっかり忘れていた。

ダンジョンは資源性の高さから、見つけた領にはお金が出る。その代わり、ダンジョン税という税金も課せられるが、大体は利益が出るらしい。

アシュタルテさまは扇を左手で受け止め、口元に添《そ》える。

「そうよ。きちんと調べて、資源を採れるダンジョンだと証明できれば、国から町を整えるために報奨金が出るわ」

アシュタルテさまは落ち着いた様子で言った。

「ドゥベロスがいるくらいだから、一千万は堅いのではないかしら」

「一千万フラン――あと一千万フランか……」

半分になったと考えるべきか。まだ半分もあると考えるべきか。

アシュタルテさまはケロリと答えた。

「少なくとも、不当と訴《うった》えるまでの時間は稼げるわ」

確かに。

頭金は渡したのだ。あとは冬を越せればよい。

アシュタルテさまは薄《う》っすらと微笑《ほほえ》み、当然のことのように言葉を続けた。

「それに報奨金を受け取りに行く時に、陛下と直《じか》に話せるでしょ?」

「なるほど、そこでアルフォンス殿下からの請求が不当だと訴えてくれば」

あたしは大きく頷いた。

どうしてアルフォンス殿下の無茶が通っているのかわからないが、直に国王陛下と話せれば訴えることもできる。

「ついでに、あなたの新しく開発したものも持っていきなさい。そうすれば絶対悪いようにはならないはずだから」

そう言われて、あたしは首を傾《かし》げた。

特許申請はアシュタルテさまが全部してくれた。新しいものは今から生まれるだろう数点しかない。王都で使えるようなものもない。

だが、アシュタルテさまは「いいから」と圧力をかけてくる。

「そう、なんですね。わかりました。じゃ、今、優先すべきは」

「『ダンジョン調査』」

あたしとアシュタルテさまの声が揃《そろ》った。

お互いに顔を見合わせて、くすりと小さく微笑み合う。なんだか胸の奥が温かかった。

ビアンカは自分の胸を指さし、にっと頼りになる笑みを浮かべた。

「任せな、あたしが場所は特定しておくよ」

「ごめんね。いつも大変なことばかりお願いして」

「気にしなさんな。あんたが頑張ってるのは知ってるし……ダンジョンの調査に、あたしほどうってつけの人間はいないだろう?」

ぽんぽんと軽く肩を叩《たた》かれた。

ビアンカは本当に頼りになる。つい甘えてしまうほど。

だけど、領主になるならこの甘えにはけじめをつけないといけない。領主なら、してもらったことに対して、きちんと報奨をあげなければならないのだから。

あたしはビアンカを見上げながら念を押した。

「命が一番だから。必ず帰ってきてね」

「はいはい」

ひらひらと手を振りながらビアンカが部屋を出ていく。

ふーっと大きく息を吐きながら、扉が閉まるまで見送った。

振り返ればアシュタルテさまがじっと、こっちを見ていた。

赤い瞳が先程とは違う光を纏《まと》っている。

「アシュタルテさま?」

「ほんと、仲がいいのね」

ポツンと呟《つぶや》かれた言葉の真意がわからなくて、あたしは首を傾げた。

ただその一言がとても寂しそうだなと、確かにあたしは感じていたのだ。

＊＊＊

第一騎士団の団長室は厳粛《げんしゅく》な空気が部屋を支配していて、空気の重さに息が詰まる。

シンプルで飾り気のない部屋の中心にある大きな木製の机。その机の奥にディルムは座っていた。

「ダンジョンが出現しただと？」

報告を聞いたディルムは目じりを吊《つ》り上《あ》げる。

「ええ、規模としては第三級が予想されます」

あたしはただ頷いた。

ダンジョンの階級は五つに分けられる。

もっとも危険性が高いのは第一級。何が起こってもおかしくないとされ、冒険者ランクが高い者しか入れない。

五級に近くなるほど危険度が低い。三級はちょうど真ん中。初心者向けというわけではないが、ベテランだけが来るわけでもない。

だが、ノートルのような田舎《いなか》には荷が重い階級だ。

三級でも町にそれなりの設備がないと冒険者のケアは難しいだろう。

ディルムは訝《いぶか》しむような視線を向けてきた。

「だが、第一騎士団にモンスターの出現報告は来ていない」

あたしは呆《あき》れを隠すことができなかった。

第一騎士団が普通に過ごしていて、モンスターを見つけるわけがないのだから。

彼らに振り分けられているのはノートルの屋敷の周りや貴人たちを守る仕事だ。ほとんど危険を伴《ともな》わない日常的なもので、モンスターに直面する機会は滅多《めった》にない。

第一騎士団は見目の良い鎧《よろい》を着て、重要人物をエスコートする仕事ばかりなのだ。

「第三騎士団が森でモンスターを発見しました。ドゥベロスです」

「ドゥベロス!?　危険ではないか、すぐに出動を！」

モンスターの名前を聞いて、ディルムが椅子から立ち上がる。

あたしは手だけでその動きを制する。

「町民へは森へ行かないよう通達してあります」

あたしはディルムに今までの流れを簡潔に説明する。

「森で見かけたダンジョンモンスターは第三騎士団で討伐。発見されたダンジョンの入り口は第二騎士団が警備しています」

「なぜ、第一騎士団に知らせてくれなかった」

不当を訴えるようなディルムの口調にあたしは苛立《いらだ》ちを胸の奥に隠した。

「第一騎士団が町や日向の森の警備をしないと言ったのはディルムですよ？」

「そんなこと――」

ディルムが何かを言い返そうと口を開いた。あたしが目を細めると、わずかに身を引く。

彼にとって不都合な真実かもしれないが、きちんと事実と向き合ってもらいたかった。

「アシュタルテさまがおつかいついでに、見つけたものだったので」

「なんだと……！」

「ついでに第三騎士団が薪も集めてくれたので、第一騎士団は通常業務のみで大丈夫です」

「ぐぅ」

第三騎士団は一番人が少ない。

予算も多くは割《さ》かれず、彼ら自身が討伐や採取で稼いでくるような状態だ。装備だって第一騎士団と比べれば不充分で、あたしが開発したものだけで回している。

だが、彼らは身軽で町の人のためなら、と薪も集めてくれているのだ。

それに比べて第一騎士団の職務怠慢《たいまん》ぶりはどうだ。嫌味の一つでも言いたくなるだろう。

ディルムは赤い顔でどう言えばいいのか言葉を探した後、唇《くちびる》を噛《か》みしめた。

「今度からダンジョンの調査は、装備が一番充実している第一騎士団が請《う》け負《お》う」

「そうですか、その時は頼みます。では、報告はしましたので」

あたしは了承した旨だけを伝えて、身を翻《ひるがえ》す。

ディルムから引き留められる言葉がかかることはない。

無骨な扉から出れば、扉の横にアシュタルテさまが立っていた。前にも似たようなことがあった。隣にはオレットも控えていて、軽やかな笑みを向けてくれる。

アシュタルテさまは目が合うと、組んでいた腕を解《ほど》いてわずかに唇を吊り上げた。

「わかりやすい男ね」

「ディルムさまですから」

アシュタルテさまの言葉はまだしも、オレットの軽口にあたしは苦笑した。

三人で第一騎士団の宿舎を離れるため足を進める。

灰色と白を混ぜたような空がずっと広がっていた。

アシュタルテさまは雪だからと訓練をしていない訓練場をつまらなそうに見る。

「ダンジョン調査は、騎士団の花形任務ですものね」

「やりたいことだけをやろうとされても、困ってしまいます」

好きな仕事だけをできるわけがない。騎士団の業務は多岐《たき》にわたるのだ。

元々は二つの騎士団で、すべての業務を分担していたのだ。それをディルムが騎士団長になってから町の警護をしたがらず今の形式になった。

アシュタルテさまはすぐにディルムのことなど忘れたように、ダンジョンについて楽しそうに口に出す。

「第三級のダンジョンだったら一千万は確実ね」

「どうにか首が繫《つな》がる、かな」

扱いには困るが、金額はありがたい。

あたしはアシュタルテさまの言葉に何度か頷いた。

風が吹く。白い雪が舞う。地面を白く染めていた雪片《せっぺん》が舞い上がり、まるで小さな蝶《ちょう》が空を舞っているかのようだ。

その美しさに目を細める。冬の好きな所かもしれない。

アシュタルテさまは首をわずかに竦《すく》め、冷たく舞う雪を静かに見つめていた。

「王都から調査員が来るでしょうけれど、基本的には申請したまま通るはずよ」

「そうなんだ。良かった」

申請書類を作るにも骨を折った。

アシュタルテさまが様式を覚えていてくれて本当に助かった。陛下の言葉通り、アシュタルテさまは事務仕事にも通じている。

アシュタルテさまは「ふふ」と小さく胸を張ると、楽しそうな笑みをこぼす。

「今のうちにダンジョンから資源をなるべく集めちゃいましょ」

発見されたばかりのダンジョンは危険度も高いが、資源の量も多い。

「調査しながらの採取ってずるくない？」

少しでも設備投資の足しになれば嬉《うれ》しいが、いいのだろうか。

「あら、どこの領もダンジョンが見つかったらしていることよ。何が採れるか調べるのも、調査の一環だもの」

「そういう扱いになるわけだね。了解」

アシュタルテさまの言葉に、やはりこの人には敵《かな》いそうにないなと思った。


その足で、アシュタルテさまは第三騎士団の数人と意気揚々《いきようよう》とダンジョンに向かった。

もう止めることはしない。アシュタルテさまは自由に動けることが本当に嬉しいようで、とても楽しそうにダンジョンの話をしてくるのだ。

危険な所には行かないでほしいが、傷一つなく帰ってくるのだから、文句も言えない。

あたしはオレットと共に執務室に戻り、新しい開発を進めることにした。

アシュタルテさまが来てから必要なものが明確化され、作らなければならないものがどんどん増えている。あたしのスキルがこんなに役に立つなんて嬉しい悲鳴だ。

休憩にオレットが出してくれた薬草茶に口をつけた。

「アシュタルテさまはダンジョンがお好きですね？」

「楽しそうだよね。怪我《けが》しないといいんだけど」

「ライラさま特製の装備を使っているから大丈夫でしょう」

オレットがそう言うので、あたしは「どうだろう」と声を小さくする。

アシュタルテさまを止められないとわかった時点で、彼女用の装備を作った。

重くない鎧。疲れにくい靴。防寒性と防御力を上げた外套《がいとう》。

あとは武器の調整なのだが、アシュタルテさまの攻撃は魔法を中心としており、杖《つえ》などの媒体も使わない。媒体を使わずあの速度なのだから驚きしかないが。

装備を作るうえで、手間のかかる部分が少なくて助かったのが正直なところだ。

「でも、ダンジョンは何があるかわからないから」

「心配性ですね」

オレットが呆れたようにため息を吐く。

あたしは気分を切り替えるように、机の上に広がる書類に目を落とす。

走り書きの発明品がいくつか並んでいた。長く燃える薪も、その中に入っている。

「でも、こうやって開発できるようになって良かったよ」

「新しい機織《はたお》り機《き》もばんばん働いてますよ」

オレットがウインクを投げかけてきた。その軽妙な仕草に、あたしは力が抜ける。

アシュタルテさまが提案してくれた量産型の魔法布は、市場で予想以上の需要を呼んでいた。アシュタルテさまが言ったように、駆け出しの冒険者には重宝されたし、ノートルの民と同じような保温布として使うために裕福な平民も購入している。

しかし、その成功は同時に、製造が追い付かないという新たな問題をもたらした。売り上げは右肩上がりに伸びてはいる。これからのビジネスの拡大に向けた期待と今までにない課題に向けた緊張感が両立していた。

と、乱暴なノックが部屋に響いた。

「ライラ！　大変だよ！」

「どうしたの、ビアンカ？」

かなりの剣幕に顔をしかめる。あたしの呼びかけにオレットがゆっくりと扉を開けた。ビアンカが眉間に深い皺《しわ》を寄せたまま、大股で部屋に入ってくる。

「アルフォンス殿下たちが調査員として来るそうだ」

「え？」

「第二王子と聖女がダンジョン調査員として来るとのことだよ」

理解できないでいたら、ビアンカがもう一度繰り返す。その手元には、急を知らせる封筒があった。第三騎士団で使われている速達封筒だ。

その内容にあたしの頭は真《ま》っ白《しろ》になった。

＊＊＊

アルフォンス殿下の先触れの使者が来たのはその夜だった。

でっぷりとお腹が出た使者を出迎える。使者は白いマントに国章が入った正式なものを羽織《はお》り、衣服も深い赤色に緑のベルトと国の使者と一目でわかるものだ。

玄関での迎え入れの際も、屋敷の使用人を多く揃えるようにした。

あたしも王城で陛下に謁見《えっけん》した以来のきちんとしたドレスに身を包んでいた。

「アルフォンス殿下と聖女セレナさまが、ダンジョンの調査のために来られる。貴殿においてはよく準備するようにとの仰《おお》せである」

「はい、かしこまりました」

王家の代理なので、使者は立ったまま先触れの内容を口にする。あたしは膝をついて聞いている形だ。掲げるように手紙を受け取り、すぐにジョセフに渡す。

使者はそれだけですぐに帰っていった。使用人たちも仕事のためにばらけていく。

玄関に残ったのは、あたしとアシュタルテさま、オレットだけだった。

あたしは気分を切り替えるように長く息を吐いた。

「……まさか、本当に二人で来るとは」

あたしは隠れていたアシュタルテさまの側《そば》に寄る。

アシュタルテさまには使者から見えない位置に控えてもらっていた。身分としては最前列にいるべきなのだが、使者がアシュタルテさまの処遇《しょぐう》を知っているかわからなかったためだ。

使者を見送ったアシュタルテさまの顔は、いつもより険《けわ》しく――冷血令嬢の片りんを見せている。その顔を見ていたくなくて、わざと明るく口にした。

「ねぇ、アルフォンス殿下って、何も考えてないのかな」

「元々、あまり深くは考えない人なのよ」

あたしの不敬《ふけい》とも取られかねない言葉に、アシュタルテさまは否定することなく言い切った。

深く考えない王子は不安しかない気がする。

アシュタルテさまは使者が出ていった扉を見て意味深に呟いた。

「今回は私への嫌がらせでしょうけど」

アシュタルテさまが自嘲《じちょう》するような笑顔を作る。

嫌がらせで、わざわざノートルまで足を運ぶなんてやめて欲しい。

あたしはわざと悪戯《いたずら》な笑顔を作った。

「実は好かれてるとか?」

「冗談でしょ。単純に私のいる場所にお金が入るのが嫌なのよ」

はっ、とアシュタルテさまは鼻で笑った。

その内容に、良いことでないと思いつつ、あたしは胸を撫《な》で下《お》ろしていた。

本当に、未練があるわけではなさそうだ。

あたしは頬を指で掻《か》きながら、アシュタルテさまと同じように扉を見つめた。

「陛下がわざわざ引き離した意味を考えないのかな」

アシュタルテさまが王都から離された理由はいくつか考えられる。

一つ目は、アシュタルテさまの能力が高すぎること。謹慎処分だけで同じ王都にいるのでは、王子が再び狙われた時に守り切れないと判断された。

これは元々毒殺計画をしていないアシュタルテさまにしてみれば、言いがかりもいい所だ。

二つ目は貴族の多い王都では良くも悪くも注目を集め、面倒事に巻き込まれやすいこと。

アシュタルテさまが婚約破棄されたことで起こる〝色々〟の対処をするのに王都にいない方が楽なのだ。

つまり、当事者であるアシュタルテさまとアルフォンス殿下を引き離すためのものなのに。

「殿下が背景までしっかり考えられる人間なら、婚約破棄をすることにはならないと思うわ」

「そりゃそうか」

あたしの苦笑いを含んだ言葉に、アシュタルテさまは赤い瞳を細め、からかうような微笑みを浮かべた。

「あなたこそ、婚約者どののお相手大変じゃなくて?」

「あはは、暴走しないといいなぁと思ってる」

「アルフォンス殿下の警護、彼の仕事でしょ」

「それはもう、張り切ってたよ」

アルフォンス殿下の訪問を知った時のディルムの興奮具合を思い出す。殿下が訪問されることに無邪気に反応し、純粋に喜びを爆発させていた。

貴人警護は第一騎士団のメインの仕事だ。ということは、ディルムが一番好きな仕事。今までの中で一番の大物だから、ディルムの気合いもわかる。

彼が余計なことをしないためにも、あたしは彼らと一緒にいないといけない。

「あたしが見張っておくので、アシュタルテさまは避難しててください」

想像しただけで面倒だけれど、そうするしかない。

あたしはとにかくアシュタルテさまと彼らを会わせたくなかった。領主代行としても、ライラとしても嫌だった。

アシュタルテさまは同意するように小さく頷く。

「今のうちに森で採取でもしておくわ」

「ありがとうございます。とっても助かります」

「バーバー鳥以外も、良い素材をたくさん持ってきてあげるわ」

軽い調子で言うアシュタルテさまに救われた気分になる。

あたしは床と平行になるほど深く頭を下げた。

アルフォンス殿下の来訪は大まかには予定通りに行われた。

豪華な馬車からアルフォンス殿下と聖女セレナさまが降りてくる。彼らの進む道の両脇には頭を下げ迎える我が家の使用人たちが勢揃いしていた。

あたしは胸の底に冷たいものを抱えたまま、その様子を見守る。

屋敷の前で出迎えるあたしの正面にアルフォンス殿下が立ち止まる。

マナー通りの礼をして頭を下げる。これもアシュタルテさまに叩き込まれたので、前より綺《き》麗《れい》なものができている自信があった。

「そなたがノートルの領主代行か」

「初めてお目にかかります。本日は」

「あー、いい、いい。調査に来ただけだ、アレに会わない内に帰りたいからな」

ピクリと頰が引きつった。

頭の上から降ってきた声に、仰々《ぎょうぎょう》しく挨拶を述べようとした。しかしアルフォンス殿下はその声を遮ったのだ。あたしは予想外の事態に顔を上げてしまう。

目の前には面倒くさそうな顔で片手をパタパタと振っている殿下がいた。もう片方の腕にはエスコートしているセレナさまの手が絡んでいる。

「どんなダンジョンでも、セレナがいれば問題ないだろう」

「アルフォンスさまのために頑張りますわ」

形式的な挨拶も途中に、のろけ始める。

胸の中に冷ややかな風が吹き抜けた。

これがアシュタルテさまを捨てた男と捨てて選んだ相手か。

あたしは冷え冷えとした怒りを抑えながら、表向きは丁寧《ていねい》に礼をし、愛想笑いでアルフォンス殿下たちを案内した。

「承知しました。では、騎士団の団長を紹介します」

あたしの挨拶が終わったのを見て、ディルムが素早く近づいてくる。

いつもより更に煌《きら》びやかな騎士服だ。気合いを入れた表情でディルムは胸に手を当てて騎士の礼をした。

「ダンジョンでの警護は第一騎士団団長である私ディルム・ホランが承《うけたまわ》ります」

「団長自らついてくれるとはありがたい！　こちらこそ、よろしく頼む」

「はっ」

アルフォンス殿下からの言葉に、ディルムは恭《うやうや》しく頭を下げた。

アシュタルテさまの時も素直にそうしていてくれたら、印象は全然違ったのに。

それからディルムはアルフォンス殿下の隣にいるセレナさまに身体《からだ》を向け、あたしが見たことのない気持ち悪い顔で笑った。

「聖女さまにお会いできて恐悦至極《きょうえつしごく》に存じます。全身全霊でアルフォンス殿下と聖女さまをお守りします」

「まぁ、頼りになる方がいて嬉しいですわ。よろしくお願いします」

あたしは鳥肌が立つ腕を目立たないように摩《さす》った。

上《うわ》っ面《つら》だけの会話に、ここまで気分が悪くなることをあたしは初めて知った。

＊＊＊

窓の外では月明りを雪が反射して、すべてをほのかに白く輝かせていた。

カーテンを引き直したあたしは執務室で机に向かう。

目の前には大きな紙。手元だけがランプで照らされていた。

手をひたすら動かし続ける。

新しい設計図を描き、その脇に細かく材料などを付け加えていく。似たような材料を思いついたら、それも下に書いて、後でどちらが良いか検証する。

たまにスキルを発動するために口を動かし、新しい図面に頭をひねる。

「……で、これがこうなるから」

カタンと物音がして、あたしは時間の流れを思い出したように顔を上げる。

ぼんやりと、暗がりでも輝くように見える赤い瞳があたしを見据《みす》えていた。

「呆れた。あなた、まだやってるの?」

薄暗い部屋に徐々《じょじょ》に浮かび上がる女神の姿。

その姿が神秘的すぎて、あたしは一瞬、夢を見ているのかと思った。机に向かって寝落ちして、それで夢を見ているのかと。それほど彼女の姿は美しかったのだ。

アシュタルテさまがナイトガウンを着た状態で、執務室の扉に背を預けていた。片手にはお盆を持ち、その上にお茶が置いてある。

香りからして淹《い》れたばかりの良い紅茶。

あたしはペンを置いて、机の前まで歩いてきたアシュタルテさまを見上げる。

「アシュタルテさま、起こしちゃいました?」

あたしの問いかけにアシュタルテさまは静かに首を横に振る。

お盆が静かに机の上に置かれた。カップは二つ。

まだ湯気が立ち上る様子からアシュタルテさま自ら淹れてきてくれたのだろう。

気遣いに心苦しくなる。

「これくらいの音で起きるわけないじゃない。寝付けなくてね」

「そうですか」

目の前に紅茶を差し出される。お礼を言って、受け取った。

両手で包むようにしてカップから熱を貰う。アシュタルテさまは行儀よく、カップの取っ手を摘まんでいた。

温かさにホッとする。思ったより冷えていたようだ。

アシュタルテさまは机の前から動かない。あたしは首を傾げながら彼女を見上げた。

珍しく視線を彷徨《さまよ》わせているアシュタルテさまがいた。

「見てて、良い？」

「面白いものでもないですけどね」

肩を竦める。これはあたしのストレス発散なのだ。

アルフォンス殿下と聖女セレナさま、さらにディルムまで加わると、到底《とうてい》あたしの手には負えない集団になった。

「アルフォンス殿下はどうだった？」

「……率直《そっちょく》な意見でもいい？」

「もちろん」

にっこりと微笑んだアシュタルテさまから少し視線を落とす。

端的に言えばアルフォンス殿下のことは好きではない。

だが、それはアシュタルテさまへしたことを知っているからで、私情が大きいのをあたし自身理解していた。領主代行としてだけ言うとすれば。

「あたしはあまり好きになれそうにない、かな」

「そう」

あたしの返事をわかっていたかのように、アシュタルテさまは頷くだけだった。

どうして好きになれるだろう。

ノートルによくわからない請求書を送り付けてきた人間だ。アシュタルテさまのことを抜きにしても良いイメージはつきにくい。

その上、あの態度。苛立たしさを唇を嚙みしめて誤魔化す。

アシュタルテさまは、あたしから漏れ出るつたない言葉にただ頷いた。ここで愚痴《ぐち》などが始まらないのが、彼女らしい。

静寂が部屋に満ちる。

しばらく、ペンの音とアシュタルテさまのわずかな衣擦《きぬず》れの音だけが響いていた。

「アシュタルテさまは、どうでしたか？　ダンジョンで調査をしていたんですよね？」

「ダンジョンは第三級で間違いないわね」

アシュタルテさまが悪戯な笑みを浮かべる。

「下手すると二級でも通りそうだけど」

「低くなる見込みは」

一縷《いちる》の望みを賭けてアシュタルテさまを見上げる。

「ないわね」

にっこりと言い切られた。

ダンジョンの階級認定は危険度と比例している。

一級であれば、ほぼ国の管理下に置かれることになる。入れる冒険者の選定から、入れる日まで管理されることもあるらしい。こうなると、領地の旨味はほぼない。

二級なら領地の管理下になることは間違いないが、ダンジョンモンスターが強すぎるため冒険者の損傷《そんしょう》が激しい。それを救護するために町には専用の施設が必要になり、これの維持が人員も、お金も非常にかかる。

二級だったら、ノートルは借金しなければダンジョンの運営ができないだろう。

そう考えると三級で良かったのかもしれない。

三級であれば資源もそこそこ、モンスターもそこそこ。被害を被ることはあるだろうが、毎日のように大きな被害が出ることはない。

四級くらいの初心者でも入れるダンジョンの方が、ノートルのような資金のない領としてはバランスがいいのだが、ぜいたくを言っても仕方ないだろう。

「そうですか」

「そんなガッカリしないの」

アシュタルテさまが苦笑しているので、よほど酷《ひど》い顔だったのだろう。

力なく首を横に振る。

「アシュタルテさまとビアンカが見てきてくれたのなら間違いないでしょうね」

「ええ、私とビアンカがね」

今度はアシュタルテさまが沈黙する番だった。

あたしはチラチラとアシュタルテさまの様子を窺《うかが》った。

綺麗に伸ばされた背筋。その上に小さな頭が乗っている。

横顔にほのかな燐光《りんこう》が煌めいていた。

魔力残滓《ざんし》。もしかすると、アシュタルテさまは魔力を発光させることでランプ代わりにしているのかもしれない。

相変わらずの魔力操作の上手さに装備が対応できているか心配になる。

（そういえば）

思い出して椅子を立つ。部屋の片隅に置いてあるトルソーを持ち上げた。

「装備、調整しても良いですか？」

「良いけど、それは？」

アシュタルテさまが訝しげにトルソーを見る。女性用の服が一式飾られていた。

外套はない。アシュタルテさま用の鎧と靴だ。大まかなサイズで作ってあるのだが、微調整が必要だし、鎧の下に着るインナーにもこだわりたかった。

あたしはトルソーの肩に軽く手を置いて、簡単に説明する。

「新しい装備です……二級に近い三級なら、もう少し防御を重視したいなと」

外套は防御優先にしたのだけれど、鎧と靴は三級だからと甘いところがあった。

今の装備はダンジョンに行くために最低限のものを急いで作ったのだ。アシュタルテさまの動きの邪魔にならない作りで、防御の加護をつけただけ。

そんなもので二級に近いダンジョン調査をお願いするわけにはいかない。

そこでアシュタルテさまの動きを考え、防御に必要なものを追加したものが、これ。

アシュタルテさまは顎の下に手を当てて、装備とあたしを交互に見てくる。

びっくりと呆れが半々、だろうか。

あたしはにっこりと唇の端を吊り上げてから、立ち上がった。

アシュタルテさまは、もう慣れたように抵抗もせず、仮の装備を身に着けてくれた。

「第三騎士団のものも、あなたが作ってるんですって？」

「ええ、できる限りはそうしてます。高いものは買ってあげられないんで、代わりです」

あたしはアシュタルテさまの後ろに回る。仮縫いになっている鎧を着てもらい、その上から身体に巻き尺をあてて計測する。

あたしより背が高いので少し背伸びするような格好だ。後ろにいることもあり、声が聞きにくくて自然と距離が近くなった。

目の前にアシュタルテさまの首筋がある。ふわりと上品な香りが鼻をくすぐった。

アシュタルテさまがわずかに顔をこちらに向ける。綺麗な声が大きくなった。

「オーダーメイドの方が高いと思うけど？」

「あたしが作るなら必要なのは材料だけですし。材料は彼らが取ってきてくれますから」

「なるほど。材料さえあれば、あとはあなたが作るだけだものね」

「その通りです。作るの自体は一日もあればほぼ終わりますから」

もちろん、その後は今しているような微調整が必要だ。

巻き尺を戻す。

サイズとしては大きく変わりない。あとは動かしやすさだ。

以前は測らなかった部分も付け足していく。魔力も細かい測定をしたかったが、ノートルに魔力を測定する機械はないし、スキルを持っている人間もいなかった。

アシュタルテさまは測られ慣れた様子で、軽く両手を広げていてくれる。

「ねぇ……ビアンカとは昔から仲が良いの？」

「そうですね、出会った時からお姉ちゃんみたいで」

肩幅、胸部、胸囲、腕の長さ、腰の位置……必要な項目を埋めていくことに集中する。

そうでないと、アシュタルテさまからする良い香りや、いつもは感じない令嬢らしい体つきを意識してしまう。とてもトレントに独りで突撃した人間の身体とは思えない細さ。

あたしは止まりそうになる手を必死に動かしながら答える。

「あたし、一人っ子だったんで、町の子から兄妹の話を聞くと羨《うらや》ましくて」

「ビアンカもあなたを可愛《かわい》がっているわね」

「助けられてばっかりで、よく付き合ってくれてます」

アシュタルテさまの声が上から降ってくるのは、なかなか心地いい。

あたしはこっそりと頬を緩めた。

「そう」

「今も、一番大切な任務をお願いすることになっちゃって」

アシュタルテさまの声が少しだけ小さくなる。

あたしはアシュタルテさまの顔を見上げようとしたが、彼女の手に制される。

しぶしぶ測定を続けた。

「一番大切な任務を？」

緊張感を感じる声に、首を動かし、もう一度アシュタルテさまを見ようとした。

だけど、あたしに顔を見られたくないのか、先回りしたアシュタルテさまに止められる。

あたし、何か変なことを言ったかな。

考えてもわからない。だから、あたしは自分の言葉だけで答える。

「ええ、アシュタルテさまの護衛をビアンカがしてくれて本当に良かったと思ってます」

スムーズに行っていた測定が止まる。

アシュタルテさまが上げていた腕を急に下ろしたからだ。

ちょうど屈《かが》んでいたあたしの頭にぶつかり「うっ」と令嬢らしくない声が漏れる。

「私の護衛？」

頭を摩りながらアシュタルテさまを見ると、口と瞳を少しだけ丸くしていた。綺麗な二重に縁どられた赤い瞳が真ん丸に近い形になっている。

そんなに驚くことだろうか。

「それが一番大切なの？」

あたしはすぐに頷いた。

ビアンカには様々な仕事を頼んでいるが、今一番となるとアシュタルテさまのことだろう。

「そりゃ、執務としては他に色んなものがありますけど——」

視線を泳がせる。言うべきか少し迷った。だって、これを本人に言うのは恥ずかしい。

ビアンカに仕事を頼むことは多いけれど、他の騎士団と一番違うのは、あたしの性格や心情まで配慮してくれることだ。

「あたしにできない、あたしが一番気にしているものが何か、ビアンカには見抜かれちゃうんですよ」

付き合いが長いせいか。年上の人生経験からなのか。

「あたしが何より優先したいって、ビアンカはきっと汲《く》んでくれているんだと思います」

あたしの目の前で、アシュタルテさまを縁どるように魔力光が走る。

それは一瞬で、女神さまが降臨したみたいに見えた。

「っー」

ぱっと顔を覆って座り込むアシュタルテさま。

指の間から見える頬が赤くて、あたしは心配になる。

「どうしました？　ビアンカやノートルについて気になる事でもありました？」

ビアンカからは特に何も報告は受けていない。

ダンジョンでの楽しそうな様子からは上手くやっているんだろうと思っていた。

何度か深呼吸したアシュタルテさまが、指の隙間からこちらを睨《にら》んできた。

でも、なんでか、ちっとも怖くない。

「ほんと、あなた、そういうところ、気をつけて欲しいわ」

「何がですか？」

屈んだ体勢から立ち上がる。差し出した手に重なった手は熱かった。

首を傾げていたら、瞬《まばた》き次の瞬間には、もういつものアシュタルテさまに戻っていた。

「アシュタルテさま、熱があるのでは？」

「いいえ。たぶん暖炉の前で装備なんて着たせいね」

「すみません、こんな時間に長時間付き合ってもらって」

手早く仮縫いの装備を脱いだアシュタルテさまからそれを受け取りトルソーに戻す。

「私は戻るわ。あなたも早めに休みなさい」

「そうします。ありがとうございます」

そう言うと、アシュタルテさまは先ほどの燐光を目の前にもう一度出現させた。

アシュタルテさまの周りで、ランプのように光がふわふわと浮く。

相変わらずえげつない精度の魔力操作だ。

「おやすみなさい」

「はい、おやすみなさい。アシュタルテさま」

ふわりとスカートの裾が翻る。裾が揺れるたびに、燐光が彼女の足元を彩った。

扉が閉まり、一人になる。

燐光の残滓《ざんし》さえ見えなくなるほど見つめてから、あたしは顔を覆った。

「細くて、柔らかかった……」

脳裏に浮かんできたのはアシュタルテさまの身体の感触。

測定している間は考えないようにしていたので、今になって蘇《よみがえ》ってきた。

「って、あたしの馬鹿」

もう一度、机に戻ろうとして、諦める。あたしはさっさと寝ることにした。

＊＊＊

ダンジョンは日向の森の奥深くに存在していた。鬱蒼《うっそう》とした藪《やぶ》の中に入り口があったため、出現してから今まで気づかれなかったようだ。

ビアンカたち第三騎士団の手によって、入り口付近は整備されていた。藪は刈られ、十人程度の集団であれば整列できる平地が作られている。

ここまで来る道も人がすれ違えるくらいになり、森を歩き慣れていない人間でも歩くのに困ることはない。

その道を我が物顔で歩くディルムたち、第一騎士団の先導に合わせて、アルフォンス殿下とセレナさまが進む。

あたしはその後ろをついて歩いていたのだが、それだけで内心イライラしていた。意気揚々と、まるで自分たちが整備したかのようにディルムが森を案内したからだ。

どうにか苛つきを胸の奥に沈めて、愛想笑いを浮かべる。

それなのに、それなのに！

ダンジョンに入る前に驚くべきことが起きてしまったのだ。

「さて、これがダンジョンか。アレがいる土地に相応《ふさわ》しい見すぼらしさだな」

「ダンジョンなんて怖いですわ」

「なに、セレナの力があれば、何てことはないさ。私もそなたを守ろう」

「殿下にも聖女さまにも、指一本触れさせませません!」

自ら調査に来たというのに、この言い様。アシュタルテさまを馬鹿にする言葉にも耐え、ノートルの騎士団長だというのに、殿下にゴマをすってばかりの婚約者にも耐えた。

アルフォンス殿下が尊大な態度でセレナさまを送り出す。

ダンジョンの入り口の前に聖女セレナさまが立った。アルフォンス殿下もその隣に連れ立つように立っている。

セレナさまはダンジョンの扉に触れることもせず、自分の肩くらいの高さに手を掲げた。

セレナさまの髪の毛がふわりと風が舞い起こったかのように広がる。

いや、これは風ではない。魔力の動き。強い魔力がセレナさまを取り巻いていた。

「浄化」

「は?」

セレナさまの口から発せられた呪文に、あたしは口をぽかんと開けて固まってしまった。

一瞬で光が溢れ浄化魔法が発動する。入り口から光が奔流《ほんりゅう》となって中へ流れていく。

浄化は聖女のみが使える魔法だ。

効果はモンスターなどを無差別に消してしまう。無差別ということは、有用なモンスターの資源も一切合切消してしまうということだ。

「さすが、セレナ、良い腕だ！」

アルフォンス殿下が能天気な声を上げる。

あたしは震える手で口元を覆った。

「ダンジョンの階級を見る前に、モンスターを浄化した……？」

ありえない。こぼれそうになる言葉を押しとどめる。

ダンジョンに入る前から殿下たちの評価は下がりっぱなしだ。怒りは一周すると、頭を冷やしてくれるらしい。

ひくつく頬にどうにか愛想笑いを加えて、あたしは念のため確認した。

「アルフォンス殿下、これでは正しいレベルの査定ができないのでは？」

「ん？　ダンジョンの階段など中の様子を見ればわかるだろう。それよりセレナの浄化のおかげで危険が減ったことを喜べ」

「……いや」

浄化したら、モンスターの種類、わからないし。

モンスターの種類がわからなければ、資源量も把握できないし。

その二つがわからなければ、階級の査定などできるわけもない。

今までアシュタルテさまたちが取ってきてくれた材料から、セレナさまの浄化によって失われたものの価値を計算してしまう。

あたしはアルフォンス殿下の言葉に首を横に振りかけたが、目の前に大きな影が立つ。

「さすが、アルフォンス殿下。素晴らしい判断ですな！」

ディルムだった。

何が、どこが。と、冷めた目でディルムを見てしまう。ディルムのにやけた横顔はアルフォンス殿下にゴマをすることしか考えていない。

アルフォンス殿下がディルムの言葉に胸を張る。

「そうだろう？　騎士団長はわかっているではないか」

「はっ！　アルフォンス殿下の目利《めき》きは一流ですからな。私はいずれ、この土地の領主になりますので、その時は何卒《なにとぞ》よろしくお願いしたく」

「おお、そうか、そうか。わかった、覚えておく」

機嫌を上向かせるアルフォンス殿下にディルムが慇懃《いんぎん》に頭を下げた。

いずれこの土地の領主になると、まったく隠さずディルムは言った。こちらを見ることもしない。今ノートル領主代行として働いているあたしのことを完璧に無視した形だ。

もう、ここまでくると笑いも出ない。

あたしは痛む頭に指を当てて、別の手を打つことにした。

「オレット」

控えていたオレットが後ろに近づいてくる。

「はい」

「ビアンカに伝言を。調査後すぐ、と」

あたしは前を向いたまま、オレットに告げた。

殿下とディルム、セレナさまは三人で盛り上がっている。堂々と指示したところで、気づかれなかったかもしれないが、他の騎士もいる。ばれないに越したことはない。

「わかりました、お気をつけて」

「うん、よろしくね」

ふっとオレットの気配が消える。

もう行ったようだ。相変わらず良い腕だ。オレットは元々、第三騎士団の所属だった。オレット自身の希望でメイドをしてもらっているのだが、宝の持ち腐れかもしれない。

その実力も込みで、ダンジョンについてきて欲しかったのだが。

いざという時の道具だけ確認しておく。何かあった時のために鞄《かばん》を一つだけ持ってきていた。

「それでは行くとしよう」

アルフォンス殿下の声とともに、あたしたちはダンジョンへ足を踏み入れた。

アルフォンス殿下とディルムが連れ立って歩く。その後ろをセレナさま。さらにその後ろをあたし、第一騎士団員が続く形だ。

ダンジョンはアシュタルテさまから聞いていた通りの造りだった。

第一階層が森で、次の第二階層が洞窟、第三階層が迷宮のようになっている。

今のところ報告書の通りだ。三階層以上あるダンジョンは規模として大きい。三級の申請も三階層以上あることが理由の一つだ。

「なんだ、モンスターなど、ほぼいないではないか」

「そのようですね」

（そりゃそうだ）

モンスターがいないことに、つまらなそうに周りを見るアルフォンス殿下たちをあたしは冷めた目で見た。

浄化の魔法を使ったのだ。

一階層にいるようなモンスターはあらかた消えてしまっているだろう。

資源もモンスターも見つけられないまま、あたしたちはすんなりと一番奥に着いた。

彫刻されたひときわ大きく、重厚な扉。この階層のボス部屋だ。

「ふむ、ボス部屋まで着いてしまったな」

「ここのボスは貴重な資源を――」

ここにいるのは、ジャイアントバーバー。バーバー鳥の大きい奴《やつ》だ。羽毛がたんまり取れる。

浄化で消えてしまったモンスターは惜しいが、せめてボスの材料だけは取りたい。

だから入る前に説明をしようと、アルフォンス殿下の前に出ようとした。しかし、あたしをまるきり無視して、アルフォンス殿下はまたセレナさまを呼んだ。

「セレナ、頼む」

「はい」

あたしは止めようと手を伸ばす。

「ちょ……！」

「ライラさま、危険です」

後ろに控えていた騎士たちに止められる。

その間に、アルフォンス殿下に支えられたセレナさまがボス部屋の前に立つ。

「浄化」

「ああ……」

ダンジョンの入り口での光景が繰り返された。セレナさまが呪文を口にすると光が溢れ、ボス部屋の中に吸い込まれていく。あたしの口からは対照的なため息が漏れるばかりだ。

騎士たちもこんな時だけ素早く動かないで欲しい。大体、危険と口で言いながら、ディルムからあたしの行動は止めるように言われていたに決まっている。

光が収束して消失するのに合わせて、あたしは手を下ろした。セレナさまの浄化が終わると、すぐにアルフォンス殿下は得意げに鼻を鳴らした。

「さすが、セレナだ。肉薄もせず、浄化魔法をかけられるなんてな」

「ありがとうございます。殿下の役に立てて嬉しいですわ」

「私に魔法を向けてきたアレより、なんと優しいことか」

「聖女ですから。私はお役目を果たすだけですわ」

アルフォンス殿下はちろりとあたしを見下げる。アシュタルテさまのことを当てこすられている。視線も言葉も、そう取るには十分な内容だ。

（まるっと消しちゃう浄化の方が、普通の魔法より怖いと思うんだけど）

セレナさまを褒めちぎる殿下と、ふわふわとした笑顔を揺蕩《たゆた》わせる聖女さま。

彼らはまるで夢の世界に住んでいるように思えた。

アシュタルテさまの魔法は浄化のように消し去りはしない。現実的な破壊がある。

モンスターさえ軽く倒せるのに、アシュタルテさまは必要な分しか取らない。意味もなくモンスターを倒したり、消したりはしない。

そっちの方があたしには優しい魔法に、人間に思えた。

アルフォンス殿下は浄化をかけられた部屋を覗《のぞ》き込《こ》む。

ボス部屋の中身はもう消えていた。

「ボスも弱い。これなら五級で良いな」

「そう思いますわ」

「殿下と聖女さまがいれば、五級ダンジョンの調査など散歩のようですな！」

セレナさまもアルフォンス殿下に同意するように頷いている。ディルムは本気なのか、にこやかな笑顔を二人の間で振りまいていた。

なんということだ。あたしは膝をつきそうになるのを堪えた。

ジャイアントバーバーの羽毛があれば、どれだけの保温布を作ることができると思っているのか。それだけで助かる領民の数は増える。

一人だけ落ち込むあたしを横目にアルフォンス殿下はボス部屋を見回した。

「では、帰るぞ」

「まだ次の階層がありますが」

あたしは部屋の奥を指さした。見事にすっからかんになったボス部屋には、次の階層への階段が口を開いていた。邪魔するものなど何もない。

目を向ければ見えるのに、まさかアルフォンス殿下は気づいていない？

そう思ったからこそ帰ろうとするアルフォンス殿下に、次の階層の存在を知らせたのに。

「一階だけ見れば十分だろう」

なぜかアルフォンス殿下はこちらを見て呆れたように肩を竦めた。

十分なわけがない。

が、もう言っても無駄なことはわかっていた。

アルフォンス殿下は調査を真面目にする気など一切ないのだ。

「帰るぞ、セレナ」

「はい」

「こんなダンジョン、楽なものですな」

足取りも軽く、汚れの一つもないマントを翻し、アルフォンス殿下がボス部屋を出る。その後ろを、セレナさまが追い、ディルムが浮ついた笑みを浮かべながら賛同する。

あたしは一人拳を握りしめ、奥の階段を見つめた。

「……承知しました」

そう言うしかできない口惜《くや》しさ。

飲み込んでも、すぐに戻ってくる苦みを感じながら足を進める。

帰りも同じように何も危険な目にあわず戻ってきた。

地上の明るさに目を慣らしていると、アルフォンス殿下が首を回す。面倒な仕事が終わったと言いたいのが丸わかりだ。通常のダンジョン調査の十分の一も苦労していないくせに。

薄ら笑いに嫌な予感がした。

「さて、査定結果だが、このダンジョンは第五級だ。よく第三級などと申告したものだ」

「五級、ですか」

まさかの五級扱い。

五級はもっとも危険度が低いダンジョンにつけられるものだ。一階層しかない場合が多く、モンスターも多くて三種類くらいのもの。

ノートルのダンジョンの場合、モンスターは確認されているだけで十種類以上いたし、次の階層があることはアルフォンス殿下も確認したはずなのに。

あたしの眉間に皺が寄る。もはや隠す気さえ起きなかった。

アルフォンス殿下は薄ら笑いを浮かべたまま、ダンジョンを横目で見た。

「大方、金狙いだろうが、報奨金も百万フラン程度になるぞ」

満足そうに、鼻で笑うアルフォンス殿下に何も言う気はしない。ここまでは予想通りで、まだ耐えられた。

「アレの悪知恵に踊らされたな」

「なっ」

アレが誰を指すか。わざわざ話を向けてきた殿下に、あたしは目をむいた。

アシュタルテさまが、今日までノートルのためにどれだけ働いてくれているか！

今日、殿下たちが嫌がらせで消した材料があれば、どれだけ助かると思っているのか！

その一言でアルフォンス殿下がアシュタルテさまに嫌がらせをするためだけに行動していることがよくわかった。何よりそれが許せなかった。

あたしはじっとアルフォンス殿下を見た。睨まないようにだけ気をつけた。

「撤回《てっかい》してください。あの報告書は私が三級で申請しました。アレなどという存在はおりませんし、我がノートルの騎士団の調査では――」

「かしこまりました！　第五級ですね。勝手に判断した者がいたようです。申請違い、申し訳ありません」

「ディルム！」

またもや、ディルムの邪魔が入る。

勝手に承認するなんて、信じられない。彼にはその権利さえないのに。

だがディルムはそうするのが当然のように、こちらを向き言い放った。

「殿下の判断に間違いがあるわけがない。謹《つつし》んで受け入れるんだな」

白々しい視線にあたしは音がするほど奥歯を噛み締めた。

アルフォンス殿下はディルムの言葉にただ満足そうに頷き、こちらを見ることもせず三人で連れ立って屋敷へと歩き始める。

その背中を一頻《ひとしき》り目に焼き付けてから、あたしも屋敷へ足を進めた。

＊＊＊

その日の夜、ノートルの屋敷の執務室には、あたし、アシュタルテさま、ビアンカが集まっていた。扉近くにはオレットが立っていて、廊下での物音に耳を立てている。

アシュタルテさまだけがソファに座り、紅茶を口にする。

ビアンカは壁に背をつき腕を組み、目を閉じている。あたしは気を紛《まぎ》らわすためにソファと机の間をウロウロしていた。

ダンジョン調査の報告を聞いたアシュタルテさまが信じられないと顔をしかめた。

「五級？　あのダンジョンが五級になったというの？」

「ほんと、ありえないよね……」

あたしはため息まじりに頷く。

アシュタルテさまが静かに紅茶をソーサーに戻した。その顔は険しい。

それから考え込むように顔の下に手を当て、顎を引いて沈黙する。

「オレットが来たときは、どういうことかと思ったけどさ。本当に浄化なんてかけてから、ダンジョンを見たのかい？」

ビアンカの視線があたしに向けられる。

ダンジョンに浄化をかけるなんて、それほど稀なことなのだ。

まず、使える人が少ない。浄化魔法は聖職者がスキルとして賜《たまわ》ることが多い。そのため、浄化魔法が必要な際は教会を訪れるのがフィンディアナ王国での常識だった。

もっとも、最初から浄化魔法をスキルとして持つ人もいる。彼らは浄化魔法を持っているとわかった時点で、教会所属になることがほとんどだ。

聖女であるセレナさまも元々は下位貴族の令嬢だったが、強力な浄化魔法を使えるということで聖女になった。

次に、使えたとしても勿体《もったい》ないから使わない。

浄化魔法は魔力で作られたものをそのまま失くしてしまう。モンスターが消えるのはもちろんだが、一緒に採取できる魔石などの材料も綺麗さっぱり消してしまうのだ。

その割に使う魔力は膨大で、普通に討伐する時に使う魔力の倍はかかると言われている。

資源の面から見ても、魔力の面から見ても、浄化をダンジョンに使うのは勿体ない使い方なのだ。

あたしはビアンカに深く同意するように頷いた。

「一階層、丸ごと浄化したんだよ……」

何度思い出しても腹立たしい。

一階層で報告されていたのは、ダンジョンモンスターとしてはゴブリンやコボルト、スライム。森に元からいるものとしては、バーバー鳥とワーム系だ。

ダンジョンモンスターからは魔石が、森のモンスターからは材料が取れる。

その内容を知っているビアンカは、目を閉じて頭を振った。

「もったいないねー」

「――魔力量だけは、図抜けているのよ。セレナは」

あたしはアシュタルテさまの言葉に頷く。

ダンジョンを丸ごと浄化できる魔力なんて聞いたことがなかった。階層ごとモンスターがいなくなるなら、安全はほぼ確保される。殿下が、聖女を連れ回す理由もわかる気がした。

アシュタルテさまは、あたしにダンジョンでの二人の様子を確認してくる。

「それにしても、本当にすべて浄化したの？」

「第一階層とボス部屋はね」

入り口から一回。ボス部屋の前で一回。

それで目の前に出てくるようなモンスターはすべていなくなった。

何かしらの気配はしたので、力量差がわかるモンスターは残っている可能性がある。

アシュタルテさまの顔は真剣そのもので、細かな皺が額に刻まれていた。

「ダンジョンは一つの生態系だから、まるきり消してしまうと予想外のことが起きる可能性があるのよ?」

なにそれ、知らない。

ダンジョン自体がノートルにとって未知の塊《かたまり》なのだ。浄化により強制的にモンスターが消されることで、さらに予想外なことが起きるというのか。

アシュタルテさまの言葉に、さらにお金がかかってしまう可能性を知る。

「踏んだり蹴ったりだね……」

あたしは顔を正面に戻してから、部屋をゆっくりと見回した。全員の視線を感じる。

こほんと咳払《せきばら》いして、姿勢を正す。

「お伝えした通り、あたしは王都に行くことにしました」

オレットから伝言して貰っていたからか、二人とも驚く様子はない。

アルフォンス殿下とセレナさまと一緒にダンジョンを見回るうちに、まともな調査を期待する気持ちはどんどん削《そ》がれていった。

同時に、このままじゃ、あの不当な請求もうちの領に被《かぶ》せられるだろう未来も見えた。

あたしの言葉にアシュタルテさまが皮肉気に唇を吊り上げた。

「ここまで予想通りだと、怖いくらいだけど」

まったくその通り。あたしは深く頷いた。

ここまで酷いとは思わなかったのだが、アシュタルテさまの予想は当たっていたと言える。

アシュタルテさまと相談しておいて本当に良かった。そう思わずにはいられない。

ビアンカは壁から背を離し、ソファの近くに立った。

「王都へはどうする？　あたしが護衛に付くかい？」

「ううん、オレットと二人で行くよ。ビアンカには、ダンジョンとアシュタルテさまのことをお願いしたいの」

護衛としてビアンカが付いて来られるなら、それが一番心強い。

王都は慣れない場所だ。その上、今回はアルフォンス殿下のダンジョン調査について、陛下に文句を言いに行くようなものなのだから。

だけど、同じくらいアシュタルテさまをこの地に一人にはしたくなかった。

「ダンジョンに予想外のことがあるかもしれないし。なるべくノートルに人を残しておきたいから……一人で行きたかったんだけど」

「ダメよ、ライラ一人は」

「そうさね。ライラは馬にもまともに乗れないんだから、やめときなよ」

間髪入れず入った制止の言葉にアシュタルテさまと視線がぶつかる。

睨むに近い鋭さの視線だった。ビアンカの瞳も真剣だった。

オレットだけは何も言わず「ほら」と言いたげな顔で、あたしを見てくる。

どうやら、軽率《けいそつ》だったようだ。ビアンカは厳しい顔をふっと緩めた。

「あんたが作ってくれた武器もあるし、帰ってくるまでくらいは大丈夫さ」

「ごめんね。一応、新しい武器や道具も部屋に入れといたから」

あたしは胸の前で手を合わせて頭を下げた。

アシュタルテさまが来て材料に困らなくなってから、飛び道具も多く作れるようになった。

少人数で多くのモンスターを倒すにはどうすればいいか。

一言に武器と言っても様々で、試しに作ったようなものもある。

一撃の威力が高い武器を作るか、弱くても広範囲をカバーできる武器か。

第三騎士団は身体能力も高い少数精鋭のため、半々くらいの量にしてある。

第二騎士団も加わるなら広範囲をカバーできる武器を多くした方が良いだろう。

と、そんなことを考えていたらそっと服の袖を掴《つか》まれた。

「アシュタルテさま？」

「王都はあまり良い状況じゃないわ」

アシュタルテさまはこちらを見ず、前を向いたままだ。

もう一度名前を呼べばちらりと視線だけ向けて、また前を向く。

「元々、第一王子と第二王子の間では長く派閥争いがあったんだけど」

「そうなんだ」

「……あなた、地方領主で良かったわね」

「宮廷貴族にはなれないかな」

情報に疎《うと》いことは、あたし自身重々承知している。

苦笑いしか返せないあたしに、アシュタルテさまは少しだけ距離を取る。肘掛けに体重を預けて小さな声で呟いた。

「――なったら、すぐにでも私の側に置けるのに」

「何か言いました？」

小さすぎて聞き取れなかったので、聞き返した。

「いいえ」

だが教えてくれることはなく、アシュタルテさまはいつもの冷静な顔に戻っていた。

ビアンカを見るとにこやかな笑顔で首を横に振られる。オレットも同じ。

誰も教えてくれる気はないらしい。

「とにかく、第二王子派の人間が動いているのは確かよ。あの事件を機に、更にごたごたしてるみたいね」

なるほど、アルフォンス殿下が好き勝手できるのにも、ある程度の理由があるらしい。

アシュタルテさまが王都から遠ざけられたわけには派閥争いもあるのだろう。

となると、あたしには気になる事ができる。

「スタージア家は第一王子派なんですか？」

「難しいところね。うちの家は基本的に中立で、だからこそ、私が第二王子に嫁ぐことで第二王子の面子《めんつ》を保つ予定だったのだけれど」

はぁとアシュタルテさまはため息を吐いた。

「アシュタルテさまは大丈夫ですか？　派閥争いで狙われたりとか……」

あたしの言葉に、ふっとアシュタルテさまは小さく笑い、無言でスキルを発動した。

少し前の夜に見た魔力の燐光がアシュタルテさまの身体を纏うように淡く光る。

この状態のとき、彼女の身体能力は王宮の真ん中で陛下に肉薄できるほど高い。ある意味、陛下のお墨付きだ。

「私はこの通り、自衛くらいはできるし……あなたの方がよほど心配よ。王都には不慣れだろうし、何を考えているかわからない貴族に囲まれるなんて」

アシュタルテさまの赤い瞳が気遣わし気にあたしを見る。

そう言われると困ってしまう。戦闘スキルがないのは事実だ。だけれど、その分、自衛の道具は色々作っているのだ。

どちらかといえば、王都の怖い貴族さまの相手をする方が緊張するかもしれない。

「表向きは、特許申請について話してくるだけだし……いざとなったら、わからない振りして逃げるから」

言葉の裏を読んで会話をするのは難しくても、逃げるくらいならどうにかなる。

貴族さまのお相手はしないに限るだろう。

アシュタルテさまは安心したのか「そう」とだけ返して紅茶に手を伸ばす。

あたしは、むしろあたしがいない間のノートルが心配だった。

「ビアンカ。あたしがいない間、ノートルとアシュタルテさまをよろしく」

「はいはい」

殿下にゴマをするしかできないディルムでは対応できないことも多いだろう。

ノートルの町に対して勝手な動きをしたら、ビアンカに動いてもらうことになる。

それから――あたしはアシュタルテさまの側に膝をつく。

「アシュタルテさまは、なるべく大人しくしててくださいね」

「わかってるわ」

下から真っ直ぐに見つめれば、ふいと顔を逸《そ》らされた。

まぁ、無理しないならそれだけで良い。

あたしは苦笑しながら、もう一度立ち上がった。

「陛下に直訴《じきそ》、行ってきます」

暖炉で薪が大きく音を立てて。赤い炎が揺らめき、部屋に影を落とす。

こうやって、あたしの三度目の王都行きは決まったのだった。

第六章

Chapter six

到着した王都は一ヶ月前と何も変わっていないように見えた。

人々の服装こそ冬のものになっていたが、多くの人が外を出歩いている。

何よりノートルの町を埋め尽くしている白がひとつもなく、道行く人の吐息《とい き》くらいが白いものだった。あとは風が乾燥している。

雑踏《ざっとう》の片隅で動けないあたしは、オレットに苦笑されながらお尻をさすっていた。

「お尻が痛い」

さすった所で早馬を飛ばした衝撃は和《やわ》らがない。

普段は馬車にさえ長く乗らないのに、慣れない馬に三日も乗っていたら当然だろう。

オレットがたまに遊び半分でつつくから、予想外の痛みに身体《からだ》を跳《は》ねさせることになる。

「そりゃ、あれだけ飛ばせば、そうなりますよぉ。よく振り落とされませんでしたね？」

オレットに痛そうな様子はない。

さすが普段はメイドをしていても、ビアンカに鍛《きた》えられているだけはある。

しかも、あたしのようにズルはしていないのだ。

「そういう効果にしたからね」

「ほんと、便利なスキルですねぇ」

半眼になったオレットが言う。あたしは首を竦《すく》めた。

馬につける鐙《あぶみ》は昔からあるものだ。それに「落ちない」という効果をつけただけ。

王都に行く必要が出て昔の開発帳を引っ張り出した。アシュタルテさまとビアンカが取ってきてくれた材料があったから、以前考えたものも作れるようになったのだ。

乗り心地は改良の余地があるが、落ちないという効果は保証された。

馬が苦手な人や、どうしても早馬に乗らないといけない場合は必要とされるだろう。

あたしは痛みの引かないお尻から手を離し、オレットに尋《たず》ねた。

「手紙はある？」

「ええ、きちんと通行証と一緒に」

もしもの時のために持たされたスタージア家からの手紙——推薦状だ。

アシュタルテさまが手を回してくれたおかげで、無事手に入れることができた。

早馬で訪ねた田舎《いなか》の地方領主代行をスタージア家は歓待《かんたい》してくれた。宮廷貴族の家とは思えないほど気さくな人たちだった。世間話に毛が生えた程度の会話をした後、すんなりと準備されていた手紙を渡してくれた。

その時のことを思い出していると、オレットが心から感心したように呟《つぶや》く。

「アシュタルテさまは本当に、優秀なお人ですよね」

「ほんと、ありがたいよね」

あたしはすぐに深く同意した。

アルフォンス殿下の行動を予測し先手を打つ。

その上、あたしでは考えつかないような手段をするりと持ってきてしまう。

あたしは手紙と通行証を懐《ふところ》にしまってから、胸に手をあてる。

「スタージア家から大量の特許申請という形で陛下に会えるなんて」

「調査員と一緒に入ったんじゃ文句言えませんもんね」

「というか、その前に門前払いだよ。普通」

アルフォンス殿下たちはあたしたちより早く帰っている。

だが、馬車と早馬のスピードの違いもあり、王城に入るのは同じくらいだろう。

陛下の耳にはダンジョン調査が不正に満ちたものだったと入るよう、スタージア家から根回しをしてもらっている、らしい。すべてアシュタルテさまに任せきり状態だ。

あたしは苦笑した。オレットはうんうんと何度も腕を組んで頷《うなず》いている。

「ツテって大切ですね」

「あたしは気づかなかったから、アシュタルテさまのお陰《かげ》だよ」

アシュタルテさまがノートルにいてくれて本当に良かった。

アルフォンス殿下の行動を予測したのも、根回しをしたのも、すべてアシュタルテさまだ。

オレットは、くふふと小さな笑いを漏らした。

「さすが、完璧すぎる冷血令嬢と言われるだけありますね？」

あたしはぴくりと片眉を上げた。

以前、陛下も歌物語で民衆にも知られていると言っていた。だが、王都だけの話だとあたしは思っていたのだ。オレットも知っているとなると本当に広い範囲に広まっているようだ。

「オレットもその話、知ってるの？」

「ノートルまで伝わってきてる歌物語にありますよ？　ライラさまはそういう流行に疎《うと》いですもんね」

「歌を聴きに行くなら、開発してたいし……」

「悪いとはいいませんけど、流行《はや》りも大切ですよ」

思い当たる節《ふし》しかない。

苦笑するあたしにオレットは小さく咳払《せきばら》いをして、流れるように言葉を紡《つむ》いだ。

「完璧すぎる令嬢は、人の心がわからない。冷たい血の流れる、冷血令嬢……ってねぇ」

両手を合わせ胸の前でポーズを決める。

言葉も滑らかで聞き取りやすい。吟遊詩人もできそうな出来だ。

メロディも綺麗《きれい》で覚えやすそうな歌詞。だが、その内容が不満だった。

にっこりと笑うオレットに、あたしは不機嫌さを隠さないで言った。

「アシュタルテさまは優しいし、人の心がわかる人だよ。完璧だけど」

「オレットもそう思いますよ」

楽しそうに笑うオレットから同意を得られたことで、少しだけ溜飲《りゅういん》が下がった。

話している間にお尻の痛みも少しマシになった気がする。

あたしは足元に積んであった袋を持った。あたしが一つ、オレットが二つだ。

「さて、じゃ、この荷物を持って行きますか」

中身はアシュタルテさまから持って行くよう言われた、新しい発明品たち。

アルフォンス殿下が来てからストレス発散がとても捗《はかど》った。

アシュタルテさまとビアンカのおかげで材料も足りていた。その結果、思ったより数ができたので、見た目より多くの容量を入れられる袋に入れてきたのだ。

それでも三つになってしまったのが、申し訳ない。

「この空間拡張袋だけでも大発明だと思いますけど」

「そうかな？　そんなに難しくないよ、これ。材料さえあれば」

オレットの言葉に、あたしは首を傾《かし》げる。

オレットは慣れたようにため息を吐《つ》いてから、王城に向けて歩き始めた。

＊＊＊

「ノートル領主代行、一ヶ月ぶりくらいか？」

スタージア家の根回しは完璧だった。

赴《おもむ》いた王城で、特に足止めされることもなく、今、陛下の前に通されているのだから。

「月日の経《た》つ早さに驚きを隠せません。陛下においてはご健勝《けんしょう》のようで」

「アシュタルテのおかげで、色々ことが進んでな。お主のもとに預けて本当に良かったぞ」

城への入場は滞《とどこお》りなく行われた。スタージア家の手紙と通行証の威力だ。

すぐに謁見《えっけん》の間に通され、陛下と会話を交わす。以前の挨拶《あいさつ》の時より余程《よほど》スムーズだった。

相変わらず形式ばった挨拶はあったが、それでも短く、陛下自身、早く話を聞きたいのだろうとあたしは感じた。

「ありがたいお言葉です。今回は」

「聞いておる。特許申請と、ノートルに新しくできたダンジョンの件だな」

「はい」

国王陛下にダンジョン調査に来たアルフォンス殿下の振る舞いを話す。

話の途中から陛下の顔が険《けわ》しくなり、眉間《みけん》に刻まれる皺《しわ》もどんどん深くなっていった。

話し終わるときには首が落ちそうなほど肩を落とした陛下がいた。

「また、馬鹿なことを」

額《ひたい》に指をあて、首を小さく振って嘆《なげ》く陛下の前に証拠の材料を出す。

嘆くのは勝手だが、こちらは不当な目にあい、腸《はらわた》が煮えくり返っているのだ。

特にアルフォンス殿下がアシュタルテさまを馬鹿にした部分は許せない。

さっさと訂正してもらわなければならない。

「こちら、申請書に書いた通りのモンスターの材料になります。アシュタルテさまは二級に近い三級と言ってくださいました」

「相変わらず、アシュタルテは抜け目がないのぉ。確認次第、第三級に認定しておく」

ちらりと袋を見るだけだったが、陛下はそう言った。

アルフォンス殿下を呼ぶこともなく、顔をしかめることもなく、すんなりと。陛下の様子からアシュタルテさまへの信頼が厚いことがわかる。

そうでなければ王子への毒殺未遂容疑がある令嬢を王都から離したとはいえ、自由になんてしないだろうけど。

ダンジョンの件はどうにかなりそうだ。

緊張感が薄れていく。いつの間にか握っていた拳からゆっくりと力を抜いた。

「では、報奨金も第三級のものをいただけるのですね?」

「報奨金はその後じゃ」

さすがに、そんなに甘くないか。けれど今のノートルには時間がない。

「それでは、困るのです」

するりと国王陛下に向かい言葉が滑り落ちた。

ダンジョン調査以外でもノートル領にかけられた迷惑について話す。

もちろん、請求書を持ってくるのも忘れてはいない。

店の名前を見ただけで陛下が顔をしかめた。

「アルフォンス殿下から、多額の請求書がノートルに届いております。なぜかアシュタルテさまが購入したことになっていますが、ご自身は身に覚えがないと仰《おつしや》っています」

「ノーブル装飾品店か……確かにアルフォンスがよく出入りしている」

怒っているとも、嘆いているともとれない顔で陛下があたしを見た。

「いくらじゃ？」

「三千万フランです」

ここで視線を逸《そ》らしたら負けな気がした。

陛下は一度口の中であたしが告げた金額を転がしたあと、感心したようだった。

長い口髭《くちひげ》に隠れた顎《あご》を指で撫《な》でる。

「よく払ったな」

「アシュタルテさまの装飾品と冬のために貯《た》めていた支度金で、頭金のみをですが」

陛下からの言葉にあたしは頭を一度下げてから、再度、陛下の瞳を真《ま》っ直《す》ぐに見る。

陛下はそれだけで状況がわかったのか、何度か小さく頷いた。

それから、今までにないくらい申し訳なさそうな声で告げた。

「相わかった。残りは余《よ》が払おう。すでに支払った分も、すべて返還する」

「あ、ありがとうございますっ！」

まさか、全部払ってもらえるとは。

これで冬も越せるし、アシュタルテさまにもお金を戻せる。

あたしは頭を勢いよく下げ、感謝の気持ちを伝えた。

喜びを隠しきれないあたしに陛下はさらに気前の良いことを言った。

「そういうことであれば、報奨金もすぐに出そう」

「陛下。それはあまりに急で……」

「よい。早く準備をせよ」

苦い顔で止めに入った大臣に、陛下はぴしゃりと言いきった。大臣がしぶしぶ使いを出す。

信じられない！

こうなればいいなと思っていたことが現実になっている。

「とても……とても感謝いたします！」

「渡すのは城を出る時になるが、第三級ダンジョンの報奨金一千万フランじゃ。ちゃんと確認するようにな」

陛下の口から告げられた金額に喜びが溢《あふ》れる。

あたしは床に頭がつきそうなほど深く頭を下げた。

これで胸を張ってノートル領へ帰ることができる。

勢い良く立ち上がったあたしに陛下が微笑《ほほえ》んで言った。

「だが、その代わり、そなたに開発して貰《もら》いたいものがある」

「はい？」

開発して貰いたいもの？

あたしは首をわずかに傾げた。玉座には悪い笑顔をした陛下がいた。

「映像を記録する道具じゃ」

また厄介《やっかい》なお願いをされたとあたしは顔をしかめた。

＊＊＊

アシュタルテとビアンカはダンジョン周辺の見回りに来ていた。

ライラが王都に向かって三日。今のところダンジョンの周囲に変化はないし、ディルムが暴走するようなこともない。普段通りの日常を送れている。

森を歩く足元には雪が積もり始め歩行を大変にさせた。けれど、ライラが作った外套《がいとう》と靴によりアシュタルテは寒さをまったく感じずに過ごせている。

雪で白くデコレーションされた木々の間から空が見える。うっすらと、だが止《や》むことなく雪が舞い落ちてくるため、空が白く見えアシュタルテは目を細める。

これがライラが小さいころから見ていた世界か、とアシュタルテは白い吐息を滲《にじ》ませた。

「ライラはそろそろ王都に着いたかしら？」

「あの鐙を使って飛ばせば、もう着いてるんじゃないかい？」

ビアンカもライラが作った外套を身にまとっていた。

フードがあることと深い緑の色合いであることがアシュタルテのものと違う部分だ。

ビアンカはナイフを軽い動作で投げると、音もなくバーバー鳥を仕留《しと》めた。

鮮《あざ》やかな手つきだ。血も少なく羽毛に傷みもない。

「意外ね」

「うん?」

バーバー鳥の首を落として瓶《びん》をかぶせると、自動的に血抜きをしてくれる。

これもライラの開発したものだ。固まった血も肥料にすることができる、らしい。

さすがにその過程までは見ていないので聞いただけだが。

アシュタルテは目の前で作業をするビアンカの背中に目を細めた。

「あなたのことだから、ライラに付いていくかと思ったわ」

「オレットもいるし、あれだけ道具を持っていけば大丈夫だろうさ」

血抜きが終われば、そのまま道具袋に入れるだけ。

空間拡張能力がある道具袋はとても高価で、なかなか手に入れられない。

そのはずが、ここノートルではライラにより量産されている。

性能もアシュタルテが持ってきていた高級道具袋の三倍は良かった。

アシュタルテは手元に並ぶ非常識な道具に軽くため息を吐いた。

「アシュタルテ嬢が来てから、ライラの開発はとんでもないからね」

ライラに話した時は首を傾げられただけだったのだけれど、ビアンカは開発の非常識さを理解しているようだった。

まるでお気に入りのおもちゃを褒められた子供のように、ビアンカは「くっくっく」と笑いを噛《か》み殺《ころ》していた。

アシュタルテはその姿を横目に見ながら、もう一度ため息を吐く。

「あの才能を材料不足で眠らせていたなんて、国の損失《そんしつ》だわ」

「確かに、その通りさね」

アシュタルテもバーバー鳥を袋に入れて立ち上がる。

今日はダンジョンの内部に入る予定だ。

セレナが浄化をかけて五日ほど。そろそろ新しいモンスターが生まれてくる頃合いだ。

視線を動かさず、ビアンカがまたナイフを投げた。

短刀と言うのも憚《はばか》られる、手のひらに隠れるくらいの小さなナイフだ。それが不自然な軌道を描いてフォレストウルフの眉間に吸い込まれていく。

ビアンカはやれやれと首を振った。

「武器一つでこれだからねぇ」

「これもだけれど……国王軍より良い装備よ。ライラは気づいてなかったけれど」

魔力を目指して勝手に当たるナイフなんて聞いたこともない。さすがに正反対の方向に投擲《とうてき》すると当たらないが、〝掠《かす》る〟が〝的中〟になるくらいの変化はある。

アシュタルテはナイフを回収してきたビアンカに肩を竦めた。

「うちの騎士団は、元々ライラが集めた人間が多いからね。世話してくれてるんだろ」

第三騎士団の装備はすべてライラが手を加えたものだ。

装備は不充分などとライラは言っていたが、とんでもない。

ビアンカはその事実を理解しているようだ。でなければ少人数の第三騎士団で、広大な森とダンジョンの管理ができるわけがない。

「あの子、昔からそういう性質《たち》なの？」

「性格だろうね」

ダンジョンの扉の前で警護に立つ第二騎士団と挨拶を交わし、中に入る。

アシュタルテもビアンカも、調査のおかげで日向《ひなた》の森とダンジョンには慣れてきていた。

ダンジョンの第一階層である森は以前より静かに感じられた。モンスターの数や種類に注意しながら進む。

ビアンカがふと思い出したように話を振ってきた。

「ライラ命の奴《やつ》もいるから、アシュタルテ嬢は気をつけないとね」

アシュタルテは一度動きを止めた。ビアンカをじろりと見る。

「……どういう意味かしら」

「泣かせるようだと、タマがなくなるってことさ」

ビアンカはアシュタルテの睨《にら》みなど気にせず、ぺろりと吐き出した。

じっとビアンカの様子を窺《うかが》う。

表情に変化はない。相変わらず読めない薄ら笑いだ。

ライラといるときはもう少し人間味があるのだけれど。

「あなたに言われるのが一番怖いのだけれど」

「あたしゃ、ライラの選んだことに口は出さないよ」

本当かしら。漏れそうになった言葉を静かに胸に埋める。

口は出さずとも、手が出る人間も世の中にはいるからだ。

気をつけなければと思ったアシュタルテに、ビアンカはさらに予想外の言葉を告げた。

「外に出てる奴が帰ってきたら、また違うかもね」

「……怖いわ」

まだ他にもいるのか。アシュタルテは今度こそ、はっきりと顔をしかめた。

アシュタルテが会ったことのある第三騎士団はビアンカとオレット、あと数人だ。

外に派遣されている人間までいるとすると、やはり第三騎士団は思ったより大きな戦力になっている。ライラ本人に自覚はなさそうだが。

そこからしばらくは黙々とダンジョン調査を行った。

一階層にいるはずなのに、出てくるモンスターは二階層で確認していたものばかりだ。

「さっきから二階層の奴らばっかりだね」

「一階が浄化されたから、二階層のモンスターが繰り上がり始めたのよ」

ビアンカの言葉にアシュタルテは、予想していた事態が起こっていることを知る。

ダンジョンは不明な点が多いが、一つの生態系を作っている。生態系ということは、どこかが崩れれば、崩れただけの変化が起きる。

空《から》っぽになったときに何が起こるかなど恐ろしくて考えたくもない。

「聖女セレナさまだっけ？　厄介なことしてくれたよ」

出てくるモンスターは戦力的には問題ないが、どうにも数が多い。

ビアンカと協力しながら進むと、かちりと音がして矢が飛んできた。魔法障壁を自動的に展開させ、アシュタルテは見ることもせず撃ち落とす。

ダンジョンにはモンスター以外に危険なものとしてトラップがある。これもその一つ。

だけれど、以前のダンジョンでは一階層に危険なトラップはなかった。

「この変わりようじゃ、ボス部屋も変わってるんだろうね」

「その可能性はあるわね。ボスモンスターが復活したら、また違うんでしょうけど」

小一時間、ダンジョンを観察しながら進みボス部屋の前に着く。

扉にはさして変化はなかった。静かなのが逆に緊張感を増す。

アシュタルテはビアンカと視線を合わせ、頷いた。

ゆっくりと扉を開ける。

ボス部屋にジャイアントバーバーバーは復活していなかった——が。

「ビアンカっ」

「と、これはまずいねー……モンスタールームなんて、なかったと思うんだけど？」

代わりに、開けた瞬間に多種多様なモンスターの群れが飛び出してきた。

バーバー鳥やダンジョンウルフ、コットンワームにゴブリンのような小型のモンスターまで、ダンジョンの階層に拘らず出現している。

アシュタルテは魔法障壁を発動させ、向かってきたモンスターたちを弾《はじ》き飛《と》ばす。

木っ端《こっぱ》みじんになったモンスターが降り注ぐ、雨のようになっている状況に顔をしかめた。

「アシュタルテ嬢、ここはあたしが時間を稼ぐから騎士団に要請を」

「まさか」

「スタンピードが起きかけてるってね！」

ビアンカが、手持ちの魔道具を発動させる。

小規模な爆発が起こったが、消えた以上のモンスターがすぐさま湧いてきてしまう。

スタンピード。

ダンジョンで稀《まれ》に見かける現象であり、ダンジョンの中にいるはずのモンスターたちがダンジョンの外に溢れてきてしまう状況を指す。

排出されるモンスターの種類や数は階級と比例していて、第一級に近くなるほど危険度は増す。起こる理由や原因は不明だが、出会いたくない現象だ。

セレナの浄化だけで起こるとは思えなかったが、状態としては一番近いだろう。

「私が残った方がいいのではなくて？」

「あんたを残せるわけないだろ？　ライラに泣かれちまうよ！」

アシュタルテは唇《くちびる》を噛みしめた。

幸いなことにモンスター自体は第二階層のものが中心だ。ビアンカならある程度持ちこたえることができるだろう。

「なぁに、すぐにここを綺麗にしてずらかるよ」

ビアンカはにっと笑った。その頬《ほお》にモンスターの血が飛び散っていた。

アシュタルテはビアンカの能力を強化する補助魔法を発動させる。

ないよりは良いだろう。少しでも役に立てば良いと思った。

「早く行きな！」

「すぐに戻ってくるわ！」

ビアンカに急《せ》かされ、走り出す。

アシュタルテは魔法障壁を身体に薄くまとい、身体能力を強化させたまま、全力でノートルの町へ戻った。

＊＊＊

なぜか陛下が貸してくれた馬車に、あたしとオレットは並んで座っていた。

窓の外を早馬に乗っているときと同じくらいの速度で景色が流れていく。揺れも少なく、どういう仕組みなのか気になったのは内緒だ。

この馬車に乗り込む際、報奨金も一緒に積み込まれた。オレットと一緒に確認したが、一千万フランなんて、実際には見たこともない大金だ。積んであると思うと心臓がドキドキする。

対面には、これまたなぜか陛下より連れて行けと言われた青年がいる。ピエールと名乗った陛下からの使者はすらりとした貴公子の風貌をしていた。

どこかで見た気もする。

あたしが王都で会ったことのある人など限られているのだが、思い出すことは難しかった。

ピエールはあたしに陛下からの依頼について、細かく説明してくれていた。

「と、いうわけです。ライラック嬢には映像記録装置の開発を頼みたいと陛下は仰っていました」

「はぁ」

ピエールの表情はどこか胡散臭《うさんくさ》さが漂う。

表面上は愛想の良い笑顔なのだけれど、男からそういう表情を向けられたことが余りないあたしにとっては疑う要素になってしまう。

これがアシュタルテさま相手だったら何も思わない。アシュタルテさまほど美しい人になら、男が愛想を振りまく理由も理解できるのだから。

そのまま陛下が欲しい映像記録装置がどういうものか、細かく説明を受ける。

あたしはため息ともとれる相槌《あいづち》を打つしかなかった。

「魔女の瞳は特別に貸し出すそうです。遠慮なく使うようにとのことです」

「ええ……」

ピエールがずいとアイテムが入った箱を掲げてくる。

あたしは顔をしかめた。そう言われても遠慮するに決まっている。

魔女の瞳は遠くの場所を見るための魔道具だ。もともと遠見のスキルから開発された。

そう、遠くを見るためだけの道具なのだ。

画期的なのは間違いない。だけど、そこから映像を記録する装置を作るとなると、また話は違う。記録できる道具を開発する段階を踏む必要が出てくる。そちらの手がかりはなかった。

何より――あたしは小さく咳払いをしてからピエールを窺った。

「……これ一つで、一億フランって聞いたんですが」

「間違いありません」

すんなりと頷かれてしまった。そんなものを気軽に掲げたのか、この男は。

ピエールの膝に置いてある箱は、両手で持ち運びができるほどの大きさだ。

恐らく箱は中身を壊れないようにする保護機能が付いている。中にクッションのようなものと魔女の瞳が入っているのだろう。

この大きさで一億フラン。開発途中で壊したらどうしようと、冷や汗が滲む。

「そんなものを気軽に貸されても」

あたしは距離をとるように、馬車の車内の壁に背中をぴったりくっつけた。

ピエールはあたしの反応を見ても、微笑んだままだ。

「普通なら貸し出しなどあり得ませんよ。ノートル領主代行の力を見込んでのことです。基になるものがあれば、何でも作れると聞いています」

「買《か》い被《かぶ》りです」

ぴしゃりと言い切る。

分析と設計のスキルがあれば、欲しい機能は開発できるだろう。

基のものがあれば、それを変化させるだけなのだから。

しかし、必要とされる材料はコントロールできない。まったく知らない材料も並んだりするし、存在は知っていても手に入れられないものだって数多くある。

こればかりは、あたしにもどうにもできない部分だ。

ピエールは一段と笑みを深めた。

「いいえ、買い被りではありません。あなたの実力は、スタージア家のご令嬢が認めるほどですから」

あたしは表情を少し引き締めた。

貴族からアシュタルテさまの評判を聞くことはほとんどない。

あたし自身が引きこもりに近く、他の貴族と会わないからだ。たまに聞いたとしても悪評ばかりで、聞くことに嫌気がさしていた部分もある。

あたしは少し見直した気分でピエールを見た。

「あなたはアシュタルテさまのことを、きちんと知っているのですね」

「能力はピカ一。それは誰しも知っていることですよ」

肩を竦めるピエールの身振りは大きかった。

あたしは力強く頷く。

アシュタルテさまはすごい人なのだ。

それを知っていてくれるだけで、他の貴族とは違う気がした。

それから早馬と同じ日数で馬車はノートルに到着した。

久しぶりに思える領主屋敷の玄関に着くと、ジョセフがすでに立っていた。見えた表情が硬く、あたしは胸騒ぎを覚える。

「ライラックさま、至急ご報告したいことが……！」

「どうしたの？」

帰宅の手順などすっ飛ばし、あたしは自ら馬車の扉を開けた。

ピエールが驚いているのを視界の端に捉えたが、気にせず馬車から飛び降り、近づく。

オレットが素早くスカートの裾《すそ》を直してくれた。

ジョセフが目の前に来ると深刻な顔で告げた。

「浄化された影響か、ダンジョンでスタンピードが起こりかけております」

「えぇっ!?」

「なんと、恐ろしい」

スタンピード。

あたしは思わず身体をのけぞらせた。ピエールも端整な顔をしかめている。

あたしは距離をさらに詰め、ジョセフに尋ねた。

「被害は？　ビアンカたちは無事？」

矢継《やつ》ぎ早《ばや》に答えを求める。

特に気になるのはアシュタルテさまだ。

彼女がスタンピードが起きかけているときに、じっとしていられるとは思えない。

軋《きし》むような音を立てて屋敷の扉が開く。

深い緑の外套が見える。ビアンカだ。ビアンカが腕を三角巾《さんかくきん》で吊《つ》っている状態で現れた。

「あたしゃ、大丈夫だよ」

「ビアンカ！」

怪我《けが》をしている様子に駆け寄るも、いつもの笑顔が返ってきた。

命に別状はなさそうだね。

あたしはホッと胸を撫で下ろしたが、同時に、不安が持ち上がる。

ビアンカがここにいるなら、第三騎士団の指揮は誰がとっているというのだ。

「ダンジョンはどうなっているの？」

「第三騎士団で交代交代に対応してるよ。奥からモンスターが次々に溢れてきて、ずっと出ずっぱりさ」

腕を吊った状態で器用に片方の肩を竦めるビアンカ。

あたしは話を聞きながら、握りしめた片手を口元に当て思考を回す。

状況は悪い。ほぼスタンピードが起きていると言って良いだろう。

「なんてこと……アシュタルテさまは大丈夫だったの？」

そっと、ビアンカの腕に触れながら尋ねる。

遅れて馬車から魔女の瞳を持ったピエールが降りてきていた。

ビアンカは彼を見て少し驚いた様子だったが、すぐにあたしを見て苦笑いした。

「大丈夫といえば大丈夫なんだが……アシュタルテ嬢はダンジョンだよ。原因は浄化以外に、ダンジョンの奥にあるって言ってね」

「一人で潜《もぐ》らせたの!?」

あまりのことに詰め寄るが、ビアンカは避けなかった。

とん、と肩がぶつかり、ビアンカに抱きつくような形になった。

片手でも強い力に支えられる。ビアンカがあたしの耳に顔を寄せて囁《ささや》いた。

「どうにか何人かつけたけど、あの様子じゃ止められなくて……ごめんね」

珍しく、ビアンカの声が震えている。

見かけより身体的にも精神的にも重症なのかもしれない。

あたしは自分より背の高いビアンカを見上げ、その頬を両手で挟んだ。

まっすぐ目を見据《みす》えて伝える。

「ビアンカが頑張ってくれたのはわかってるよ」

彼女があたしのために頑張ってくれなかったことはない。

それだけは伝えたかった。

あたしはビアンカの頬を離すと、小さく苦笑して見せる。

「アシュタルテさまも無茶する人だから」

「確かに」と頷いた時には、ビアンカはすっかり元の調子に戻っていた。

「他の騎士団は？」

あたしは玄関から中に入り、自分の執務室に歩き出す。

情報の確認と着替えが必要だ。

ビアンカから話を聞きつつ、すべき行動を整理しなければならない。

蚊帳《かや》の外《そと》になっていたピエールは魔女の瞳を手に後ろをついてきていた。

あたしの言葉にビアンカはすぐに首を横に振った。

「動かせないよ。第二は町にモンスターが入らないように警護してるし、第一騎士団は……五級のダンジョンのスタンピードくらい、どうにかしろとさ」

「五級でもスタンピードは危険です」

ビアンカの言葉に鋭く答えたのはピエールだった。

その通りと、あたしは深く頷く。

スタンピードは何級のダンジョンでも油断できないものだ。

なぜ、誰でもわかるようなことが、騎士団団長のディルムにわからないのか。

小さく頭を振った。ビアンカが改めてピエールをちらりと見る。

「この人は？」

「陛下からの使者で、ピエールと呼んで欲しいって」

それ以上の情報はあたしも知らない。アシュタルテさまに聞こうと思っていたくらいだ。

第二は町で手一杯。第一は動かない。

あたしにできることは第三が上手く動けるようにすることだ。

何よりダンジョンにはアシュタルテさまがいる。

「あたしも現場に向かうね」

さっさと動きやすい服装に着替え、外套をまとった。

命綱となるアイテムだけは確認する。

執務室を出ようとしたところで先に扉が開く。

急ブレーキをかけたせいで、たたらを踏む形になる。

ぶつかりそうになった人物を見上げ、あたしは舌打ちしそうになった。

「ならぬ」

「ディルム」

開口一番そう言ってきたのは、本来であればスタンピードに対応すべき、第一騎士団団長のディルムだった。

＊＊＊

先ほどまでの慌ただしさとは逆の静けさが執務室には漂っていた。わずかな衣擦《きぬず》れの音さえ響くように感じる。

あたしは外套を握りしめ、目の前に立つディルムを見上げた。

ジョセフ、ビアンカ、オレット、ピエール。

部屋にいるすべての人の視線が自分の背中に突き刺さるのを感じる。

あたしは息を吸い込んでから、領主代行としてディルムに尋ねた。

「ディルム騎士団長、スタンピードが起きていると聞きましたが」

ディルムはあたしの言葉に首を少しだけ傾け、首筋に手を当てた。

ディルムの眉間に深い皺が寄っている。こちらが分からず屋であるかのように呆《あき》れた表情でため息を吐く。ディルムは片腕を広げ、子供に言い聞かせるように話し始める。

「殿下が五級と認定したダンジョンのスタンピードなど、大したものではないだろう」

その言い草にかちんときた。

あの調査がまともだと思っているとは信じられない。

あたしが言い返そうと息を吸ったとき、後ろからよく通るピエールの声が割り込んできた。

「……モンスターが溢れるスタンピードは五級であっても危険性が高いと思いますが」

魔女の瞳を机の上に置いたピエールは片手を胸にあて、にこやかに笑っている。胡散臭い笑顔に少し冷たさまで加わったように見えた。

あたしとディルムの中間の場所に彼は来て立っていた。

「貴公は？」

じろりとピエールを一瞥《いちべつ》したディルムはすぐに視線をあたしに移し、苛立《いらだ》ちを隠さない声で聞いた。

「こちらはピエール殿です。陛下からの使者としていらっしゃいました」

「私自身は爵位などももたぬ身ですので、呼び捨てで構いませんよ」

にっこり言ったピエールだったが、その立ち居振る舞いは貴族らしさに溢れていた。

それこそアシュタルテさまに匹敵《ひってき》しそうな優雅さだ。陛下から推薦されるだけのことはある。

あたしの付け焼き刃なマナーなど足元にも及ばない。

だが、ディルムは彼の貴族らしさに気づかないのか、腕を組むと威圧的に言った。

「では、ピエール。あのダンジョンはアルフォンス殿下が五級と認定したのだ。五級にはほぼ危険はないと殿下は仰っていた。貴殿は殿下の言葉を疑うのか？」

そんな説明を受けていたのか。

五級はたしかに危険度では一番下だが、それでもダンジョンには違いなく、油断して入れば命を落とすこともある。

騎士団というダンジョンに入ることもある組織の長《おさ》にしては、迂闊《うかつ》すぎる判断だ。

ピエールはディルムの言葉を予想していたように、眉を下げた。

「殿下は、世間知らずの部分がございます。スタンピードは五級であっても町を滅ぼす可能性が――」

「アルフォンス殿下が間違っているというのか⁉」

言葉の途中でディルムがピエールを遮《さえぎ》った。まるで火がついたように、ピエールに食って掛かる。その姿は、横から見ると滑稽《こっけい》にさえ思えた。

がっしりとしたディルムとすらりとしたピエールではかなりの体格差がある。

ピエールはディルムの怒りなど、気にならないというように涼しい顔をしていた。

「いえ、そういう場合もあるということです」

「ディルム騎士団長、ダンジョンは何が起こるかわからない場所です。それに浄化でモンスターこそ少なくなっていましたが、元は三級と言われたダンジョンです。三級のダンジョンのスタンピードは町を放棄して逃げろと言われるくらいなんですよ？」

あたしは淡々とピエールに加勢する。

ダンジョンは誕生理由からモンスターの出現原理まで、まるきりわからない場所だ。

こちらの常識と同じ場所だと思うと痛い目に遭う。

それにアルフォンス殿下が五級ダンジョン認定をしたこと自体が間違いなのだ。

「ぐっ……だが、ライラが行く必要性はないだろう」

正論で詰め寄られ、ディルムは唸《うな》るように反論する。あたしの前から退《ひ》く気はなさそうだ。

ここまでくれば、もう一歩。

「私は領主です。状況をきちんと確認しなければなりません」

公的な立場を前に押し出す。権威に弱いなら、領主にも従って欲しいものだ。

あたしの言葉をディルムは鼻で笑った。

「領主？　代行だろう？」

「……そうですが」

代行ではなく領主と名乗れるならば、そうしている。

あたしは静かに拳を握りしめる。

身構《みがま》えたあたしに名案を思い付いたというように、ディルムが嫌な笑みを深くする。

「お前がダンジョンに行くというなら、婚約を破棄する。そうすれば領主代行などと言っていられないぞ」

「そうですか」

そうか。

そうまでして、ダンジョンに行かせたくないのか。

あたしは一つ息を落とした。

婚約を破棄されるとあたしは次の結婚相手か、女一人で領主代行を続けられる後ろ盾を見つけなければならない。

ノートルに引きこもっていたあたしには無理な話だった——以前であれば。

ディルムを見る。勝ち誇った笑顔がそこにはあった。

あたしは深く頷いた。

「わかりました」

こんなことをしている時間はない。

アシュタルテさまたちは、まさに今ダンジョンで戦っているのだから。

「婚約は破棄します」

「なにっ?」

ディルムが目を見開いた。

あたしがそう答えるとは微塵《みじん》も思っていなかったのだろう。

固まっているディルムの脇を素早く通り抜ける。廊下に出てから、振り返った。

「今っ、あたしは動きたいの。婚約なんてどうでもいい。今、大変な人がいるのに、放っておく領主なんてている意味ないでしょ!」

あたしはディルムに言い放った。

好きな町を守るために領主になりたいのだ。

好きな町を守れない領主なら、ならなくてよい。

呆然《ぼうぜん》と立っているディルムの脇を皆がすり抜けてくる。

あたしたちは玄関に向かい歩きはじめた。

「ジョセフ、ディルム騎士団長を辞めさせます」

「御意に」

階段の手前で立ち止まり、言い忘れていたことをジョセフに伝える。

深々と頭を下げてくれたジョセフはすぐに手続きと情報の伝達のために消えた。

「ライラっ、何のつもりだ！」

あたしの言葉が聞こえたのか、ディルムが手すりに摑《つか》みかかる。

もはや元になった婚約者をあたしは顔だけで振り返った。

「代行でも、領主は領主。働かないあなたに団長の資格はありません」

「な、そんな横暴が許されるわけがない！」

あたしは目を細めた。

いつから幼馴染《おさななじみ》はこんな風になってしまったのか。

「第二騎士団の団長に、臨時で第一騎士団も担《にな》ってもらいます」

「くっ、第一騎士団は動かないと思っていろ！」

ディルムが威嚇するような表情で吐き捨てた。そのまま屋敷を大股で出ていく。

大人しくしてくれればいいのだが――あたしはふうっと力を抜いた。

「なかなか、面白い婚約者殿をお持ちでしたね」

いつの間にかピエールの手には、再び魔女の瞳が抱えられていた。

にっこりと笑みを浮かべている。

その笑顔は知っている。

アシュタルテさまがディルムに最初に会ったときにしていたものだ。

つまり裏の言葉は「ヤバい婚約者を持つと大変ですね」だ。

あたしは申し訳ないと思いながら、小さく頭を下げた。

「お見苦しいところを、すみません」

「いえいえ、陛下も事情は知ってくださってますよ」

するとピエールは魔女の瞳を撫でつつ、首を横に振った。

そう言ってもらえるとあり難《がた》いのだが、あたしは抱えられた魔女の瞳が気になって仕方ない。

お願いだから、一億フランを気軽に持ち歩かないで欲しい。

ピエールはそんなあたしの内心に微塵も気づかず、ディルムが去っていった扉を見つめた。

「とにかく、今はダンジョンへ向かいます。アシュタルテさまたちを助けなければ」

領主になれないかもしれない未来も。

スタンピードが起こりそうな今を乗り越えなければ、始まらない。

あたしは開発した道具たちを道具袋に詰めて屋敷を飛び出した。

＊＊＊

ダンジョンに着くと、入り口の前が整地され、いくつか野営用のテントが張られていた。テントでは負傷者の手当てをしているようで、たまに痛がる人たちの声が聞こえてくる。

この様子では、消毒薬と鎮痛剤も買い足す必要がありそうだ。

あたしはダンジョンの前に立つ第二騎士団の徽章《きしょう》をつけた騎士に話しかけた。

騎士の驚いた表情が一瞬で引き締まる。

「ライラさま、戻られたのですか？」

「ついさっきね。留守の間に、こんなことになるなんて。ノートルを守ってくれてありがとう。きちんと後で調整するからね」

「はっ、町の平和を守ることが第二騎士団の役目ですから」

びしっと敬礼する騎士に、頬が緩みそうになるのを引き締めた。

自分の仕事に誇りがあるのは良いことだ。

屋敷からそのままついてきたピエールがビアンカを不思議そうに見た。

「第一騎士団と違いすぎませんか？」

「第二騎士団は元々町の人間が多いからね、町を守りたい人間が多いんだよ」

ビアンカの言葉は的を射ていた。

元々一つの騎士団で行っていた業務を二つに分ける際、貴族の警護をしたい人間が第一に、町の警護に力を入れたい人間が第二に、と分かれたのだ。

あたしの後ろでビアンカがピエールにノートル騎士団の役割分担について説明をしているのを小耳に挟みながら、ダンジョンの状況を頭に叩《たた》き込《こ》む。

「第一階層は、ほぼ前と同じ状態になっております。第二階層のモンスターは元の階層に押し込まれ、第一階層のモンスターが戻ってきている状態です」

「良かった。みんなが頑張ってくれたおかげだね」

思ったより状況は悪くないようだ。

浄化による第一階層のモンスターの不在が原因なら、第一階層のモンスターたちが戻ってくれば、元の状況に落ち着くだろう。

「今現在、第二騎士団が定期的に一階層を回っています」

町の警護とダンジョンの警邏《けいら》を並行するのは、負担が大きい。

やはり第一騎士団の団員も動員すべきだろう。人数は多い方が良い。

「ありがとう。第二階層は?」

第一階層が元に戻っているとしたら、第二階層より下が主戦場になっているということだ。

あたしが報告で聞いた階層は第三階層についてまで。

第三階層までなら、アシュタルテさまとビアンカたちで潜ることができた。

それより奥、第四階層があることも確認されている。

通常の状態なら心配ない深さだが——。

あたしの問に答えたのはビアンカだった。

「それは、あたしが付き添いながら説明するよ」

あたしは顔をしかめながら、ビアンカを見上げた。

ビアンカがいた方が心強いが、怪我人をダンジョンに連れ込むことはしたくない。

「ビアンカ、あなたはまだ休んでた方が」

あたしの言葉に、ビアンカは唇をにっと引き上げた。

吊られている腕をわざと動かしてみせる。

「どうせ、気が気じゃないし、この状態でも、ライラよりは動けるつもりさ」

「……足を引っ張らないように頑張るね」

無理させることがないように、あたし自身気をつけないといけない。

と、テントの方から痛がる声が上がる。

「第二騎士団の被害状況はどれくらいなの？」

「今のところ、負傷した団員も少なく、重傷者はいません！」

良かった。重傷者がいないのは何よりだ。あたしはほっと胸を撫で下ろした。

この北の町ノートルで、人の命は儚《はかな》い。寒さだけで人は死んでしまう。

ただでさえ厳しい冬に、イレギュラーなダンジョンの警備で命を散らして欲しくない。

あたしは騎士たちの装備を見回した。所々綻《ほころ》びや傷ができている。

「装備に不備があったら、なるべく早く直すから、すぐ持ってくること。いいね？」

「ありがたいです！　町の警護用の装備がほとんどで、困っていた所でした」

あたしは騎士の言葉に大きく頷いてから、ダンジョンに足を向けた。

「ご武運を」

騎士の彼はそう言って見送ってくれた。

ビアンカ、オレットとダンジョンに入る。ピエールにはテントで待ってもらうことにした。不満そうな顔が頭から離れないが、流石《さすが》にスタンピードを起こしているダンジョンに陛下の使者は連れていけない。

まぁ、伯爵令嬢のアシュタルテさまは独断専行で突撃しているのだが、ピエールはそのあたりの常識はあるようだ。

第一階層の森は、静かなものだった。

「オレット、任せるよ」

「はーい」

ビアンカがそう言って、オレット一人に戦闘を任せる。

ダンジョンは不思議な場所で、ここで倒されたダンジョンモンスターや魔獣は放っておくと自然になくなってしまう。

後で回収なんてことはできないので、倒したらすぐに採取する必要がある。

この空間の静けさは、第一階層のモンスターはあらかた倒された後だからだろう。

「手ごたえがないなぁ」

「オレット、久しぶりだからって羽目を外しすぎないようにね！」

「はーい」

メイド服に外套をまとっただけなのに、オレットの雰囲気は様変わりしていた。

片手でショートソードを弄《もてあそ》びながら話すのは見ていて怖いからやめて欲しい。

先頭を歩くオレットの活躍により、あたしはほとんど戦闘らしい戦闘をすることなくダンジョンを歩いていた。

「それで、第二階層以下は第三騎士団の管轄なの？」

「第三騎士団の管轄というか、アシュタルテ様の独壇場って感じだね」

「そんなに？」

ビアンカは自由に動く方の手で、モンスターにナイフを投げながら答えた。

あたしは目を丸くする。予想はしていたがアシュタルテさまは規格外らしい。

ビアンカは深くため息を吐いた。

「前から思ってたんだけどさ。あの子、戦闘スキルが高すぎるよ。王妃教育っていうのは、最強の戦士を作るためのものなのかい？」

「……たぶん、アシュタルテさまの資質の問題だと思う」

あたしは引きつった笑いを返すしかない。

王妃教育は厳しく、護身術なども含まれていると聞いたことがあるが、アシュタルテさまの能力は、彼女自身のスキルを極限まで磨《みが》き上《あ》げたものだろう。

つまり、完璧であろうとしたアシュタルテさまの性格の問題。

ビアンカもそれをわかっているのか、何度か小さく頷いてから目の前に現れた第一階層のボス部屋を指さす。ボス部屋の扉はすでに開け放たれていた。

分厚い扉には植物のレリーフが彫られ、森の階層らしさを表している。

恐る恐る中を覗《のぞ》き込《こ》んでも広大な部屋があるだけ。モンスターはいない。

「発見当時は、一階層のボス部屋から二階層のモンスターが溢れているような状態だったよ」

この扉を開けた瞬間にモンスターが溢れてくる状態を想像して、あたしは唾を飲み込んだ。怖すぎる。

「発見者は？」

モンスタールームは戦闘スキルのないあたしにとっては、相性が最悪なトラップだ。道具がいくらあっても、不意を突かれてしまえば対応できない。

「あたしとアシュタルテ嬢さ。最初はあたしが残って、アシュタルテ嬢に屋敷まで走ってもらったんだけど」

合理的な判断だ。アシュタルテさまを残すことは、身分的にもできないだろう。

「その怪我は、その時？」

「ウルフ相手に負傷するなんて、何年ぶりだろうね」

ビアンカはわざとおどけて答えてくれた。

ダンジョンウルフは、ただの狼《おおかみ》とは機敏さもチームワークも違う。それでも、普段のビアンカなら傷一つなく終わる戦闘だろう。

それだけで、飛び出てきたモンスターの多さと戦闘の激しさが窺える。

「毒や呪いは？」

「いても第二階層のモンスターだもの、傷だけさ」

「そっか。それなら、良かった」

かすり傷でも、そこから入り込む毒を持つものや、アンデッド系だと身体能力の制限をかけるモンスターまでいる。

と、あたしがほっとした瞬間に奥からダンジョンウルフたちが現れた。

「ライラっ」

ビアンカが鋭い声で制止しつつ、あたしの前に移動しようとする。

三匹ほど一直線にあたしに向かってきていた。あたしは反射的に道具袋から魔法弾を取り出し投げた。

魔法弾は手で投げられるアイテムで、栓《せん》を引き抜いて数秒で爆発する。

魔法が使えないあたしにとっては、魔法のような現象を起こせる攻撃アイテムだ。

今投げた魔法弾には炎の攻撃魔法が込められており、爆発とともに赤い炎がとぐろを巻いて、ウルフたちをまとめて焼き尽くす。

しまったと思ったときにはすでに遅い。

「また、一段と派手になったね」

「戦闘スキルがないと、どうしても飛び道具になるよね……」

ビアンカの言葉に、小さく頭を捻《ひね》る。こんな威力になっているとは予想外だったのだ。

もう少し威力を絞ることも考えた方がよさそうだ。

炎が消えればウルフたちは跡形もなくなっていた。

ウルフの毛皮は使い道が多いのに、とあたしは唇を尖《とが》らせた。

「この人数で対応できているのもライラの道具のおかげだね」

そう言ってもらえるなら、威力だけを引き上げた道具にも意味がある気がした。

同じ威力の魔法弾ならまだある。属性もいくつか揃《そろ》えてきたし、威力がもっとあるものも何個か。使う場面は想像したくないけれど。

第二階層の洞窟に降りてからも、モンスターはさほど多くなかった。

「アシュタルテさまは？」

大した足止めを食うこともなく第二階層のボス部屋まで、すんなりと到着してしまう。

ここまでにはアシュタルテさまたちに追い付けると思っていたあたしの見通しは甘かったらしい。

あたしの言葉にビアンカは鼻の頭を掻《か》きながら苦笑した。

「これは、第三階層にいるんだろうねぇ」

「……思ったより、進んでるね」

第二階層のボス部屋には、ゴブリンキングが大の字になって伸びていた。

剝ぎ取りも終わっている。あとはダンジョンへの吸収を待つだけの状態だ。

あたしは天井を見上げた。これでは助けに来たんだか、何だかわからない。

ただアシュタルテさまの無事だけを祈った。

＊＊＊

アシュタルテさまが先行してくれたので、あたしたちは少ない労力でダンジョンを進むことができていた。

第三階層は迷宮だ。目の前に見えるのは石造りの通路だ。両手を広げれば届いてしまいそうな細い道幅。時折、横道が現れ急に突き当たったりする。複雑に入り組んでいるため油断すると自分の位置を見失ってしまいそうになる。

その分、モンスターは少なく、迷宮のマッピングとトラップの発見に手間がかかる造りだ。

「いきなりモンスターとか出てきそう」

「モンスターもだけど、トラップにも気をつけておくれよ」

壁に手をつくと、ひんやりとした石の感触が伝わる。素直な感想を口にしたら、ビアンカに子供を注意するように窘《たしな》められてしまった。

薄暗くはあるけれど、ありがたいことに通路には明かりが灯《とも》っている。

突き当たりになっている通路で左右を見渡した。

ビアンカは目の上に手を当て、両方の道を遠くまで見ている。彼女の本領はこういう場所でのリスク回避だ。

だからこそ、戦闘能力が突出しているアシュタルテさまとも相性が良い。

「戦闘スキルのない人間がここまで来ることは、ほとんどないだろうね」

「迷宮は苦手なんですけどぉ」

オレットはどちらかというとスピードで戦闘するタイプ。

迷宮のような動くスペースが限られる場所は少しやりにくそうだった。

あたしは、ひたすら二人の邪魔にならないように足を動かす。

ビアンカが先頭で通路を曲がろうとしたオレットに声をかけた。

「ゆっくり進みな。毒持ちも出始めるよ」

「はーい」

毒持ち。モンスターには、毒を持っている種類も多く確認されている。

迷宮系のダンジョンは死角が多く、気づかぬ内に刺されていた、なんてことさえあるらしい。

気づいた時には毒は回っている。

あたしは肩にかけていた道具袋を握りしめた。

薬もいくらか持ってきているが、不安は募る。

「どんな種類の毒なの？」

ビアンカは顎に手を当てた。

「確認されているのは、麻痺《まひ》と魔力封鎖さね」

即死系ではないだけいいのか。

それでも、あたしは「うーん」と声を詰まらせた。

どちらもダンジョンで受けたいものではない。

麻痺はその名の通り、身体の動きを麻痺させるものだ。ダンジョンで動けなくなったら、待っているのは死だけ。

魔力封鎖は人の身体にある魔力回路を封鎖して魔法を使えなくするものらしい。魔法スキルを使う人間にとっては致命的だが、毒として珍しく資料は少ない。

あたしは顔をしかめる。

「どっちも、えげつないね」

「確実にこちらを殺しにくる毒だね」

ビアンカが肩を竦めた。オレットが話の間、片手でショートソードを弄んでいた。迷宮に入ってから、動きにくいからかつまらなそうにしている。

あたしは足元を確認するようにしながら足を進め、オレットの後ろに並んだ。

「オレット、無理せず進んでね」

オレットはいつもの人当たりの良い笑顔ではなく、にやりと唇を吊り上げた。

パタパタとショートソードを持たない方の手を顔の前で横に振る。一切手元を見ない。見ていて怖くて、あたしの方が冷や汗が出そうだった。

「やだなぁ、迷宮が苦手でも、これくらい大丈夫ですよ。アシュタルテさまがほとんど綺麗にしてくれたみたいですし」

「……ほんとだね」

ゆっくりと角を曲がる。

通路にはぽつぽつとモンスターの死骸が転がっていた。

きちんと材料は採取してあり、邪魔にならないように脇に寄せられている。

ビアンカはその処理を確認してから立ち上がり、ダンジョンの奥を指さした。

「アシュタルテさまにつけた奴らも一人もすれ違ってない。ある意味、順調なのかもね」

あたしは「あはは」と乾いた笑い声を上げた。

この分だと、助勢に来る必要はなかったのかもしれない。

わずかに首を傾げながらビアンカを見上げた。

「攻略できてたら、喜んだ方がいいのかな?」

「この階層より下は未調査の部分が多いし、一度合流したら戻りたいね」

ビアンカとアシュタルテさまから、きちんと調査したと聞いたのは第三階層までだ。

それより下は二人での調査は危険性が高いと二人は判断したのだ。

肩を竦めたビアンカがぼそりと呟いた。

「あの子、ライラのためなら無茶するようだし」

「つ……早く、追いつかなくちゃ」

あたしは唇を噛む。

アシュタルテさまは能力が高い。何でもできてしまう。だからこそ、無理しがちだ。

ビアンカから見ても、その傾向はあったようだ。

トレントの芯木《しんぼく》を取りに行った時も思ったけれど、アシュタルテさまはこの領のためにとてもよく働いてくれる。自己犠牲と言っていいほどに。

ずんずんと進もうとしたあたしをオレットが慌てて追いかけてくる。

「めってすよ」と可愛《かわい》く怒られたことは、アシュタルテさまには秘密にしてもらいたい。

＊＊＊

アシュタルテさまたちと合流できたのは、結局、第三階層のボス部屋だった。

閉められているべき重厚なボス部屋の扉は少し開いていて、戦闘音が迷宮内に響いていた。

アシュタルテさまたちに違いない！

駆け出したい気持ちを抑えてオレットの後をついていく。

「アシュタルテさま！」

「うげ、ホントに大きなスピドラがいる」

「毒持ちだよ、気をつけな」

中に入ると、蜘蛛《くも》のモンスターであるスピドラを数十倍大きくしたボスモンスターがいた。

スピドラクイーン。報告書にはそう書いてあったはずだ。

だがそのモンスターはすでに腹を見せ痙攣《けいれん》していた。周りをアシュタルテさまと第三騎士団の騎士たち四人が囲んでいる。

鎧《よろい》に汚れや小さな傷はあるが、動きがおかしかったり、流血している者はいなかった。

アシュタルテさまがこちらに気づく。

「あら、もうすぐ終わるから待っていて？」

アシュタルテさまはそう言って薄く微笑んだ。

戦場でもこの余裕。さすがとしか言えない。

近づいてみても、最後に見た姿と大きな違いはなく、あたしがほっと胸を撫で下ろそうとした瞬間に。

「うわっ、何これ……」

あたしはスピドラクイーンの陰に、何十もの重なったスピドラがいるのに気づく。

見ている間にもその量は増えているように思えた。

飛び込んできた何匹かをアシュタルテさまが魔法で焼き切った。

「スピドラクイーンの子よ。見ての通りの凄《すさ》まじい量でしょ？　これに押し出される形で、スタンピードが起きかけたようね」

「繁殖期《はんしょくき》か……ダンジョンとはいえ面倒だね、さっさと燃やしてずらかろう」

ビアンカが顔をしかめる。

浄化で一階層に空白ができた。そこに第二階層のモンスターが増殖したのかと思ったら、さらに下の第三階層に原因があったわけだ。

この量のスピドラに追いかけられたら、同じダンジョンのモンスターでも嫌になるだろう。

ビアンカの言葉に、あたしは道具袋から魔法弾を取り出した。

「一番、火力強いのでいいかな」

スピドラだけなら、繁殖力はそう高くない。

問題はこの中から子供をたくさん産むスピドラクイーンが多数生まれること。

材料はもったいないが、逃がさないためにこの部屋ごと焼く威力が必要だろう。

あたしがアシュタルテさまとビアンカに問いかけると、二人とも頷いてくれた。

「ええ、派手にやってちょうだい」

「じゃ」

ぽいと魔法弾を投げて、急いでボス部屋の扉を閉める。

ボス部屋の扉は魔法がかかっていて、中で何があっても防いでくれる効果があるらしい。

魔法弾自体は数十秒もすれば効果が切れるはず。

音も、熱も、振動もない。

しばらくじっと扉の陰で身構えていた。たっぷり数分待ってから、小さく中を覗き込む。

「派手だねぇ」

「派手だわ」

「ライラさまー、やりすぎですよ！」

「こ、これ、火力の調整できないんだって。初めて使ったし」

ビアンカ、アシュタルテさま、オレットまで。

中を見た後にあたしを見て、そう言ってくる。

ボス部屋の中はこんがりとすべて焼かれていた。

スピドラクイーンはもちろん、スピドラたちも一匹もいない。天井近くまで焦《こ》げた跡が残っていて、あたしは自分で作っておきながら、その威力に口を開けてしまう。

「相変わらずね」

「た、たまたまです！　それより、アシュタルテさまっ、無理しないでくださいと言ったじゃないですか！」

「無理はしてないわよ」

そ知らぬふりをして微笑む顔に、終わったんだなと緊張がほどけ始める。

「とにかく、一度――」

帰って、色々相談したい。

そう思って口を開いたあたしの隣で、アシュタルテさまの身体が崩れ落ちる。

「アシュタルテさま！」

あたしにできたのは、彼女の頭が地面にぶつからないよう身体を滑り込ませることだけだった。

「アシュタルテ嬢!?」

ビアンカが珍しく動揺した声を上げて近寄ってくる。

あたしは腕の中にいるアシュタルテさまを見つめた。近くで見ても、大きな傷はない。なのに、なんで彼女は倒れているのだろう。

元から白い肌が、さらに透《す》き通《とお》るような白さになっていく。

呼びかけてもピクリともしない頰に指を這《は》わせる。冷たく感じた。

「アシュタルテさまとダンジョンを攻略していた騎士たちの一人が膝をつき、頭を下げる。

「アシュタルテさまは一度、俺を庇《かば》って……！」

「何だって？」

ビアンカが顔をしかめた。

スピドラの毒。

アシュタルテさまが倒れている原因が毒だとしたら。嫌な想像に血の気が引いていく。

麻痺だったら、もうとっくに動けなくなっていたはず。

それ以外となると——あたしは奥歯を嚙みしめた。

「急いで戻ります。ビアンカ、全力で」

オレットの背にアシュタルテさまを乗せる。

露払いはアシュタルテさまと一緒に来ていた騎士たちに任せることにした。

ビアンカが指示を飛ばし、あっという間に態勢を整える。とはいえ、戦闘はせず駆け抜けることを第一とした。

ビアンカがあたしの顔を確認する。

「大丈夫かい？」

「絶対ついて行くから」

あたしは道具袋から身体能力強化の薬を出し、一粒飲んだ。

逃げるとき用と思っていたけれど、持っていて良かった。

これでもビアンカたちの全力についていくのは難しいだろう。

でも、あたしのせいでアシュタルテさまが助からなかったなんて、冗談じゃない。

「まったく、しょうがない御主人さまだね！」

ビアンカはそう言って笑うと、すぐさま走り出した。

それ以上、聞かないでいてくれたことが何より嬉《うれ》しい。

ビアンカとあたしたちは全速力でダンジョンを駆け抜けた。

だが、無事に地上に戻っても、アシュタルテさまの目が覚めることはなかった。

第七章

Chapter seven

執務室には自分のペンが紙を削《けず》る音と薪《まき》が燃える音だけが響いていた。

ずっと設計のために同じものを見続けていたせいか、目がかすむ。

カーテンの隙間から太陽光が差し込み眩《まぶ》しさに涙が出る。鳥の声も聞こえ始めていた。

「もう、朝か……」

陛下から言い渡された依頼。魔女の瞳に記録装置をつけたものの開発。

その任務にあたしは一心不乱に打ち込んでいた。

いつ頃だったか、オレットが淹《い》れてくれたお茶はすでに湯気が立たなくなっていた。

「おはようございます。ライラ嬢、調子はどうです？」

「もう、完成しますよ」

ピエールがノックとともに入室してきて、久しぶりにあたしは手を止める。

彼の顔にはいつも通りの薄ら笑いが貼り付いている。アシュタルテさまが意識を失っているのを見た時も、彼の表情は心配こそ見せていたが崩れはしなかった。

机の上には、陛下から頼まれていた映像記録装置の試作品が載っていた。

手のひら大の水晶が正方形の台に付けられた形だ。

魔女の瞳を分析したら、水晶を媒体にして効果が発現するようになっていた。水晶部分はほぼ同じにして、記録装置を下の台に組み込んだのだ。

開発した映像記録装置をピエールの方へ置き直す。装置を手に取ったピエールは感心したように頷《うなず》いてくれた。

「流石《さすが》ですね、三日も経《た》たずに魔女の瞳を改良するとは」

あたしは肩を竦《すく》めた。

そっと水晶部分を撫《な》でる。スイッチの部分に指を触れれば起動する。

それからピエールの方にもう一度向けた。

「見る機能はあったので、そこに記録と再生の機能を付けただけですよ。アシュタルテさまが材料を集めてくれていたので、助かりました」

ピエールは映像記録装置の試作品を前に何度か手を動かしたり、声を出したりした。

その後、スイッチを切る。

ピエールがこちらを見てくるので、あたしは再生するためのボタンを押した。数秒前のピエールの映像が水晶玉の中で再生される。

予定通りの動き、記録にも問題はないようだ。

その映像と音声にずれがないことを確認して、ピエールは目を丸くしていた。

「ほぼ完成といったところです」

「これで完成ではないのですか？」

「どれくらいの時間を記録できるのか、検証がまだなんです」

記録している途中で切れてしまうようだと不良品だろう。

人差し指で水晶玉の部分をつつく。水晶玉の質で時間が決まるのはわかってきていた。

アシュタルテさまがいれば嬉々《きき》として手伝ってくれたのだろう。

ピエールが片眉を上げた。

「ですが、ここ数日、あまり寝ていないのでは？」

「寝てますよ。ここで仕事して、終わればアシュタルテさまの様子を見ながら」

あたしは背もたれに背をつけながら、小さく苦笑を漏らす。

ここ数日、色んな人から言われた言葉だった。

ピエールの眉間《みけん》に細い皺《しわ》が刻まれる。

「スタージア家の令嬢の世話をしながら、椅子で休むことを寝るとは言わないと思いますが」

言葉に詰まる。今のあたしにはそれが一番の休息なのだ。

自分の部屋で寝ようとしても、結局気になって見に行ってしまう。

うろうろしている内に朝になるので自分の部屋は諦《あきら》めて、アシュタルテさまの寝ている姿を椅子に座りながら眺《なが》めることにした。そうすると、やっと眠気が来て寝ることができた。

あたしはピエールから目を逸《そ》らしながら答えた。

「いつ変化があるか、わかりませんから」

ピエールはあたしの様子に、ひとつため息を吐《つ》くと話を切り替えた。

「それにしても、魔力封鎖の毒が回った状態で、魔法スキルを使うとは……アシュタルテ嬢も噂《うわさ》以上の実力ですね」

ピエールの言葉に頷きながら、あたしは机の上に集めた資料を引っ張り出す。

魔力封鎖の毒について書かれたものは少ない。

その数少ないものによると、魔力量がある人間ほど完全に魔法を使えなくなるまで時間がかかる、らしい。これは毒が回るのに時間がかかるからとされるが、確証はない。

その上、魔力封鎖されながら魔法を使って戦闘を続けた記録はない。おそらく魔力封鎖後に戦闘になると、生き残るのが難しかったからだろう。

「どうやったかも……わからないんですよ。おそらく、魔力の一部を解毒に回しながら、魔法を最低限にして戦っていたようなのですが」

あたしは小さく首を横に振って答えた。医者も見たことがない状態だと言っていた。

「……あたしの魔法弾に頼るなんて珍しいと思ったんですよ」

普段のアシュタルテさまであれば、自分でスピドラたちを燃やすだろう。その方が無駄なく綺麗《きれい》に、適切な魔力調整をできたはずなのだ。

あの時点で気づかなかったあたしは、アシュタルテさまの無事な姿を見て浮かれていた。

頭を抱え、自分の未熟さを恥じる。

ピエールが映像記録装置の試作品をこちらに戻してくれた。

「あなたが助けに行ったことで、アシュタルテ嬢はまだ生きています」

「はい」

それだけが救いだった。

まだ目を覚まさないのは、身体《からだ》が回復に全力を使っているかららしい。

解毒剤は飲ませた。だが魔力封鎖の中で魔法を使うというのは、かなりの無茶らしい。何らかの形でダメージは残るだろうという見立てだった。

隅に控えていたオレットがお茶を下げに来る。

「ライラさま、一度、ピエールさまに町を見せてきてあげてください。町民から、ライラさまの顔が見えないと心配の声が上がっています」

「オレット……確かに一週間以上、顔を出してないかな」

王都に行って、帰って、すぐにダンジョンだ。ダンジョンでアシュタルテさまが倒れてからは、彼女の様子を見ながら陛下からの任務をひたすらこなしていた。

いつもは三日に一度くらいのペースで町に行っていた。それが一週間以上顔を出さないのでは、心配されても仕方ないかもしれない。

あたしは苦笑して席を立った。腰と膝が変に突《つ》っ張《ぱ》った感じがして背伸びをする。

「ご案内いただけますか?」

「もちろんです。少々準備しますので、お待ちください」

手早く身支度を整える。

屋敷を出る前に見たアシュタルテさまは、やはり静かな姿で寝ていた。

朝日に照らされる顔は何も変わっていないのに動くことがない。

それだけで、こんなにも寂《さび》しい気持ちになるのだとあたしは初めて知った。

＊＊＊

「ありゃ、ライラさま！　お久しぶりです」

「久しぶり。あまり顔を出せなくてごめんね。どう、町の状況は？」

野菜を売っているハンスさんにいつも通り話しかける。心配そうな視線には気づかないふりをした。

冬になり取り扱える野菜は少なくなっている。それでも並ぶものは新鮮そうに見えた。

「いつもより良いくらいでっせ」

「本当？　他の食料や、薪は足りてる？」

あたしは通りや人通りを見ながら言った。

明るく言い放つハンスさんに疲労や空腹は見えない。

どうやら例年通りか、それより良い生活を送れていそうだ。

「小麦が少ないんでどうなるかと思いましたが、乗り越えられそうです。薪は、ライラさまのおかげでいつもより長く持つようになりました」

どうやら開発したものも上手く動いているようだ。

アシュタルテさまが眠りについて三日。その間に溜《た》まっていた開発をした。

長く燃え尽きない薪に、効果を増した保温布。水汲《みず く》みが楽になる汲み上げ機などだ。

手を動かすしか、あたしにはできない。もっとも材料があるからできることなのだけど。

「ダンジョンのせいで、薪を拾いに行けなくなったからね」

「他にも、保温布も調子良いですし、ダンジョンに来る冒険者用の店を作るって、大工たちが息巻いてましたぜ。色々、準備も始まって、冬なのに見たことがないくらい活気があります」

「そっか」

どうやらダンジョンに絡んで、町も良い方向に動き始めたようだ。

あたしはほっと胸を撫で下ろす。

と、ハンスさんがあたしとピエールを見た後、わずかに首を傾《かし》げた。

「そちらは新しいお客さんですか？　今日はアシュタルテさまは？」

「今日はお休み中なんだ。ダンジョンで疲れたみたい。また、すぐに来てくれるよ」

アシュタルテさまの状況は町の人間に伝えていない。

彼女が来てからはいつも一緒に視察に来ていたから、目立つのだろう。

あたしの希望を含んだ言葉に、ハンスはからからと笑ってくれた。

「そりゃ、大変で！　また二人で顔を出してください」

「うん、寄らせてもらうよ」

軽く手を振り離れる。

ピエールがすぐに後ろから追いかけてきた。

隣に並ぶと彼はアシュタルテさまより大分、背が高い。

あたしだったら見上げなければならないほどだ。ちょっと首が痛くなる。

アシュタルテさまだと少し見上げただけで、綺麗な赤い瞳が見えたのに——そこまで考えて、あたしはすぐに頭を振った。

「アシュタルテ嬢も、よく視察を?」

久しぶりなのもあってか、町の皆から声をよくかけられる。

町を珍しそうに眺めるピエールに通りの説明をしながら、小さく頷いた。

「アシュタルテさまは、あたしとよく町を歩いてくれて……ノートルに必要なものを考えつくのが本当に上手な人だったから」

「なるほど、それをあなたが作ると」

「そうですね。無茶ぶりも多かったけど、楽しかったなぁ」

ピエールの言葉に空を見上げる。

冬の灰がかった重い雲がすべてを覆っていた。

アシュタルテさまが目を覚ましたのは、この日の夜のことだった。

＊＊＊

最初に見えたのは、ぼやけた天蓋《てんがい》に映る影だった。

薪が燃える音がする。身体が感じたことがないくらい重い。

アシュタルテはどうにか首を動かした。

「ん……」

自分のベッドに見慣れた深い緑の髪の毛が乗っていた。

わずかに見える横顔は白い。ベッドの脇にひざまずき上体だけを乗せている。

こんな体勢でよく休んでいられる――と思ってから、ふと、こんな体勢でも寝てしまうほど疲れている可能性に気づく。

アシュタルテはどうにか身体を布団《ふとん》の中から引き出した。

そっと寝ているライラの髪の毛に指を通す。

「ライラ……？」

そのままライラの髪の毛を耳にかけ、静かに呼びかける。

身体はまるで錆《さ》びた道具のようにギシギシと動かしづらく、刺さるような痛みがあった。

ライラは「んん」と小さく身じろぎするだけ。

子供がもっと寝たいとせがむような仕草にアシュタルテは頬《ほお》を綻《ほころ》ばせた。優しく、髪を避《よ》けたことで見える頬を指の背で撫でる。

と、笑ったせいで背筋に鈍《にぶ》い痛みが走り、動きを止めざるを得なかった。

額《ひたい》に手を当てて、この状況になった原因を考えた。

「確か、ダンジョンで……」

スピドラクイーンを倒した。

第三階層のクイーンがいたボス部屋は、扉を開けた瞬間に生まれたスピドラに満《み》ち溢《あふ》れており、その光景に背筋が粟立《あわだ》った。無数の目が一気に自分たちを見てくる情景は、思い出したいものではない。

何よりスピドラクイーンの繁殖期《はんしょくき》に焦燥感《しょうそうかん》が募《つの》った。

「んぐっ」

知らず知らず触れる身体に力が入っていたのか、ライラが顔をしかめた。

寝ぼけた様子で顔だけを上げ、ごしごしと目元をこする。

アシュタルテが起きていることには、まだ気づいていない様子だ。

しばらく彼女の覚醒《かくせい》を眺めていた。なんだか、久しぶりのライラにそわそわしている自分がいることも、アシュタルテは気づいていた。

「起きた?」

結局、待てずに声をかける。

ぱちぱちと、年上とは思えないほど可愛《かわい》らしい瞳が大きく瞬《まばた》きされた。

「アシュ、タルテさま?」

「そうよ」

ライラの琥珀色《こはくいろ》の瞳に、アシュタルテが映る。

彼女に自分のことを刻み付けるように、アシュタルテはわざと魅惑的《みわくてき》な笑みを作った。

これも王妃教育にあった。表情コントロールの一つだ。

だけど、ライラには効果がなかったようだ。ライラが頰を染める前に、彼女の琥珀に薄い水の膜《まく》が張り揺れる。

「起きて、る」

「心配かけたわね」

女の涙は武器になると聞いてはいたが、こんなところで実感するとは。

ふにゃっとライラの顔が緩《ゆる》んだと思った瞬間に、彼女の瞳から涙が滝のように流れ始めた。

「ちょっ」

「ご、ごめんっ」

慌《あわ》てて手を伸ばそうとするアシュタルテの前で、ライラは自分の腕で乱暴に涙を拭《ぬぐ》った。

アシュタルテは唇を尖《とが》らせる。そんな風にしたら腫《は》れてしまうし、隠されるのが嫌だった。

涙を拭き終わったライラはアシュタルテの肩を摑《つか》み半《なか》ば強引にベッドに戻そうとする。

「寝ててください。すぐにお医者さん、呼んできますから」

「心配性なんだか、強気なんだか」

上掛けに身体を埋め込みながら、アシュタルテは大急ぎで部屋を出ていくライラを見送った。

廊下を走る音。アシュタルテが起きたことを伝える声。

それが横になっていても聞こえてくる。

ふっと、天蓋を見ながら頬を緩める。

「わからない人ね」

王城で初めて会ったときは、とても貴族には見えなかった。質素《しっそ》な身なりもだが、すべてに対して素直で、顔色に出てしまう。

今までは悪評ばかりを向けられてきた。それを隠したまま褒められることにも慣れていた。

ただ、素直に見惚《みと》れられることに、慣れていなかったのかもしれない。

今でも自分の感情に素直に表情に出すライラを見ていると心配になる時がある。

だけど、それさえ何故か心地よい。

ライラが医者を連れてくるまで、アシュタルテは大人しくベッドに入っていた。

＊＊＊

「しばらく、魔法を使わないように……ですって」

診察が終わり次の日の朝。

朝一番にアシュタルテの部屋に来たライラに医者に言われたことを教える。

不満が顔に出ていたのか、ライラは苦笑した。

「使っちゃダメですよ。無理したんですから」

ライラまでそう言う。アシュタルテはわざと澄《す》まし顔で肩を竦めた。

「使わなくて済むなら使わないわよ」

「もう！」

頬を膨《ふく》らますライラが可愛くて、小さな笑みが漏れる。

魔法は使えないが、無理せず動くくらいはもうして良いらしい。

身体は健康体。毒の影響は魔法のみのようだ。

だがこの分では屋敷の中で動く時もライラが付きっきりになりそうな勢いだ。

「ダンジョンの件はどうだったの？」

アシュタルテはソファにゆったりと座りながら、ライラに尋ねた。

ライラの顔が一瞬で曇《くも》る。

「上手くいったんだけど――」

「だけど？」

アシュタルテは首を傾げた。

スタージア家からも手を回した。陛下の感触も悪くなかった。

上手くいかないわけがない。

ライラが話し出そうとした時、ノックと共に聞いたことのある声が響いた。

「おっと、そこからは私が説明しますよ」

「ピエール」

軽いノックの音とともに入ってきたのは、絵に描いた貴公子をそのまま現実にしたような男。

ライラがピエールと言ったのに合わせて、アシュタルテは深く首を傾げた。

まさか、見間違いかと目を細める。

「ピエール……？」

「お目覚めはいかがですか？　アシュタルテ嬢」

にっこり笑い、胸に手を当て腰を折る。

その姿に、何の冗談だと頭の中で疑問符が舞った。

記憶の中の姿と、胡散臭《うさんくさ》い笑顔が一致する。

アシュタルテは眉間に皺を寄せた。

「ピエトロ殿下、なぜあなたがここに？」

「ピエトロ、殿下？」

ライラがアシュタルテとピエール――ピエトロの間で視線を交互に動かす。

それを視界の端《はし》に捉えながらアシュタルテはピエトロの顔を真《ま》っ直《す》ぐに見つめていた。

だが彼が口を開く様子はなく、アシュタルテはため息混じりにライラにピエールの正体を告げる。

「ライラ、この人は第一王子のピエトロ殿下よ」

「ええっ？　第一王子⁉」

アルフォンスの兄であり、王位継承順位第一位の人間だ。

アシュタルテの言葉にライラは小さく跳《と》び上がった。

素直な彼女らしく、目を丸くした後、固まる。

どうやら処理が追い付かなくなったらしい。

自分が寝ている間に、大分好きに遊んでいたようだ。この殿下は。

アシュタルテは手元にない扇《おうぎ》の代わりに、指を揃《そろ》えて自分の口元に当てた。

「ライラに顔を知られてないからって、悪ふざけが過ぎるんじゃありません？」

「おや、これでもあなたを心配して来たんだよ？」

どうだか、とアシュタルテは内心呟《つぶや》いた。

ピエトロはアシュタルテの言葉もどこ吹く風と、気にしない様子だ。

アシュタルテの心配だけで来るわけがなく、別に用事があったに決まっている。

あの国王陛下の血を一番濃く受け継いでいるのは彼だろう。だから性質《たち》が悪い。

どうしてこの兄がいて、アルフォンス殿下がああなったか不思議でならなかった。

再起動したライラが、バネ仕掛けの人形のように頭を下げた。

「だ、第一王子殿下とは知らず、失礼な態度を……！」

「よいよい、陛下も私も詫《わ》びる立場だ」

ピエトロが軽く笑って、ライラの肩を叩《たた》く。

それだけのことにアシュタルテはムッとした視線を投げてしまう。

いくら殿下とはいえ、気安く令嬢の体に触れるものではない。

「殿下」

「陛下は頭を下げられぬ。だから、私が代わりに来たわけだ」

アシュタルテの棘《とげ》のある呼びかけに、ピエトロがわかりやすく手を引き両手を上げた。

まるで無罪を主張するようで癪《しゃく》にさわる。そのまま肩を竦めると、前髪をかき上げた。

「我が愚弟《ぐてい》が多大なる迷惑をかけたようだからね」

今さらのことだ。

アルフォンス殿下に迷惑をかけられるのは、婚約が決まってからずっとなのだから。

アシュタルテは顔を横に逸らす。

「あなたがフラフラしているから、アルフォンス殿下が増長したのでは？」

「ははは、そう言われると耳が痛い」

苦笑するピエトロには、どうやら自覚があるらしい。

アルフォンスが派閥の人間に好きなように操られているお飾りだとしたら、ピエトロはその派閥さえ使って自分のしたいことをする人間だ。

元から勝負になる二人ではない。

だからこそバランスをとるために、アシュタルテがアルフォンスにあてがわれたのだが。

「だが、スタージア家のご令嬢を切り捨てるようじゃ、王冠は渡せんだろう」

「まったく、勝手な」

ピエトロがにっこり笑って言い切った。こういう部分が本当に嫌になる。

スタージア家は特許を扱っているからこそ、伯爵でありながら様々な面に顔が利《き》く。

その家の令嬢であるアシュタルテを娶《めと》ることで、表面だけでもアルフォンスの面子《めんつ》を立てようとしたのだ。

アシュタルテはピエトロと自分の間でキョロキョロしているライラの手を摑み、こちらに引き寄せた。

「アシュタルテさま」

「ライラ、その男は危ないのよ」

アシュタルテの言葉にピエトロは薄《う》っすらと笑うだけだった。

ライラを引き寄せたままのアシュタルテに向かい、優雅に手を差し出す。

「さて、アシュタルテ嬢。弟の代わりに、私と婚約してくれぬかな?」

その申し出に固まってしまったことは、後に思い出してもアシュタルテにとって一生の不覚になった。

＊＊＊

どくん、どくん。

自分のものなのか、アシュタルテさまのものなのか。

あたしの耳にははっきりと動悸《どうき》が聞こえていた。

アシュタルテさまに引っ張られたままの状態で、未《いま》だに手は繋《つな》がれている。

そこだけが熱くて、他の部位は波が引くように冷めていく。

ソファに座っているアシュタルテさまは、初めて見る戸惑った表情でピエール――ピエトロ殿下を見つめていた。

「な、にを」

「スタージア家の持つ特許管理技術とその知識は、王家のために必要なものだ」

手を差し出した姿勢を保っているピエトロ殿下はアシュタルテさまに話しかける。

アシュタルテさまの部屋にある大きな窓から冬の柔らかな日差しが差し込んでいた。それが、まるで二人の存在を絵画のように浮き立たせる。

あたしは呆《ほう》けたように、その物語のような場面を見ているしかできなかった。

(でも、そうだよね)

アシュタルテさまの能力は知識・魔力・貴族としての立ち居振る舞い、そのいずれにおいても群を抜いている。

出会った時から王城の近衛《このえ》たちを出し抜き、陛下に肉薄できるくらいの魔法スキル。

礼儀作法からモンスターに至るまでの広範な知識。

名前の通り女神のような容姿。それは赤い瞳をしているだけで、損なわれるものではない。

そんな存在、王家が手放したくなくて当たり前なのだ。

アシュタルテさまがわずかに首を傾けピエトロ殿下を見返す。

「私はあなたの弟君への毒殺未遂容疑で、ここに飛ばされている身ですが？」

「そんなもの、あいつが死んでいない時点で、うやむやにできる」

すっとピエトロ殿下から表情が抜け落ちた。

一瞬だけ見えた鋭い瞳は、まさしく為政者《いせいしゃ》のもの。

毒殺未遂が何のために起こったのか、おそらく調べはついているのだろう。

ピエトロ殿下が取られることのなかった手を戻し、対面のソファに腰を沈めた。

そのまま膝の上に肘をつき指を組むと、アシュタルテさまににっこりと笑ってみせる。

「アルフォンスは下手を打ちすぎた」

アシュタルテさまは、ピエトロ殿下の言葉に顎《あご》を引く。

真剣に考え込んでいる様子は、あたしにはわからない貴族の権勢《けんせい》について考えているのか。

あたしにはわからない。だけどピエトロ殿下にはきっとわかる。

ここには大きな溝《みぞ》がある。

「君が冷血令嬢なんて噂とは正反対の人間ならば、王家に迎え入れるのが自然だろう？」

アシュタルテさまは視線をピエトロ殿下に向けるだけで、言葉を発することはなかった。

いつの間にか離された手に熱を感じていた所さえ冷えていく。

ピエトロ殿下は黙り込んだアシュタルテさまからあたしに視線を移す。

そして、国王陛下そっくりの顔で笑った。

「ライラ嬢、アシュタルテ嬢はどんな人かな?」

どんな言葉を求められているのか。何を言えばいいのか。

わからない。

アシュタルテさまに助けを求めることもできたのだろうが、それは違う気がした。

ピエトロ殿下はニコニコとした笑みを浮かべたまま、あたしの言葉を待っている。

「アシュタルテさまは――」

どうにか絞り出した声はかすれている。まるで自分のものじゃないようだ。

アシュタルテさまの赤い瞳があたしに刺さっているのを感じる。

「ライラ、答えなくても良いのよ」

優しい声に、涙腺が緩みそうになる。

あたしは胸の前に手をあてピエトロ殿下を真っ直ぐに見た。

アシュタルテさまのことを悪く言った方が、もしかしたら王家に嫁《とつ》がずに済むのかもしれない。そんなずるい考えも浮かぶ。

だけど、それでも、あたしの中にアシュタルテさまを悪く言うという選択肢はなかった。

「アシュタルテさまは、とても有能で、人のために働くことができます」

ピエトロ殿下はあたしの言葉に頷いた。目線だけでアシュタルテさまを見て微笑《ほほえ》む。

「そうだね。ノートルの町で、君の評判を聞いたよ」

アシュタルテさまが顔をしかめた。

ため息を噛《か》み殺《ころ》し、小さな吐息《といき》に変える。

ピエトロ殿下は気にせず、あたしにウインクをしてきた。

「ライラ嬢に案内してもらった町は楽しかったよ。また行きたいほどにね」

「余計《よけい》なことを」

横から見てもわかるくらい、殿下に向けるアシュタルテさまの視線が鋭くなる。

ピエトロ殿下と出歩いたのがそんなに気に食わなかっただろうか。

あたしは首を竦めた。

「ライラ嬢から見て、アシュタルテ嬢は王家に相応《ふさわ》しい人間かい?」

来た。一番、嫌な質問。この質問が来ることは必然とも言えた。

すっと目を細めたピエトロ殿下に陛下の影を見る。こういう質問の仕方がそっくりだ。

王城でアシュタルテさまの話を持ち出された時のことを思い出した。

逃げ道のない質問に息が詰まる。

あたしは気力を振り絞り、拳を握りしめ、気を張って答えた。

「もちろん。アシュタルテさまほど、王家に相応しい方はいません」

「ライラ」

アシュタルテさまがあたしを見る。

少しだけ眉が下がった表情。

綺麗なだけじゃない。アシュタルテさまはこんなに可愛らしい部分もある。
冷血令嬢なんて呼ばれる王都に戻らず、ここにいればいい。
目を見たら、そんな本音が出てきそうで。あたしは顔を見られなかった。
「だから……こんな田舎《いなか》ではなく、王家に迎え入れてもらうことが」
頑張れ、もう少し。
じんわりと熱を持ってきた目頭に気づかぬ振りで進む。
さっさと言い切ってしまえ。
アシュタルテさまを預かっただけの領主として正しい選択をするのだ。
あたしの中の、正しいあたしがそう囁《ささや》く。
「一番良いのだと思います」
言えたと思ったら気が緩んだ。自分の頬を冷たい雫《しずく》が流れていく。
すぐに目元を拭った。
「ライラ、あなた」
もちろん、隣に座っていたアシュタルテさまには見られていたようで。
心配そうに体を寄せてきたアシュタルテさまから逃げるようにソファを立つ。
ピエトロ殿下は何も言ってこなかった。
アシュタルテさまの伸ばされた手が、空中を彷徨《さまよ》っている。
それを握り返す資格があたしにはない。

失礼だとわかっていながら顔も見ないまま挨拶《あいさつ》を述べる。

「……すみません、疲れているようです。お先に失礼します」

頭を下げる。

このままここにいたら自分を保てない。

あたしは足早にアシュタルテさまの部屋を出た。

「どういうつもりですか、ピエトロ殿下」

「さてな」

ドアが閉まる寸前に聞こえたアシュタルテさまの声は、聞いたことがないくらい冷えていた。

返すピエトロ殿下はいつもと同じ雰囲気。

だけど、あたしにはもう関係のないことなのだ。

あたしは自分の執務室へと一直線に向かう。

アシュタルテさまの部屋に来た時とは真逆の気持ちに苛《さいな》まれる。

「そりゃ、そうだよね」

執務室に飛び込んで扉を閉める。そのまま扉にもたれ呟く。

執務室に戻るまでの間に熱を発していた目頭はどうにか鎮火《ちんか》していた。

自分に言い聞かせるように、アシュタルテさまのことを整理する。

（アシュタルテさまは元々、宮廷貴族。王都にいるのが自然な人）

ここにいるのがおかしい人物なのだ。

第二王子に婚約破棄されたとしても、第一王子に求められたのなら名誉回復には問題ない。

ピエトロ殿下の言い方からすれば、毒殺未遂の容疑も晴れているのだろう。

あたしは執務室の机の上に目を向ける。

「さっさと、映像記録装置を完成させなきゃ」

これさえできれば、アシュタルテさまはピエトロ殿下と一緒に王都に戻ることができる。

彼女に必要とされて、色々考えて執務をするのは本当に楽しかった。

ディルムに悩まされながら頭を捻《ひね》っていたときとは大違いだ。

まるで夢のような時間。そして、夢はやはり醒《さ》めるものなのだ。

「あたしにできることは、それだけだから」

あたしは映像記録装置の試作品の最終調整をすることにした。

二人を見送るとき、あたしは素直に祝福できるだろうか。

今から練習しなければならない。

そんなことばかりが、頭を過った。

＊＊＊

久しぶりに顔を出した機織《はたお》り工場。屋根から落ちた雪が小屋の周りに積もっていた。

冬でも、工場の稼働は変わらない。

はぁと漏れたため息が白く変わるのを見つめる。

魔力布を使った外套《がいとう》を身にまとい、あたしは隠れるように工場に入っていく。

一日経っても、アシュタルテさまに会いに行くことができなかった。

あたしはプロポーズの結果を聞くことが怖くて、屋敷から逃げ出したのだ。

作業の邪魔にならないようにしながら、事のあらましをジョゼとゾフィに伝える。

「なんだい、それでここに逃げてきたのかい」

「意気地のない領主さまだねぇ」

「あはは、ほんとだよね」

誰かに聞いて欲しかった。上に立つ人間としてはあるまじきことだろう。

双子二人から息の揃った意見と呆《あき》れたような視線を貰《もら》ってしまう。

あたしは苦笑いを返しながら、気を紛《まぎ》らわすように手を動かしていた。

いつかにアシュタルテさまにあげた組《く》み紐《ひも》のブレスレットをひたすら作る。

何か動いていないと嫌な想像ばかりが頭を過るのだ。

昨日、あの後の時間で陛下に頼まれていた映像記録装置も完成している。

ジョセフにピエトロ殿下に完成した映像記録装置を渡すようにお願いした。

もし昨日のアシュタルテさまの返事が「はい」だったなら、いつでも王都へ帰ることができる状態だ。

沈黙するあたしにジョゼとゾフィは両側から交互に話しかけてくる。

「大体、アシュタルテさまのことより、自分の心配をした方がよいんじゃないかい？」

「あの騎士団長と別れたんだろ」

「清々したね」

「ろくに働きもしない、態度と図体《ずうたい》ばかり大きな騎士団長だったからね」

「あたしゃ、あの坊主を見て騎士になんて夢見るものじゃないと知ったよ」

ぽんぽんとリズムよく流れていく会話。

あたしは間に挟まれながら加護付きのブレスレットを量産していく。

気を抜くとアシュタルテさまの色ばかり使いそうになるので、意識して赤や群青は避けるようにした。

ディルムとの話も公《おおやけ》にしたわけではないのに、すでにノートルの人たちに知られている。

王都の人間だけかと思ったがノートルでも噂の広がるスピードに変わりはないようだ。

「今さら、ライラさま以外に領主になんてなられたら、あたしゃ行き場がなくなるよ」

「女は働きにくい国だからね」

本人の頭の上で堂々と交わされる話の内容に、あたしは手を止めた。

そうだ。アシュタルテさまが倒れてから色々あって忘れていた。

今のあたしは婚約者がいない。領主代行を続けるためには、新しい婚約者を探すか、領主として認められるほどの功績がいる。

「ああ、忘れてた……それもあったんだ」

ぽりぽりと頭を掻《か》いた。

すぐさま代行を剥奪されるわけでもない。

アシュタルテさまが第一王子に嫁いだら、特例で認めてくれるかもしれない――なんて、甘いことを考えて苦しくなった。

苦い顔をしていたのだろう。ジョゼとゾフィが顔を覗《のぞ》き込《こ》むようにしてくる。

「「婚約を破棄して後悔してるのかい?・」」

「まさか」その答えははっきりノーだ。婚約を破棄してスッキリした。

後悔なんて、あるわけがない。

アシュタルテさまを助けるために、ノートルの町を守るために必要なことだった。

きっと、あたしは何度あの場面に遭遇しても同じ選択をするだろう。

苦い顔の理由は反対だ。アシュタルテさまが嫁ぐことを想像したら苦しくなった。なんて言ったら呆れられてしまうだろう。

誤魔化すようにため息をこぼす。

「陛下にお願いしてみようかな」

アシュタルテさまを預かったり、頼まれた装置を開発したり。

アルフォンス殿下に思わぬ迷惑をかけられたり。

今のあたしは王家に恩を売っている方だと思うのだ。うぬぼれて良いならば。

「それがいいさ」

「まぁ、陛下にお願いする前に、邪魔が入りそうだけどね」

「しっ、面白くなくなるだろう」

ジョゼが深く頷いて、ゾフィに肩を小突かれる。

何のことかわからないあたしは首を傾げた。

話しながら作り続けたブレスレットは、もう五本目になるところだ。

朝という時間はとうに過ぎ、お腹が空き始めてもおかしくない時間になっていた。

「なんの邪魔が入るの？」

「ありゃ、ライラさま。気づいてないのかい？」

「ライラさまは開発以外のことになると、変に抜けてるからね」

「あたしたちでもわかるのにかい？」

「こういうのは、傍目《はため》で見ていた方がわかるもんだよ」

再びあたしを通り越してジョゼとゾフィの会話が始まる。

内容が理解できないあたしは何も言えず、ブレスレットを作ることに再び集中していた。

だから部屋の扉が開かれるまで、その気配に気づくことができなかったのだ。

「ライラ、ここにいたの」

部屋に響いた声に、あたしは一瞬反応ができなかった。

聞こえるはずのない声。

椅子から立ち上がり入り口を振り返る。

「アシュタルテさま！」

いつもの外套をまとったアシュタルテさまがいた。

外套から少しはみ出しているドレスはまだ質素なものだった。動きやすさと軽さを優先したドレス選びなのだろう。

それほど本調子じゃないということだ。

慌てて駆け寄り周囲を見回す。誰も連れて来ていないようだ。

「危ないですよ。まだ一人で出歩くなんて」

アシュタルテさまの体調は万全じゃない。

快方に向かっているとはいえ、三日間も寝たきりだったのだから。何より彼女の身体能力を支えていた魔法スキルも今は使えない状況だ。

あたしの言葉にアシュタルテさまは唇を尖らせた。

「あなたがいないから、悪いんじゃない」

「え」

ぷいと顔を逸らすアシュタルテさまに、あたしは固まった。

アシュタルテさまは完璧な令嬢だ。素直に感情を出すことは少ない。

だが、目の前にいるアシュタルテさまは、姿形はいつも通りなのに、中身はまるで幼い子供のようだ。

「いつもなら毎朝来るから、今日も来るかと思ったら……来ないし」

腕を組んだまま、アシュタルテさまの飾らない言葉が続く。

伝わるのは、とにかく彼女が怒っているということ。

あたしが部屋に行かなかっただけで、あのアシュタルテさまが感情を表に出している。

どうしたら良いかわからず部屋を見回すも、ニヤニヤした目つきのジョゼとゾフィ以外いなかった。

「昨日も話の途中で出ていくし」

アシュタルテさまの声が小さくなる。麗しい顔が俯《うつむ》き、表情が見えなくなった。

あたしは近づいていいのか、謝るべきなのかもわからず、体を揺らしていた。

アシュタルテさまが視線だけをこちらに向ける。

小さな子供のような上目遣いは、あたしを的確に射貫《いぬ》いた。

「あれは、私も悪かったのだけれど」

そっと恐る恐る伸びてくる手があたしの服を摑む。

もう少し手触りの良い服を選べば良かったと、素《す》っ頓狂《とんきょう》なことを考えた。

それだけ、あたしの頭は混乱していたのだ。

「ピエトロ殿下と二人なんて、息が詰まって仕方ないじゃない」

あたしは眉を下げたまま、アシュタルテさまに問い返す。

「でも、知り合いだよね？」

「婚約者の兄として会ったことはあったけど、親しく話す間柄じゃないわよ」

振り払わないでいたら、アシュタルテさまは握る手はそのままに、一歩あたしに近づいた。距離が近い。肩が触れる距離は、ひそひそ話をするにはぴったりだ。

ふんわりとアシュタルテさまの良い匂いまでしてきて、あたしは緊張とドキドキで何を言って良いのかさえわからなくなる。

「とにかく、事情を説明するから、一度戻りましょう」

「えっと」

その説明を聞きたくないんだけど。

あたしの心の声が聞こえたのか、アシュタルテさまの赤い瞳が細められた。

「それとも、私を一人で帰らせるつもり？」

「……送っていきます」

たった一言であたしの逃げ道は塞がれた。

万全じゃない状態のアシュタルテさまを一人で帰らせるわけにはいかない。

あたしは急いで使っていた道具を片付け、できたブレスレットをジョゼとゾフィに渡す。

受け取った二人が肩を組みながら右手と左手でガッツポーズをした。

「ライラさま、頑張って！」

「あたしたちゃ、ライラさまについていくからね」

そのまま背中を押される。

「ちょ、わかったよ。ありがとう」

たたらを踏みながら、どうにか外套をまとう。

アシュタルテさまはきょとんとした顔でジョゼとゾフィを眺めていた。

これ以上余計なことを言われる前に工場を出よう。

足早にアシュタルテさまを先導して部屋を出る。

ジョゼとゾフィたちのおかげで、緊張感は薄れていた。

「それでピエトロ殿下との出発はいつなんですか？」

「出発？」

冬のノートルに色は少ない。白とうっすらとした空の青。

ほとんどがその二色で覆われている。

その中にぽつぽつと屋根の色や行きかう人の色が混ざる。

あたしにとっては見慣れた景色を見ながら、アシュタルテさまの前を歩く。

距離は人一人分といったところだ。

「映像記録装置は完成しました。アシュタルテさまが王都に戻るのであれば、すぐにでも向かうことができます」

あたしの足音とアシュタルテさまの足音が同じ間隔で続いていく。

「映像記録装置……陛下に頼まれていたものね。完成したの？」

「はい」

一歩一歩。白い雪道に足跡を残す。

そのうち屋敷が見えてきた。門ももう見えている。

ほっとしたらアシュタルテさまの足音が止まった。

あたしも立ち止まり、振り向く。

「あなたは一緒に行かないの？」

「王都にですか？」

雪の白と薄い青の外套、そこにアシュタルテさまの黒と赤が映《は》える。

目と目がかち合って、あたしは首を傾げた。

アシュタルテさまが苦笑しながら首を振り、距離を詰めてくる。

「いいえ、違うわね」

真っ直ぐな視線はあたしに逃げることを許さない。

まるで神様からの審判を待つようにアシュタルテさまの言葉を待った。

「私が一緒に来て欲しいと言ったら、あなたは来てくれる？」

「え？」

予想外の言葉。

一緒に来て欲しい？

その意味を聞こうとしたとき、隣で馬車が止まった。

「おや、これは挨拶する手間が省《はぶ》けたな」

「ディルムと……アルフォンス殿下!?」

馬車の窓から顔を出したのは、見たくもなかった元婚約者。

そして、その後ろにいるのは不貞腐《ふてくさ》れた顔をしたアルフォンス殿下だった。

＊＊＊

馬車の扉が開き、少しだけ暖かい空気が吐き出される。

ディルムとアルフォンス殿下は白い吐息を纏いながら降りてきた。薄手ながら外套を着ていた。二人の視線がアシュタルテさまに集中する。

「ディルム、どうしてあなたがアルフォンス殿下といるの？」

あたしはアシュタルテさまを守るように前に立った。

ディルムも従者のようにアルフォンス殿下の側《そば》に立っていた。

アルフォンス殿下には、馬車に乗っていた時の不貞腐れた顔の残渣《ざんさ》が見える。

アシュタルテさまは珍しく後ろで扇を広げ、口元を隠しながら大人しくしている。

やはり魔法が使えないということが影響しているのだろう。

訝《いぶか》しげな視線を受けながら、ディルムが胸を張って答えた。

「アルフォンス殿下はピエトロ殿下の仕事を手伝うよう、陛下から承《うけたまわ》ったのだ」

「ピエトロ殿下の？」

思わず繰り返してしまう。

あの国王陛下がわざわざ王子二人を、そんな理由で同じ場所に行かせるわけがない。

そんなの裏があるに決まっている。

「そうだ。これはれっきとした公務。お前に邪魔できるものではない」

ディルムがあたしを見下ろして、にやりと笑う。

公務には違いないのだろう。けれど、ただの公務ではきっとない。

ピエトロ殿下の仕事は映像記録装置ができた時点で、とっくに終わっているのだ。

「はぁ」

「そういうわけだ。兄上の前へ案内せよ」

「ご案内するのは構いませんが」

「兄上も、なぜこの女がいる場所に来るんだか。さっぱり理解できん」

腑《ふ》に落《お》ちないままだったけれど、案内しようとしたらアルフォンス殿下があたしの後ろを見つめて言い放った。

ダンジョン調査のときと同じだ。

アルフォンス殿下はすぐにアシュタルテさまを傷つけようとする。

そして真の評価に気づきもしない。

「お言葉ですが、ピエトロ殿下はアシュタルテさまに婚約を申し込まれました」

あたしの言葉にアルフォンス殿下の目が見開かれた。

「なにっ!?」

「アシュタルテさまは、王家にとって必要な人間だという証明だと思いますが」

言いながら、自分の心に言葉が突き刺さっていく気がした。

アルフォンス殿下に言い返すほど、アシュタルテさまが王家に行くべき人間だと宣言することになる。

「ライラ、それはいいのよ」

「ダメです」

アシュタルテさまが左後ろの位置から、あたしの外套を引いた。

あたしは顔と身体を少しだけ後ろに傾ける。

眉を下げたアシュタルテさまがあたしを見つめていた。

今日のアシュタルテさまは可愛すぎる。ぐっと、変な声が漏れそうになった。

「アシュタルテが必要などと世迷言《よまいごと》を」

「その令嬢がいるだけで、ノートルがどれだけ迷惑をかけられたか忘れたのか？」

アルフォンス殿下とディルムが何か言っている。

それらはどれも、あたしにとってはどうでも良い内容だった。

アシュタルテさまの可愛らしさを処理することで頭がいっぱいだからだ。

何より彼らの言葉は薄っぺらい。

アシュタルテさまを預かり迷惑をかけられた？

ノートルに降りかかった災難のほとんどは、本を正せばアルフォンス殿下によるものだ。

スタンピードの時に行動しなかったのは、ディルムの職務放棄に他ならない。それによりアシュタルテさまは毒を受け、今は魔法スキルも使えない状態なのだ。

ノートルの問題に一緒に悩んで、行動して、笑い合ったのはアシュタルテさまなのだ。

「アシュタルテさまにかけられた迷惑など、あなたにかけられたものに比べれば大したものではありませんよ」

第一騎士団がまともに動かなかったせいで、滞《とどこお》ったものはたくさんある。

ディルムはあたしの言葉に眉を吊《つ》り上《あ》げた。

「なんだと？　女のくせに大きな口を利くようになったな」

「そういう姿勢だから、婚約破棄をすることになったと、なぜ思わないのですか？」

ディルムが上背を使って圧力をかけてくる。

あたしは胸を張り顔を上げ、正面から視線をぶつけ合った。

どちらも引かずにいたら意外なところから声が上がる。

「ディルム、無駄だ。どうやらこの領主代行は、アシュタルテに毒されている」

「はっ」

アルフォンス殿下に言われた途端、ディルムは一歩引き下がった。

まったく、権威に弱い男だ。

前に出たアルフォンス殿下は腕を組んだまま、あたしとアシュタルテさまを交互に見て、鼻で笑った。

「ダンジョンの調査に難癖《なんくせ》をつけた時点でおかしいと思ったのだ。どうやったか知らないが、父上に三級にしてもらい、報奨金までもらったようだな」

アルフォンス殿下の言葉に開いた口が塞がらない。

難癖も何も、おかしな調査結果をでっち上げたのはアルフォンス殿下だ。

陛下に事実説明しただけで難癖をつけたと言われたくはない。

発明品の特許申請が多く謁見《えっけん》することになった。その時、不当な調査を訴えただけだ。ついでに、いわれのない請求書についても話せて一石二鳥だった。

「さすが、ずる賢さにかけては天下一品よ」

鼻で笑ってこちらを見下すアルフォンス殿下がそう言い放った。

「あのダンジョンは三級です」

ムッとするが、相手は王子。言葉は選ばなければならない。

ディルムとアルフォンス殿下はとても似ている。似て欲しくないところが。

なんで、人が苛《いら》つくことをこうぽんぽんと言えるのだろうか。

「スタンピードで見られたモンスターの種類、階層の数でもそれはハッキリしているかと」

「はっ、見たわけでもあるまい」

あなたこそ、何も見なかった。

あたしの中の何かがどんどん冷えていくのを感じる。

アルフォンス殿下の後ろで頷いているディルムも含めて、もう一度自分の行動を反芻《はんすう》して欲しい。

あまりの酷《ひど》さに言葉を失ったあたしの代わりに、アシュタルテさまがスタンピードの状況を説明する。

「見ましたわ。三階のボスはスピドラクイーンで、繁殖期に入っていました」

アシュタルテさまの赤い瞳が冷静に、アルフォンス殿下を見つめる。

「スタンピードを起こす可能性があるダンジョンを見落とすのは、失態としか言いようがないのではないかしら?」

「なんだと、調査の時点では何もなかったのだ!」

「殿下が見に行かなかったと聞いておりますが?」

アルフォンス殿下が一番指摘されたくないだろうことを、彼女はズバッと言い切った。

「職務は大切にしてくださいと何度も言いましたよね? 何も変わっていないようで、婚約破棄できて、私は本当に良かったと思っておりますわ」

「なんだと?」

「さすが、言われたことさえできない王子さまは違いますわね」

傍から見ていても、彼の弱いところをアシュタルテさまが突いたのがわかる。

アルフォンス殿下の顔が赤く染まる。踏み込んだ分だけ雪の地面がへこんだ。

ギラギラと光る瞳がアシュタルテさまを睨《にら》み殺そうとしている。

「……ディルム、不敬罪だ。少し痛い目に遭わせてやれ」

「はっ」

それだけを言ってアルフォンス殿下はディルムの後ろに下がった。

ディルムが腰に下げられた剣の柄《つか》に手を伸ばす。

慌ててあたしはアシュタルテさまの前に出て、背中に庇《かば》う。

ありえない。言う方も、従う方も。

「命令されたら、誰にでも剣を振るうの？」

ディルムが無言で距離を詰めてくる。まだ刃《やいば》は見えないが、抜けば斬れる距離。

足が震える。今は頼みの道具たちもない。

あるのはアシュタルテさまを守りたいという気持ちだけ。

アシュタルテさまが後ろから外套を強く引っ張ってくる。

だけど退《ひ》く気はない。

ましてや相手はディルム。あたしの元婚約者だ。

「アシュタルテさまの前にあたしを斬ってみせて。あなたの騎士の剣が本物なら、ね」

ディルムの剣が鈍い光を放とうとしていた。

＊＊＊

ディルムの剣が弱い日差しを反射して鈍く煌《きら》めいていた。

振り下ろされれば斬れる位置にあたしは入っている。

まるで野生動物の睨み合いのように、お互い目を逸らさない。

「ライラ、下がりなさい」

「ダメです。アシュタルテさまは前に出ないでください」

後ろからもう一度、外套を引っ張られた。先ほどより強い力だ。アシュタルテさまの声に、強さと焦《あせ》りが交じり始める。

あたしは後ろを振り返ることもできず、首を横に振った。

（一回なら、避けられるかな？）

静かに、タイミングを見計らう。ディルムの剣は恵まれた体格による力押しに近い。おそらく振り上げてから、まっすぐ振り下ろしてくる。

その動きさえ見逃さなければ、一度は避けられるはず。

ジリジリと間合いを見定めていたあたしとディルムの間に声が響く。

「アルフォンス、やめないか！」

ピエトロ殿下だった。目立つ青い外套を着ている姿に全員が目を奪われる。

モコモコとした羽毛に包まれたそれはピエトロ殿下の指先まで覆い隠していた。

屋敷の方から歩く姿は、いつもと変わらないはずなのに、どこか呆れたような雰囲気を感じさせる。

「兄上！」

焦ったように兄を呼ぶアルフォンス殿下を横目に、ピエトロ殿下は口端を歪《ゆが》ませた。怒りが滲《にじ》んでいるように見えて、あたしは少しだけ体を小さくさせる。

「ライラ嬢も騎士の剣の前に立つなど無理をする……戦闘スキルはないのだろう?」

ピエトロ殿下の言葉に、あたしは言葉を詰まらせる。

黙ったあたしの前にピエトロ殿下が立った。

呆けたように彼の背中を見ていたら、アシュタルテさまに強い力で手を引かれ一歩下がる。

隣を見れば「無茶しないで」と小さな声で怒られた。その声が震えていて、あたしは悪いことをした子供のような気分を味わう。

「武器もない女性に剣を振るおうとするなど、騎士の風上にも置けない男だな」

「ディルムは不敬な人間を罰しようとしただけです」

ピエトロ殿下の冷えた声に、さすがに、自分の指示で動いた部下を庇う気はあるのか、アルフォンス殿下がディルムより先に言った。

ディルムが戸惑いながら剣をしまい、頭を下げる。

ピエトロ殿下とアルフォンス殿下の距離は一歩分くらいのものだった。

「アルフォンス。これ以上、馬鹿なことを言うなよ」

言い捨てられた言葉はこれ以上ない冷たさを孕《はら》んでいた。

ピエトロ殿下はアルフォンス殿下の胸に指を置く。

「お前が何をしたか、私はすべて知っている」

予想がついた。

「っ」

表情は変えていなかったが、緩やかに首を横に振る姿から、彼女も知らなかったのだろうと
あたしは驚いて隣のアシュタルテさまを見る。

「大体、私の手伝い？　陛下から言われたのは、ノートル領主代行への謝罪だろう？」

「ですがっ」

「なぜ、すぐバレる嘘《うそ》を吐くのか……理解に苦しむな」

図星だったのだろう。アルフォンス殿下は唇を噛んだ。

ピエトロ殿下の追い打ちは容赦がない。

アルフォンス殿下の後ろにいるディルムが彼の表情を窺《うかが》うように見た。

「……で、殿下？」

誰も言葉を発しない。それを破ったのは、アルフォンス殿下の叫びだった。

「請求書もダンジョンも、私は何一つ悪くありません！」

強く握られた拳。大きな身振り。

まるで舞台役者のように、アルフォンス殿下は自分の無実を訴えた。

ぎゅっとアシュタルテさまに摑まれたままの手に力が入る。

そっと見たアシュタルテさまの横顔には、冷たい炎のような怒りが見えた。

「アシュタルテのことを相談していたら、宰相からアドバイスを受けただけです。ダンジョン

とて、実際私が見たときは、何もなかった！」

アシュタルテさまへアルフォンス殿下から憎らし気な視線が飛んでくる。

言いたいことを言い終えたアルフォンス殿下をピエトロ殿下が静かに見つめていた。

組んでいた腕を解くと、その中から水晶玉のついた台座が姿を現す。

あたしは目を丸くした。

完成した映像記録装置だ。きちんとピエトロ殿下のもとに渡っていたらしい。

「そうか。それが聞きたかったのだ」

「何を――」

アルフォンス殿下の眉間に皺が寄る。

彼は見たことがないから、その反応も当然だろう。

「ライラ嬢の才能は素晴らしいぞ。これを手放すなど、国の損失」

ピエトロ殿下は水晶玉を優しく撫でてから、あたしたちを振り返った。

バチリと目が合い微笑まれる。すぐにアシュタルテさまに悪戯《いたずら》な言葉を放った。

「な、アシュタルテ嬢？」

「その通りですわ。王家には差し上げませんけれど」

アシュタルテさまは深く頷いてから微笑むと、外套ごとあたしの腕を引いた。

引っ張られ、アシュタルテさまに密着する形になる。

触れている部分が熱い。

急なことに、どうしたら良いかわからなくて、あたしはピエトロ殿下に尋ねた。

「録ってたんですか？」

「とる？」

ピエトロ殿下は答えず、スイッチを押した。

アルフォンス殿下が首を傾げたのと同時くらいに、水晶玉に先程のアルフォンス殿下の映像が映る。

『アシュタルテのことを相談していたら、宰相からアドバイスを受けただけです』

うん、試運転通りの鮮明さだ。声も問題ない。

記録されていた自分の姿を見たアルフォンス殿下は、まるで声を失ったようにパクパクと口を開け閉めしていた。

「これで宰相も含めて、面倒事を起こした輩《やから》を引きずり出せるというものだ。お前のしたことはすべて陛下に報告させてもらう」

「なっ」

ピエトロ殿下の言葉にアルフォンス殿下はがっくりと肩を落とした。

だが後ろに控えていたディルムはピエトロ殿下の持つ映像記録装置を見て鼻で笑う。

「ライラの開発するものだ。どうせ、作った映像だろう」

カチンと来た。が、反応するまでもない。

ピエトロ殿下がまるっとディルムの言葉を無視したからだ。

「私が責任を持ってお前を連れて帰る。それまで大人しくしてなさい」

アルフォンス殿下とディルムはピエトロ殿下の指示の下、武器を取り上げられた。そのままピエトロ殿下が乗ってきた馬車に移される。

その周りはビアンカたちに囲まれていた。見張りということだろう。

あまりにも呆気《あっけ》ない幕引きに、あたしは今さら足が震えてきた。

「しばし、そなたの騎士を借りるぞ?」

「わかりました。ビアンカたちは優秀な騎士です——ピエトロ殿下、何から何まで、本当にありがとうございます」

深く、深く頭を下げる。

アシュタルテさまを助けられた。

何だかよくわからない王都のゴタゴタも、これである程度ケリがつくのだろう。

そうなると——いよいよ、別れのときが来る。

地面が近くなるほど頭を下げたあたしにピエトロ殿下が先程とは全然、違う声で答えた。

「こちらこそ、最後まで迷惑をかけた」

「本当ですわ」

頭を上げれば軽口を交わす二人の姿。

あたしは最早《もはや》、逃げられないことを悟る。

ゆっくりと唾を飲み込んでから、そっと怪しまれないように声をかけた。

「……二人は今日にでもお戻りですか？」

「私は帰るが、二人はゆっくり来ると良い」

ピエトロ殿下はアルフォンス殿下たちが入れられた馬車を確認するように見た。

二人とは誰のことを言っているのか。

一瞬、混乱した頭は疑問をそのまま吐き出した。

「ゆっくり、来る？」

誰と誰が？

あたしは助けを求めるようにアシュタルテさまを見る。

すると思ったより近くに彼女の顔があった。吐息がかかる距離だ。

反射的に離れようとしたら、アシュタルテさまに腕を組まれ、距離を取れない。

そのままの姿勢でアシュタルテさまは話をしてきた。

「報奨が出るのよ」

「何の？」

前を向くべきか、このままアシュタルテさまの方を向いているべきか。

もはや話よりそっちの方が気になってしまうレベルだ。

アシュタルテさまは、逃がさないというように残った片手をあたしの頬に添える。

そして、圧力を感じる特大の笑顔をくれた。

「あなた、世紀の発明を一体、何個したと思っているの？」

「えっと、何の話でしょうか？」

情報をまとめると——あたしの申請した特許の数が多く、また有用なものも多かったため、開発の特別報奨が出ることになったらしい。

だがその報奨を渡すためには、ノートルの申請は不正だと騒ぐアルフォンス殿下とディルムは邪魔になる。アルフォンス殿下が謝罪したなら事態はまた違っただろう。

ピエトロ殿下はこのまま二人を王都に連れて行く。証拠も握れたので、ついでに第二王子派だか、宰相だかを一網打尽《いちもうだじん》にする。

あたしとアシュタルテさまは、それが落ち着く頃にのんびり王都に到着すれば良い。

そういう話らしいが、あたしには見過ごせないことがあった。

「お二人は一緒の方が、良いのでは？」

婚約したなら、その報告も早い方が良い。

王都が静かになってから来て欲しい気持ちはわかるが。

あたしはアシュタルテさまの名誉が回復されるなら早いうちにして欲しかった。

首を傾げるあたしに、アシュタルテさまはいきなり耳を引っ張ってくる。

地味に痛い。

なんだろう。笑顔なのに怒りを感じる。

「あのね、ライラ。ピエトロ殿下には、すでに立派な公爵家の婚約者がいらっしゃるの」

「…………は、い？」

王家に側室は認められているが、婚約者の時点で二人というのは聞いたことがない。

その上、公爵家となればアシュタルテさまより立場が上になるはず。

あたしは混乱したまま次の言葉を待った。

「殿下の真意が摑めなくて……誤解させてしまったわね」

「あれはアルフォンスに尻尾を出させるための芝居だ」

胸を張るピエトロ殿下。

狸爺《たぬきじじい》の子供も狸というわけだ。この親子は、本当に人を惑わせるのが上手だ。

あたしは信じられないまま、アシュタルテさまに確認した。

「え、じゃあ、婚約はしてない？」

「そういうことよ」

アシュタルテさまが頷く。

あたしは嬉《うれ》しさと驚きがぶつかり合って、訳がわからなくなっていた。

「さっき、怒らせるようなことを言ったのは」

「アルフォンス殿下でも、あれくらい怒らせないと口を滑らせないかと思って」

なんだそれは。

あたしは顔をしかめる。

「本当に危ないんですよ、アシュタルテさま」

アシュタルテさまは魔法が使えない状態なのだ。無理はしないで欲しい。

真剣に言ったのに、アシュタルテさまはプッと吹き出した後、額をぶつけてくる。

焦点が合わない位置にアシュタルテさまの麗しき顔。

あたしは今度こそ固まった。

「それは、あなたのことよ」

頬をアシュタルテさまの指が滑っていく。

赤い瞳にあたしだけが映っていた。

どうしよう。

離れないといけないのに、離れられない。

まるで魔法にかけられたような状態を打ち壊したのは、ピエトロ殿下の冷静な言葉だった。

「二人とも仲直りは良いことだが、そろそろ中に入らないかい？」

あたしは金縛りが解けたように飛《と》び退《の》いた。

そして、屋敷へ先導するように歩いていく。

頬が熱い。

雪が触れても一瞬で溶かすことができる気がした。

アシュタルテさまがひどく不満そうな顔でピエトロ殿下に文句を言っているのが印象的だった。

エピローグ

Epilogue

あたしは自分の屋敷の何倍も毛足の長い絨毯《じゅうたん》を踏みしめながら歩いていた。

窓から見える景色に雪はすでにない。若葉が見え始める季節に変わり、馬車で移動するにも最適な季節だった。

鏡の前で自分の格好を確認する。くるりと一回転してから、あたしはソファに座るアシュタルテさまに目を向けた。

「アシュタルテさま、これ変じゃない？」

王城の豪華なソファとアシュタルテさまは、もうずっとここに住んでいるように見えるほど馴染《なじ》んでいた。

オレットが淹《い》れてくれた紅茶をいつものように飲む姿には力みがなく、アシュタルテさまだけ見たらここがノートルの屋敷と思ってしまうほどだ。

ゆっくりとソーサーにカップを置いたアシュタルテさまは小さく肩を竦《すく》めた。

「もちろん、似合っているわ。この私が選んだのよ」

「だって、アシュタルテさまと一緒に謁見《えっけん》なんて」

登城までは一緒にいられることが嬉しかった。

ノートルから王都までの道程を一緒に過ごしたのは、初めの時だけだったから。

面倒事が片付いた今なら、まったく違う気持ちで道を見ることもできた。

だけど、あたしが浮かれていられたのは謁見が一緒に行われると知るまで。

アシュタルテさまはわずかに体をこちらに向けた。

「なに、不満なの？」

「不満というより、心配です」

目を尖《とが》らせるアシュタルテさまにあたしはより近い言葉を口にする。

不満ではない。

アシュタルテさまの隣にいられることに不満はないが、怖くはある。

「何が？」

「アシュタルテさまの隣に、あたしみたいなのがいたら……」

あたしは最後まで言い切ることができなかった。

ソファから立ち上がったアシュタルテさまが優雅でいながら素早い動きで、あたしに詰め寄ったからだ。怒らせたかと身を固くする。

謁見のため、いつもより華やかでレースの多いドレスなのに、相変わらずその裾《すそ》が乱れることは微塵《みじん》もない。

あと一歩でぶつかる距離まで来て、アシュタルテさまは顔の前で青い扇《おうぎ》を広げた。

「ライラ」

「はい」

扇の向こうから呼びかけられる。

まるで一幅の肖像画を見ている気分だ。

だとしたらあたしはそれに見惚《みと》れている観客に過ぎない。

赤い瞳が私を射貫《いぬ》く。

「私は一番美しい状態で、陛下にお会いするわ」

こくりとあたしは頷《うなず》いた。

アシュタルテさまの今日の格好は、多くの刺繡《ししゅう》とレースがあしらわれたドレスだった。

色自体は鮮《あざ》やかな青で目新しくはないのだが実は少し細工《さいく》がしてある。宝石をあしらったアクセサリーは少なめだ。

アシュタルテさまのためにノートルで一から作ったドレスだ。

あたしと工場のみんなが協力して作ったものだった。

「それが貴族の箔《はく》を見せるというものだし、完璧にしたいから」

「アシュタルテさまはいつも綺麗《きれい》だけどね」

アシュタルテさまが扇を閉じる。それから、ふわりと一回転した。

燐光《りんこう》が彼女の動きに合わせて舞い、ドレスの刺繡にそってキラキラと光った。

目を細める。

このドレスを作る際に使った布はノートルで新しく開発したものだ。

その人物の持つ魔力に合わせて、燐光を放つ魔力布。アシュタルテさまがしたように魔力を放てば刺繍が光る。そうでなくても個人の魔力によって布の色もわずかに変わる。

あたしが見惚れた初対面のときのアシュタルテさまを参考にしていた。

「その私が隣にいるのよ」

「うん」

アシュタルテさまと出会った時から、彼女の綺麗さに何度、見惚れたかわからない。

ぼんやりしていたからか、あたしは次の言葉への反応が遅れた。

「だから、周りなんて見ずに私を見ていなさい」

素直に頷こうとして、アシュタルテさまの言葉を反芻《はんすう》する。

今、すごいことを言われなかっただろうか。

あたしはわずかに首を傾《かし》げた。

「う、ん?」

どういう意味だろう。と、聞き返そうとしたとき扉がノックされた。

「謁見の時間です」

オレットとは違うメイドの見本を絵に描いたような女性だった。

一人慌てているあたしの隣をアシュタルテさまが澄《す》ました顔で通り抜ける。

追いかけると、扉近くで待っていてくれた。

「ほら、行きましょう」

「わ、わかりました！」

差し出された手に手を重ねる。

ぎゅっと握り返され、そのままエスコートされる。

身長的には確かに自然なのだけれど。年下の美少女にそうされると照れてしまう。

結局そわそわとした気持ちで、謁見へ向かった。

「おお、久しいな。ノートル領主代行」

「お久しぶりです」

玉座に座る陛下は以前会った時より、くたびれているように見えた。

アルフォンス殿下がその後どうなったか、私は知らない。

アシュタルテさまが教えてくれたのは第二王子派がなくなったこと。それに合わせて宰相や宮廷貴族が整理されたことだった。

アルフォンス殿下だけでなく貴族も整理したとなると苦労も多いのだろう。

あたしは緊張しながらも形式通りの挨拶《あいさつ》をした。

うむ、と頷いた後、陛下は苦い顔を隠さずアシュタルテさまを見た。

「アシュタルテも、ゆっくりして来なさいとは言ったが、ピエトロが帰ってきてから三ヶ月も空《あ》けることになるとは予想していなかったぞ？」

「ここが綺麗になるまで、ライラと王都に行きたくなかっただけですわ」

アシュタルテさまが扇をゆらゆらと動かす。

その動きに合わせてドレスから燐光が舞った。

周囲の貴族たちが騒《ざわ》めいている。宣伝効果は抜群《ばつぐん》だ。

陛下はアシュタルテさまの様子に肩を竦めると顎鬚《あごひげ》に指を通した。

「ふむ、手厳しい」

火花を散らすとまではいかなくとも空気がぴりついてくる。

二人の戯《たわむ》れだとしても、あたしのような人間は胃が痛くなってしまう。

耐えきれず、あたしは深く頭を下げた。

「遅くなり、申し訳ありません」

「相変わらず、真面目《まじめ》よの。気にするでない。今回はお主が開発したものについてじゃ」

ぽんと陛下が手を合わせ、アシュタルテさまは陛下からぷいと顔を逸《そ》らした。

いよいよかと深呼吸する。

開発により報奨を貰《もら》うのは前例がない。前例がない場合は、貰う人間の希望を聞いてくれるらしい。アシュタルテさまから聞いてから、あたしは必死にその内容を考えていた。

アシュタルテさまが申請してくれた特許の量が多かったおかげだ。加えて、映像記録装置の開発が大きかったらしい。

「報奨に希望はあるか?」

陛下からの予想通りの言葉、あたしは握った拳に力を入れて顔を上げた。

「恐れながら、自分に対することと以外でもよろしいでしょうか？」

慎重に尋ねると陛下はわずかに首を傾げた。

隣に立つアシュタルテさまから鋭い視線が飛んできたが、気づかない振りをする。

あたしが王家に叶《かな》えて欲しい願いなんて、ほとんどない。

あるとすれば——。

「内容による。遠慮なく述べよ」

「では、アシュタルテさまの名誉回復と冷血令嬢という渾名《あだな》の撤廃《てっぱい》を」

結局は、彼女のことになってしまう。

陛下からの言葉に甘えて、あたしはずっと考えていたお願いを口にした。

陛下は面白そうに眦《まなじり》を下げた。

アシュタルテさまが完全にこちらを向いて視線を尖らせている。

止めに来ないだけ、陛下の前というのが効いているのか。

「ほう、それはアシュタルテの褒美になるのではないか？」

「今回の開発、特許は彼女の協力なくては成しえませんでした」

それ以外もアシュタルテさまがいなければ上手く回らなかったことだらけだ。

そんな彼女がいまだに王都の貴族の間では冷血令嬢扱い。

それがあたしには嫌だった。

ノートルのためを考えればお金一択のところを、あたしは自分の気持ちを優先させた。

ダメな領主代行だ。

「毒殺未遂容疑はすでに晴れているが？」

「彼女が素晴らしい人間だということ、婚約破棄されたことにアシュタルテさまの瑕疵《かし》はないと徹底させて欲しいのです」

陛下の言葉にあたしはそれでは足りないと首を横に振る。

面白そうな顔をしたまま陛下はアシュタルテさまの方をちらりと見て、それからあたしを見る。にやりとあたしの苦手な含み笑いを浮かべた。

「それは、アシュタルテにすぐさま婚約者を見つけるのと同意義になるが？」

「……はい」

陛下の言葉に、どくん、と心臓が跳ねた。

やはり、そうなるのか。想像はしていたけれど実際に陛下に言われると重みが違う。

じんわりと手に汗が滲《にじ》んだ。

「ふむふむ。アシュタルテ、そう言われておるが？」

「必要ありません」

陛下の言葉が終わるかどうかのタイミングで、パンと扇が閉じられる。

びくりと肩を跳ねさせてアシュタルテさまを見れば圧力のある笑みを浮かべていた。

一刀両断。彼女を思った言葉は切り捨てられた。

自分の提案が拒否されたショックはあったが、それより大きな、婚約者をいらないと言ってくれた安堵《あんど》が湧いて出る。

それらがごちゃ混ぜになって固まるあたしの前で、陛下とアシュタルテさまの会話は軽妙に続いていく。

「ノートル領主代行の開発は素晴らしいものだった。報奨を取らせぬわけにはいかぬ」

「それでしたら、ライラを領主にすることを進言いたします」

すんなり自然に、アシュタルテさまは言い放った。

これにはあたしが驚いてしまう。

領主にすると簡単に言ったが、その任命権は陛下のみが持つもの。

形としては陛下以外誰も口を出せない権限だ。周りにいる貴族たちの空気が変わる。

陛下の瞳が鋭く細められた。

「ほう」

「アシュタルテさま」

「私は別に今の生活で困っていないわ」

「くっくっくっく」

謁見の間には陛下の引き笑いだけが響いていた。

アシュタルテさまは顔をそむけたままだ。

不機嫌に拍車がかかったような態度に、あたしはアシュタルテさまと陛下の間を視線で右往左往するしかできない。

ひとしきり笑った陛下は涙を拭《ぬぐ》うと玉座の肘掛けに肘をつき頭を支えた。

「お主ら、ほんとに仲が良いの」

「陛下」

アシュタルテさまが険《けん》のある声を飛ばした。

陛下はパタパタと手首だけを動かし、気にしない様子を見せた。

よほど面白かったのか、親指で涙を拭っている。

「ピエトロから聞いていたが、まさかここまでとは」

「ピエトロ殿下からですか？」

あたしは思わず聞き返した。彼からどのように説明されたのか、気になるところだ。

陛下は意味深な笑みを浮かべた。

「お互いを思いやる気持ちは大切だが、喧嘩《けんか》になっては意味がないのではないか？」

陛下の言葉にアシュタルテさまは扇の動きを止めた。

機先を制したのはアシュタルテさまだった。

「喧嘩ではありません」

「アシュタルテさまは、素敵な人ですので！」

そこだけは間違えないで欲しい。喧嘩したいわけではないのだから。

アシュタルテさまの名誉が傷ついたままなのが嫌なのだ。

陛下は何度か大きく頷いた。

「そうか、そうか。だが、アシュタルテ。その願いも聞けぬ」

アシュタルテさまは陛下の言葉に眉をピクリと動かした。

「実績は十分すぎると思いますが」

陛下と向き合うアシュタルテさまの瞳に炎が灯《とも》る。

それに合わせて、ドレスの燐光もひっそりと強さを増してきていた。

静かで優雅な魔力操作。これほど、このドレスを着こなせる令嬢はアシュタルテさま以外いない。まさしく彼女の真骨頂なのだが、目の前で見ると胃がキリキリする。

国王陛下はたっぷりアシュタルテさまの視線を浴びてから、困ったように告げた。

「ライラを領主にすることは、すでに決まっているのじゃ」

なるほど、もう決まっているから、願いは叶えられないのか。

うんうんと納得しかけて、あたしは驚きに固まった。

「え」

「まぁ、素晴らしい判断ですわね」

混乱中のあたしとは対照的にアシュタルテさまは両手を合わせると喜色満面《きしよくまんめん》に笑った。

これまで見たことがないくらい完璧な貴族令嬢の笑み。

大輪のバラが咲いたような華やかさが広がる。

「そんなに嬉《うれ》しそうな顔をして……アルフォンスもその表情を見たら、少しは違った態度になったと思うぞ？」

「そうでしょうか。だとしても、興味はありませんが」

アルフォンス殿下の名前が出ただけで、アシュタルテさまの顔から表情が抜ける。

話の展開についていけないのはあたしだけのようだった。

どうして良いかわからず視線を彷徨《さまよ》わせていたら、陛下に名前を呼ばれた。

「ノートル領主代行……いや、もうノートル領主で良いな」

「は、い。ありがたい、ことです」

パクパクと何度か口を開け閉めしてから、やっと声が出た。

アシュタルテさまは先ほどよりは柔らかい視線を向けている。

あたしは陛下に問いかけられ、そのまま頷くしかできなかった。

まさか、なれると思っていなかった領主に、代行ではない領主になれるのだ。

じんわり、じんわり、実感が巡り始める。

「領主任命は、また別じゃ。開発したものの報奨金も別に出る。それ以外で望みはないか?」

アシュタルテさまに対する願いは、彼女自身に拒否された。

あたしの願いは、領主になれた時点でもう十分。

開発したもののお金も貰える。もう望みはない——と思ったときに、ふわりとアシュタルテさまの香りが届いた。

ああ、もう、この人と一緒にいられないのか。

そう思ったら、欲が出た。

「何でも、良いですか?」

陛下がこくりと頷く。アシュタルテさまの視線も感じた。

汗の滲む手のひらを握りこみ、震えないよう注意しながら声を出す。

「アシュタルテさまを、もう少しお借りしたく」

「ふむ、アシュタルテ?」

陛下はもはや考えもせず、アシュタルテさまに話を振った。

あたしはゆっくりと身体をアシュタルテさまの方に向ける。

艶《つや》やかな黒髪、赤い瞳。青をベースにグラデーションする特製のドレス。

何度見ても見惚れる完璧なご令嬢。

彼女はあたしの願いにすっと目を細めた。

「もう少しとは?」

アシュタルテさまの問いに詰まる。

恐る恐る期間を答える。

「一年」

「短いですわ、やらなければならない事業があるでしょうに」

言い終わるかどうか。そのくらいのスピードで答えが却下《きゃっか》された。

確かに、この数ヶ月でさえアシュタルテさまがノートルで手をつけた事業は多くある。

「では、三年」

「事業の結果を見させないつもりですか？」

うぐ、と喉の奥で声が生まれそこなった。あまりにも早い切り返し。

これは、きっと、アシュタルテさまに試されている。

素直に自分の願い事を言えと詰め寄られているのだ。

赤い瞳を見返せば呆《あき》れと怒りが混じった年下の女の子がいた。

「では」

本当にあたしが望むものを言っていいのだろうか。

逡巡《しゅんじゅん》していたら別の声が降ってきた。

「わかった、わかった。アシュタルテ、好きなだけ居てきなさい」

「ありがとうございます、陛下。ですが、陛下には聞いてませんの」

助かったと思ったのも束《つか》の間《ま》。アシュタルテさまに陛下の言葉は却下される。

こうなると、もう確定だろう。

アシュタルテさまの言って欲しい言葉は、きっとあたしと一緒なのだ。

「ライラ」

赤い瞳が背中を押す。

彼女の瞳の中にあたしがいる。

それだけで勇気が出た。

「あたしと一緒にノートルを治めてくれますか？」

手を差し出し、アシュタルテさまに伺《うかが》いを立てる。

きっとプロポーズをする男の人はこういう気持ちなのだろう。

だけど、あたしと彼女の関係はそうではない。

始まったばかりで、掛《か》け替《が》えのないもの。今からいくらでも形を変えていくもの。

それでも、どうなっても彼女に隣にいて欲しかった。

「最初から、そう言えばいいのよ」

ふわりとアシュタルテさまの瞳が弧を描く。

とろけるような柔らかさ。雪が光を反射するように燐光が眩《まぶ》しく散った。

小指と小指だけが繫《つな》がっていた。

陛下に頭を下げる。

「陛下、すみません。アシュタルテさまのような人は王都にいた方が良いのでしょうが」

「気にせずともよい。お主の側《そば》の方がよく働きそうじゃ」

こうなるのをわかっていたのか、ひどく生暖かい視線を貰った。

こそばゆくて、顔が熱くなる。

今さらだがここには陛下以外の貴族もいる。アシュタルテさまのご実家、スタージア家の人たちもいるだろう。

あとでしっかり挨拶しに行かなければと混乱した頭で思った。

「だがまぁ、代わりにもう一つ働いてもらって良いか？」

「何なりと」

あたしはすぐに胸に手を当てて、頭を下げた。

アシュタルテさまは少し気に食わなそうに陛下を見ている。

「そなたたちのように、能力さえあれば、男女関係なく仕事はできよう」

「その通りですわね」

アシュタルテさまが頷いて、あたしはその言葉に苦笑した。

そりゃ、アシュタルテさまくらいできれば、そう言い切れるのだろうけど。

現実として受けられる教育の問題はある。貴族と平民、男女。それぞれに大きな壁が。

陛下は周りの貴族たちを見回しながら言った。

「ノートルに女性のための学校をつくってくれ」

「それは、国家事業でしょうか？」

今の機織《はたお》り工場を大きくはできる。だが、教育となると話は別だ。

陛下は深く頷いてくれた。

「もちろん、物資を提供し人も派遣しよう」

思ってもない好待遇。

これでノートルにも大きな雇用ができる。

ダンジョンも含めて、大きな町になる基盤が手に入るかもしれない。

あたしとアシュタルテさまは顔を見合わせて大きく頷く。

彼女の瞳にも希望の光が灯っていた。

「承《うけたまわ》りますわ」

「全身全霊をもってあたります！」

頭を下げた後、手を取り合って喜ぶ。

嬉しさに隣を見ればぎゅっとアシュタルテさまの腕が回され、あたしの世界がアシュタルテさま一色になった。

「儂《わし》らは何を見せられておるのかのぉ」

「見なくてよろしいですわ」

アシュタルテさまの腕の中で聞いた陛下の声に、あたしは内心で「すみません」と謝る。

だがもう少しだけ、このままでいたかった。

＊＊＊

春の暖かな風が吹き始めた。ノートルにも薄着で過ごせる日が増えてきた。

窓から日差しが差し込む。背中の暖かさで時の流れを感じられた。

今日のような日は外を出歩きたくなる。視察にはうってつけの日だ。

そうわかっているのに、なぜかあたしは執務机に向かい手を動かしていた。

「これが、冒険者用の宿屋の申請書だよ」

「間違いなく」

あたしが差し出した書類をジョセフが一枚ずつ確認して、回収する。彼の手の中には、書き終えた書類が他に数枚あった。

オレットは部屋にいてくれるものの、書類の手伝いは一切しない。というか、できない。その代わり絶妙なタイミングで休憩《きゅうけい》のためのお茶を淹れてくれる。

次の書類を手に取る。書類と言っても、ほぼ内容を確認して署名するだけだ。

あたしは書類内容に目を通し書かれた内容に顔をしかめた。

「これは新しい学校の土地調査の結果？」

「そうですな」

陛下から言い渡された、女性のための学校創立。これが難問だった。

フィンディアナ王国が運営する学校は一つだけ。王立フィンディアナ魔法学園だ。

これは魔法スキルを持つ人間が行く場所になっている。魔法スキルを持つ者が、ほとんど貴族なので、貴族の子女が通う学校と言い換えてもよい。

では魔法スキルを持たない貴族はどうするかというと、大まかに二通りに分かれる。

家で家庭教師から学ぶか、平民にも開かれている官僚用の学校に行くかだ。

官僚用の学校は、領によりある場所とない場所があり、ノートルにはない。自領で学校を開くとなると、広大な土地と運営するお金、人材が必要になるためだ。

あたしが小さい頃に一度王都に行っただけで、あとは領から出ずに済んでいるのは、家庭教師からずっと学んでいたからだ。社交の場はまた別なのだが、あたしみたいな社交嫌いだと、人間関係の輪は限られてきてしまう。

平民が学ぶ学校となると官僚用の学校だけなのだが、ここへの入学は男性に限られている。しかも学費もかかるので、通えるのは裕福な平民だけだ。

その費用がない平民となると学校へは行かず、小さい頃に最低限の読み書きを教会で教えられるだけ。これは十歳くらいまでの子供を対象にしているところが多い。だけれど、本当に貧しい家ではそれさえできない。

教会で優秀と認められた男性は稀《まれ》に教会に引き取られたり、他の働き口を紹介されて立身出世する人もいる。だが女性となると、いくら優秀でも働き口も教育機関もない。

教育機関がない問題は前領主である父もよく口にしていたし、あたしもどうにかしたいと思っていた。その改善案の一つがあの工場だったのだけれど、今回の陛下からの話で大分状況は変わってくる。

「どういう場所が、いいんだろうね？」

あたしは書類を見つめながら首を傾げた。

学校をつくる意味はわかっても想像がつかないのが現状だ。

ジョセフが考えるように顎の下に指を当てた。

「一定の広さは必要でしょう。生活を考えるとそう町から離れるわけにもいかないかと」

その「一定」が難しいから困るのだ。

ノートルは寒さが厳しく、畑も少ない。土地がやせていて使えないのだ。

融通できる土地はあるが、それらは町から一定の距離があった。

あたしは書類を片手にため息を吐《つ》く。

「学校、行ったことないからなぁ」

「アシュタルテさまであれば、よくご存知でしょう」

「いや、それが」

あたしはジョセフが首を傾げるのを見て、机から一枚の紙を取り出した。

アシュタルテさまがこれを書いてくれた時を思い出し、苦笑しながらジョセフに見せる。

想像通り、ジョセフは紙を見て目を丸くした。

「これはまた、大きくでましたな」

「ねー、国から補助が出るにしても、この土地は大変だよね」

アシュタルテさまの書いてくれた学校に、必要な土地は九千アーク。

学校そのものの建物だけで、三千アーク。

これは三十人規模の学生が入れる教室が十個入る。

もちろん、教室だけでなく、食堂やトイレなども造る予定なのだが、それでも大きいだろう。

ちなみにこの屋敷は三百アークくらいだ。

つまり、とてつもなく広大な敷地をアシュタルテさまは思い描いているのだ。

（ダメって言ったら、拗《す》ねるかな）

いや、きっと、どうにかしてしまうのだろう。

その姿まで思い浮かんで、あたしは頰《ほお》を緩《ゆる》めた。

最後の書類は保留だ。

「今日の書類はこれで全てです」

「ありがとう。あとは開発の時間だね」

ジョセフが完成した書類をもう一度確認し、部屋を出る。

あたしは椅子の上で大きく背伸びをした。

すっと目の前に湯気の立つ紅茶が差し出される。

「一度、お休みください」

ありがとう、とオレットに礼を言ってカップに口をつける。

アシュタルテさまが来てから紅茶の種類が増えた。今まで飲んだことがないものも多く、アシュタルテさまが産地や味、香りについて教えてくれる。

オレットが淹れてくれたのは、その中でも、あたしが好きな種類の紅茶だ。

「領主って大変だね」

ほっと息を吐きながら、しみじみと自分が領主になったことを嚙《か》みしめる。

するとオレットが苦笑した。

「ライラさま、大変そうに見えませんよ?」

「え、そうかな?」

結構、忙しくしているつもりなんだけど。

書類仕事も毎日こなしているし、アシュタルテさまが思いついたものの開発もある。

陛下からもたまに開発依頼が入るし、視察やダンジョンの調査もある。

オレットは頬を指さして、呆れたように笑う。

「顔が、デレデレです」

「むむ」

自分の頬に手を当てて、ぐりぐりと揉《も》む。

そんなに緩んでいただろうか。自覚はない。

頬に手を当てて考えていたあたしにオレットは尋ねた。

「騎士団長の選定もありますよね？」

「あー、ビアンカには断られたしね」

「あの人が第一騎士団長になったら、色々終わりですよ」

オレットの言葉に忘れていた仕事を思い出す。

ビアンカに聞いたら即決で断られたのだ。

第一騎士団の団長といえば名誉がある職だ。

あたしはビアンカに一番助けられているし、相応《ふさわ》しいと思ったのだけれど。

「あたしゃ、ライラのためにしか働かないから」とばっさり断られたのだ。

喜んでいいのか。嬉しいのは間違いないのだけれど領主としては微妙なところだ。

「オレットは？」

無関係の顔をしている彼女に水を向ける。オレットも戦闘能力でいえば高い方だ。

「私ですかぁ？　オレットもライラさまのメイドが良いので」

「そっかぁ、困ったな」

急に話を向けられたにも拘らず、ビアンカと似たような返事をしてきた。

再び撃沈。第三騎士団は全員似たような答えが多く、この分だとしばらく第一騎士団の団長は空位になりそうだ。

うーんと大して悩みもしない悩みに頭を捻《ひね》っていた。

平和って貴重だ。

「ライラックさま、アシュタルテさまたちが帰られました」

と、ジョセフの声に席を立つ。

ニコニコしたオレットに見送られながら、あたしは玄関に向かう。

「うわぁ、また大量に取ってきたね」

玄関にはアシュタルテさまとビアンカが並んで立っている。

二人の目の前には大量の素材が積んであった。

定番になりつつあるバーバー鳥の羽毛から、ドゥベロスの毛皮、スピドラの糸まで。

この頃はダンジョンに入っても、巡回ばかりしている彼女たちにしては珍しい。

「新人さんたちが迷っていて、助けていたら、ね」

アシュタルテさまの言葉にあたしは目を丸くした。

「また新しい人、増えたの？」

「第三級の新しいダンジョンは久しぶりだもの」

アシュタルテさまが言うには、様々な場所から冒険者が集まってきているらしい。

第三級に挑める実力の人たちだけならいいのだけれど、そうではない人間も一定数いてアシュタルテさまは彼らを助けている。

そのおかげで、ノートルのギルドではアシュタルテさまが女神として崇拝《すうはい》される勢いだ。

あたしはアシュタルテさまを見つめながら尋ねた。

「怪我《けが》はない？」

「こんなオーダーの装備まで貰って怪我するわけないでしょ」

くるりとアシュタルテさまがその場で回る。

彼女が身につけているものは、あたしがすべて作った。加護と防御増し増しの装備だ。

見る限り傷も怪我もない。

装備自体も汚れてはいるものの修復が必要なものはなさそうだ。

胸に手を当てて肩の力を抜く。

「よかったぁ。何があるかわからないのが、ダンジョンだからね」

アシュタルテさまが何か言おうとした瞬間、あたしは横から伸びてきた手に捕まった。

「ちょいちょい、ライラ。あたしにねぎらいはないのかい？」

「ビアンカも、お疲れ様」

ぐりぐりと頭をこすりつけられる。身長差があるからできることだ。

あたしはくすぐったさに目を細めながら答えた。

ビアンカは顔を離すとアシュタルテさまとあたしを交互に見る。

「まったく、アシュタルテ嬢が来てから、うちのご主人様はデレデレだね」

「そ、それは……ごめん」

今日二回目の指摘だ。こうなると、よほど緩んだ顔をしているのが察せられる。

アシュタルテさまは腕を組んでつまらなそうにしていた。

「素直に謝るんじゃないよ」

ぽんぽんとからかうような笑みを浮かべたビアンカに頭を撫でられる。

昔からよくやられる子供扱いの仕草だ。

だけど、それがちょっと嬉しくて、あたしの表情筋はまた解《ほど》けていってしまう。

と、いつの間にか距離を詰めていたアシュタルテさまがビアンカの手を剝《は》がし、間に入ってくる。

「ライラをイジメないでくださる？」

「イジメだったら、絵面的に、アシュタルテさまの方がぴったりの役だろう？」

あたしの頭の上で、アシュタルテさまとビアンカの視線がぶつかり火花が散る。

剣呑《けんのん》な空気にはならなくても怖い。

二人の気を逸らすために、あたしは町について質問した。

「えっと、町の方はどうだった？」

「大分、人が増えてきてるね。冒険者以外にも、商人も増えたよ」

最初に答えたのはビアンカだった。

素直にあたしから一歩離れ、アシュタルテさまに剝がされた手をわざとらしく摩《さす》っている。

「隣国から来ている人間も多いみたいだね」

「わざわざ隣国から？　どうして？」

それは珍しい。隣の国からわざわざ国境を越えてこちらに来る冒険者は少ない。

「ちょっときな臭くなってきてるみたいだよ。難民も増えるかもね」

ビアンカの言葉にあたしは眉《まゆ》を下げる。難民なんて言葉が出てくるのは限られた状況だ。

「難民って……戦争でもしてるの？」

「どうだか」

ビアンカは両方の肩を上げ、両手のひらを上に向けた。ビアンカも町の状況だけでそこまでは把握できないらしい。

もし、本当なら情報を集めなければならない。ノートルは余裕のある領ではないのだ。

「難民が増えると色々準備がいるし。心配だね」

頭の片隅に情報を入れる。忘れないようにしないと。

あたしは口元に手を当てて、指示を考える。すると、アシュタルテさまが追加で町の状況を教えてくれた。

「隣国は心配だけれど、町としては冒険者のための設備も整ってきているし、あなたの開発したものを買える店も好評よ」

「良かったぁ。売れるかわからなかったから」

王都から帰ってきて最初にしたのはダンジョンの対策だ。

スタンピードのような事態が何度も起きては困るので、冒険者たちには定期的にモンスターを倒してもらいたかったからだ。

同時に、あたしがビアンカたちに用意した装備や魔法弾などを買えるお店も作った。アシュタルテさまやビアンカたち騎士団からもお墨付きをもらったので、恐る恐る売り出したのだ。

店番は工場から商売が好きな人間を借りている。

「だから、言ったじゃない」

アシュタルテさまが、唇《くちびる》を尖らせた。あたしは苦笑い。

まさか、そんなに売れると思っていなかったのだ。

アシュタルテさまが自分の腕を上げ、そこに巻かれているブレスレットを指で摘《つ》まむ。

「これだって、あんなに簡単に作ったのに、まだ壊れないのよ」

アシュタルテさまは胸を張って言ったけれど、あたしは逆に体を小さくさせた。

アシュタルテさまにあげたソレが壊れないのは、たぶん、別の理由がある。

自分でも気づいてなかったのだけれど、名前から色を選んで加護をつけるとなると、とても簡単に作ったとは言えない。むしろ手が込んでいる。

その上。

「それは……だって」

「なあに？」

きょとんとした顔でアシュタルテさまが首を傾げる。

まったく気づいていない様子に、あたしは諦《あきら》めて理由を口にした。

「アシュタルテさまにあげるものだもの、気合いが入るでしょ」

「ライラ」

あたしは恥ずかしさを誤魔化すように顔をそむけた。

結局はブレスレットを渡したときから、アシュタルテさまはあたしの特別だった。

まだそのブレスレットが役に立っているならば嬉しい。

アシュタルテさまが重さを感じさせない動きで、あたしを抱きしめる。

この頃、こういうスキンシップが増えた。でもあたしの心臓はちっとも慣れてくれない。

「あー、はいはい。仲の良いのは十分わかったからさ！　部屋が暑くなる前に、二人で町の視察にでも行ったらどうだい？」

「でも仕事が残っていて」

「視察は領主の仕事だろ」

アシュタルテさまに抱きしめられたまま、ビアンカを見る。額に手を当てた後、アシュタルテさまを剝がしてくれた。

アシュタルテさまが唇を尖らせた。あたしと離されたことが不満のようだ。

そのまま仲良く二人で屋敷の外に追い出される。

「ダンジョンから戻ってきたばかりなのに」

「ごめんね。疲れてないなら、とりあえず庭でも見る？」

追い出された扉を見つめるアシュタルテさまにそっと手を差し出す。

せめてもの罪滅《つみほろ》ぼしだ。

「そうしましょうか」

手とあたしの顔を確認した後、アシュタルテさまは柔らかく笑って手を取ってくれた。

実は庭を二人で見たことはない。

冬の間は雪に埋もれてしまっていた。雪が溶けてからは忙しくて。

家の庭をゆっくり見るなんてデートみたいで慣れている場所なのに口が乾く。

「あ、アシュタルテさま、これがライラックの花ですよ」

紫の花が、もう咲いていた。

執務室からも見えるはずなのに全然気づかなかった。

あたしはライラックの木に近づき、花弁に指を伸ばす。

アシュタルテさまも隣に並び満開のライラックを見つめた。

「あなたの花ね」

「アシュタルテさまみたいにすごい名前じゃないけどね」

「いいじゃない、ライラック、私は好きよ」

その言葉に息が止まる。不意打ちはずるい気がする。

きっとこれはライラックの花への言葉だ。早とちりしてはダメなのだと自分に言い聞かせた。

だけど、これだけは言いたい。

「嬉しい」

ライラックの花が咲いているのをアシュタルテさまと見られた。

それだけなのに、こんなにも嬉しい。

素直に伝えたらアシュタルテさまはいつかも見た赤い顔を隠すように額に指を当てる。

それから咳払《せきばら》いをして。

「――――」

あたしがさらに喜ぶ言葉を言ってくれた。

赤い顔をした、あたしにとっての女神さま。

彼女との生活がいつまでも続くといいなぁと思った、春の日だった。

あとがき

まずは、何よりＷｅｂ連載中から応援してくださった方に感謝を！

連載中からハートを送ってくれたり、コメントをくれた方々、本当にありがとうございます。

書店で初めてこの本を手にとってくださった皆さんも、ありがとうございます。私の趣味を詰め込んだお話を気に入ってくれれば嬉しいです。


ということで、基本的にカクヨムで女の子を主人公にしたお話を書き続けている藤之恵《ふじのめぐみ》と申します。

この『カタブツ女領主が冷血令嬢を押し付けられたのに、才能を開花させ幸せになる話』はタイトルのまま、真面目だけど女領主になれないライラが冷血令嬢と呼ばれるめっちゃ美人なアシュタルテさまを国王陛下に押し付けられるところから話が始まります。

ライラとアシュタルテさまは毒田《どくた》ペパ子先生の手により、とても可愛らしく麗《うるわ》しく誕生しました。表紙・口絵・挿絵含めて楽しんでもらえたら幸いです！

毒田先生、本当にほんとにありがとうございます。


さて、あとがきっぽく何故この話が生まれたかについて、少しだけ書いていきます。

このお話は、私が女の子×女の子で悪役令嬢ものが読みたいと言う情熱から始まっております。

悪役令嬢もの、好きです。

ぶっちゃけ、役じゃなくても好きです。悪の道を突き進む令嬢も好きですがそれだと話がそれるので、悪役に見られるけど別に悪役でも何でもない令嬢をヒロインにしました。

私の趣味で完璧でツンツンに見えるけど、中身は存外可愛らしくなっております。ギャップって大切。

主人公であるライラはアシュタルテさまに振り回されつつ、振り回されるのが嫌じゃない度量の深い女の子です。スキルの影響か、物語の中でしていることが女の子っぽくないのも、そう見える理由かもしれません。

私自身、新しいものを考えたり仕組みを考えるのが好きなので、そういう所が色濃く出てしまいました……ごめんね、ライラ。女の子らしい趣味がほぼなくて。

あとは、あとは……なんでしょうね。二人の名前でしょうか。

ライラの名前は、最初に響きから決まりました。その後に、ライラックの花から名前もらい、ノートルは町のものというアッサリ具合。

対称的にアシュタルテさまの名前には力を入れました。アシュタルテは作中でも少し触れたように豊穣の女神さまから来てます。ベッラやスタージアもいかに華やかにしようかな?から考えた名前です。

ベラって海外だとよく使う名前らしいんですが、そのまんま「美しい」って意味です。自分の子供に「美しい」って名付けられるの凄いわという憧れから来てます。子供に「美人」ってつけるようなもんですからね。

なので、アシュタルテさまの名前は女神、美しい、星の様な、という意味です。盛りすぎな令嬢ですが、その名前に相応《ふさわ》しい女の子になったかなと思います……暴走はしてますけど。

最後にこの本の作成に関わってくれた全ての方に感謝を捧《ささ》げます。

特に初めて書籍を作るので、何が何だか分からなかった私に全てを教えてくれた儀部《ぎぶ》さんありがとうございます。おかげさまで推敲の仕方から物語の作り方まで分かった気がします。

では、次もお目にかかれることを祈って。これからも女の子を書き続けます。

藤之恵

カタブツ女領主が
冷血令嬢
を押しつけられたのに
才能を開花させ
幸せになる話
ご出版おめでとう
ございます！♡
ライラとアシュタルテ様、
2人が揃えばきっと
何でも乗りこえられる！
と思える関係性が
本当に大好きです♡
末永く一緒に
いてほしい〜〜!!
2025.
毒田ペパ子.

カタブツ女《おんな》領《りょう》主《しゅ》が冷血《れいけつ》令嬢《れいじょう》を押《お》し付《つ》けられたのに、才能《さいのう》を開花《かいか》させ幸《しあわ》せになる話《はなし》

2025年2月28日　初版発行

—著　者—
藤《ふじ》之《の》恵《めぐみ》
—イラスト—
毒田ペパ子
—発行者—
山下直久
—発　行—
株式会社KADOKAWA
〒102-8177 東京都千代田区富士見2-13-3
電話 0570-002-301（ナビダイヤル）
—編集企画—
ファミ通文庫編集部
—デザイン—
ドーナツスタジオ
—写植・製版—
株式会社スタジオ205プラス
—印　刷—
TOPPANクロレ株式会社
—製　本—
TOPPANクロレ株式会社

●お問い合わせ
https://www.kadokawa.co.jp/（「お問い合わせ」へお進みください）
※内容によっては、お答えできない場合があります。※サポートは日本国内のみとさせていただきます。※Japanese text only

ISBN978-4-04-738218-3 C0093

Comment
シスコンじゃん
Comment
こいついっつも燃えてるな
Comment
同期が初手解雇は草

ソードマン
[バスタード・ソードマン]

魔法使いで引きこもり？
He is wizard, but social withdrawal?
Author 小鳥屋エム
Illust 戸部 淑
好評発売中!!!
重版、続々!!!
チート能力《スキル》を持て余した
少年とモフモフの
異世界のんびり
スローライフ！
女神により転生することになったお爺ちゃん。
望んだのは「健康な体」だけだったのに、
チート能力までも与えられてしまう！
転生後にその力を持て余していた少年は、
女神の「冒険者になって人生を楽しみなさい」
という助言により、冒険者として王都へ赴く。
様々な人々との出会いを通して、
彼の世界は広がっていく――。
コミカライズ
月刊コミックアライブ
Webにて
毎月27日連載中!
enterbrain